我们的生存之道

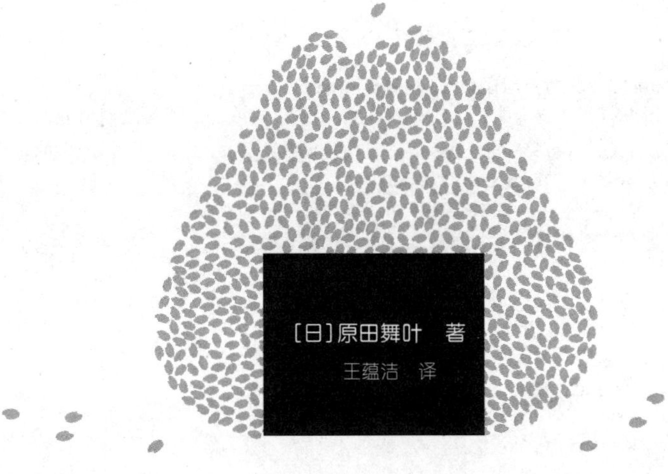

[日]原田舞叶 著
王蕴洁 译

中信出版集团 | 北京

图书在版编目（CIP）数据

我们的生存之道 / (日)原田舞叶著 ; 王蕴洁译
. --北京 : 中信出版社, 2020.1 (2020.4 重印)
ISBN 978-7-5086-5546-8

Ⅰ. ①我… Ⅱ. ①原… ②王… Ⅲ. ①长篇小说—日本—现代 Ⅳ. ①I313.45

中国版本图书馆CIP数据核字(2017)第068729号

我们的生存之道

著　　者：[日]原田舞叶
译　　者：王蕴洁
出版发行：中信出版集团股份有限公司
（北京市朝阳区惠新东街甲4号富盛大厦2座　邮编　100029）
承 印 者：山东鸿君杰文化发展有限公司

开　　本：880mm × 1230mm　1/32　　印　　张：8.75　　字　　数：202千字
版　　次：2020年1月第1版印　　次：2020年4月第2次印刷
京权图字：01-2017-4261　　广告经营许可证：京朝工商广字第8087号
书　　号：ISBN 978-7-5086-5546-8
定　　价：58.00元

目 录

1

老妈失踪了

麻生在近似疼痛的饥饿感中睁开眼睛，这是他每天醒来的方式。

普通人是怎样从睡梦中醒来？是因为窗外鸟语的欢快声，或是因为阳光的明媚，还是说，是听到闹钟的铃声、在手机上设定的闹铃音乐、电视的新闻报道，闻到早餐味噌汤香喷喷的味道，或是听到母亲、妻子或孩子等家人的声音醒来？早安，已经早上了，赶快起床。

麻生倏地从潮湿的被子中坐了起来，呆呆地看着前方满是污渍的墙壁。他的被子铺在成堆的DVD空盒、泡面盒、零食空袋子、揉成一团的面纸、脱下的袜子……这些世界上最没有价值也毫无用处的东西之间。他盘腿坐在被子上，用力抓着一头凌乱的长发。他向来不去理发店，都是自己剪头发，所以根本没有发型可言。然后，张大嘴巴打了一个大哈欠，长满胡楂的下巴都快要掉下来了。

“肚子好饿……”

他的每一天都从这句自言自语拉开序幕，但通常都是下午两三点，有时候甚至天黑后才起床。天亮之前，他都坐在电脑前打网络游戏，或是去别人的博客写一些互骂的留言，在脑浆即将融化的前一刻，倒在从来不叠的被子上睡觉。鼾声如雷地昏昏大睡，直到空空的胃发出惨叫声才终于醒来，和神清气爽完全沾不上边的一天再度拉开序幕。

起床后，他立刻走去厨房。像往常一样，台面上放了一碗泡面和两个饭团。他把热水瓶里的开水冲进泡面，拿着饭团再度回到自己房间，看着整天联网的电脑屏幕，用指尖剥开饭团的塑料纸后吃了起来。他几乎三口就可以吞下一个饭团，泡面配可乐也可以在三分钟内倒进胃里。这就是二十四岁男子麻生的饮食作风。

但是，那天早晨和往常有点不太一样。

他撕开第二个饭团的塑料纸，再度大口咬了起来，随便咀嚼了两三次，忍不住"呜啊……"地呻吟了一声，然后"呸"了一声，把嘴里的饭粒吐进泡面盒中。

"这不是腌梅吗？该死。"

他嘀咕了一声，从椅子上站了起来，气势汹汹地打开了房间的门，猛然冲向盥洗室，连续漱了好几次口，直到嘴里完全没有腌梅的味道。

腌梅是麻生在这个世界上最讨厌的东西之一。

不是早就知道我不吃吗？为什么还特地买腌梅饭团？

麻生忍不住在心里咒骂，咒骂不在家的母亲。

麻生的主食是便利商店的便当、泡面或饭团。他并不是非吃这些食物不可，也不是他自己主动去买，而是靠母亲买回来的这些食物填饱肚子而已。

麻生从早到晚都窝在这间六平方米大的房间内，他既不工作，也不上学，从来不出门和朋友见面，更何况他根本没有朋友，也理所当然地不可能有女朋友。因此，他完全没有必要外出，因为不必外出，所以只能整天把自己关在房间里。

这种生活很轻松。没有朋友，也就不会被卷入复杂的人际关系，更不需要在意别人的眼光。

只要坐在电脑前，即使不出门，也可以随时掌握世界各地发生的事。他身处东京北侧某个落魄的角落，躲在一栋小公寓内六平方米大的昏暗的房间里，单手拿着可乐，却可以即时了解地球的某个角落发生了战争、恐怖袭击或是革命运动。

在网络世界，有时候可以做出一些如同暴君般的行为，遇到看不顺眼的家伙，可以轻视他，也可以彻底攻击一番；当然，反之亦然。

整天不出门，在名为“自己房间”的宇宙中栖息，对现实社会没有任何实质的贡献。社会上称这种人为“茧居族”。

根据网络资料，日本茧居族人口约有七十万，其中成人茧居族占了将近八成，有可能成为茧居族的人口有一百多万。其中有人茧居超过二十五年，堪称职业茧居族，相较之下，才茧居四年的麻生只能算在读幼儿园。

麻生的母亲过着和麻生完全相反的生活。她白天在东京都内的工商大楼打扫，晚上又去小钢珠店打扫。每天早上八点出门，晚上十点多才会到家，整天都在外工作，很少在家里看到她。因为吃外卖太花钱，所以她每天都会带午餐和晚餐两个便当去上班。以前她也会帮儿子做便当，如今在家里为他准备了大量泡面、零食和冷饮，言下之意就是“你想吃什么就尽量吃吧”，但每天晚上下班回家时，她会去便利商店买饭团，第二天出门前，为他放在厨房的台面上。

于是，泡面和饭团变成了麻生的主食，每天吃着母亲为他买的猪骨拉面、鲑鱼饭团填饱肚子，把它们当作营养补充剂吞进肚子。

虽然每天几乎都吃相同的食物，但麻生早就发现，母亲在挑选食材时总是有些许的变化。

泡面有炒乌冬面、馄饨面，有时候还会买“蔬菜多多健康面”，饭团则是有盐昆布、明太子、烤肉、韩国泡菜、炸虾等，有时候甚至还有芝麻拌菠菜和酱炒牛蒡丝的饭团，不知道她去哪里买来的。麻生从中感受到母亲为了照顾自己健康的用心良苦，反而更加痛苦。

母亲对麻生在饮食方面的喜好了若指掌，所以向来小心翼翼地避开腌梅。

很久以前，腌梅曾经是经常出现在麻生家餐桌上的常备菜，但因为某些原因，如今成为麻生最讨厌的食物。

他并不是吃了腌梅会有什么过敏反应，只能说有心理障碍。或许有人认为，区区腌梅有什么心理障碍，但他就是对腌梅深恶痛绝，几乎到了连看都不想看的程度，母亲应该比任何人都清楚了解这件事。

“真该死，差一点被整死。”

他连续漱了好几次口，又刷了牙，嘀嘀咕咕地走去厨房。狭小的厨房内放着碗柜、冰箱和堆了好几个装满泡面和零食的纸箱，勉强才能站一个人。厨房深处是母亲住的那间十平方米大的房间，右侧是麻生蜗居的六平方米大的房间，左手边是巴掌大的卫生间。麻生的家就只是屋龄不详的破公寓内的一间平凡屋子而已。

母子两人就在这里相依为命。

麻生读小学六年级时，父母离婚，他就和母亲一起搬来这里，所以至今已经住了十二年。这十二年来，碗柜似乎是家中唯一添置的家具，而且是在附近类似“专卖便宜货”的店家结束营业大甩卖时买的粗糙货。

全家最贵的东西应该就是麻生的电脑和手机，令人懊恼的是，电脑和手机都不断推出最新款。麻生使用的是四年前的机型，在他开始茧居生活时，母亲分期付款帮他买了这部手机。其实他原本想央求母亲帮他买智能手机，只要他认真拜托，母亲应该会不发一语地帮他买回来，但如此一来，分期付款的金额就更高，母亲必须更辛苦工作。如果母亲比现在更卖命工作，万一身体出了问题，住进医院……那就太伤脑筋了。因为，到时候他就得出门工作。

无论如何，他都要避免这种情况发生。事到如今，他才不愿意走出家门，打死他都不愿意结束目前的茧居生活。

这栋公寓很破旧，地点也很偏僻，但麻生感到心满意足。因为他有自己的房间，有电脑、手机、网络、食物，虽然母亲今年已经不知道是五十三岁还是五十四岁了，但身体不错，工作也很勤快，每天照顾自己这个儿子的生活。虽然彼此的生活作息不同，母子之间很少交谈，即使假日也很少见面，但双方都知道对方还活得好好的。

这样的生活不是很好吗？

麻生从厨房准备走回自己房间时，不经意地抬头看了一眼隔着磨砂玻璃拉门的母亲住的房间。

麻生很少会去母亲的房间，只有去厨房或厕所时，偶尔会抬头瞥一眼。母亲每天都会叠被子，但房间常常堆满换下的衣服和洗好的衣服，总是乱成一团，更加衬托出母亲生活的窘迫。

那时他也只是不经意地隔着玻璃门看了一眼，但立刻“嗯？”地发现了异常。

母亲的房间很昏暗，似乎拉着窗帘。平时她每天早上出门时，都会打开朝北窗户的窗帘，因此，每次从厨房看过去时，就会看到窗户的部分格外明亮。如今，窗户的位置被米色的窗帘遮住了。为什么没把窗帘拉开？他感到很奇怪。

而且，平时榻榻米上总是堆满五颜六色的衣服，如今也整理得干干净净。房间中央的矮桌上平时放满了东西，如今却空无一物。

和平时不一样。

在他发现这件事的瞬间，极其不祥的预感宛如疾风般吹过他的心头。

麻生把手放在玻璃门的门框上，缓缓打开了拉门。果然看到母亲房间内拉着窗帘，桌子上整理得很干净，房间内空空荡荡。

麻生屏气敛息地注视着眼前的房间。电视、衣柜、横放的收纳柜、矮桌，家具的位置完全没有改变。

但母亲的房间突然变得空荡荡了，好像房间的主人已经永远离开了这个世界。

他觉得事情不单纯，这种想法促使他走进房间。

已经几年没有踏进这个房间了？麻生自从茧居在家后，虽然每次去厨房和厕所时都会经过，但从来没有想过要打开这道玻璃门。即使假日母亲在家时，他经过玻璃门前会故意走得很大声，给母亲造成无言的压力，好像在告诉她“不要出来，不要让我看到你”。

麻生站在整理干净的矮桌前，低头看着桌子，视线前方有一个白色的信封。信封上写着“麻生启”。那是母亲的字，绝对错不了。

他感到自己的心脏在发抖，因为无论怎么看，这封信都像是正规的“遗书”。

“……！”

麻生倒吸了一口气，扑向那个信封。令人惊讶的是，信封好像一条白色的鱼，在麻生的双手中跳来跳去，他拼命按住了信封，不让信封逃走，然后用颤抖不已的手打开了信。

信封内装了白色信纸，母亲用圆珠笔写的字十分工整。

麻生：

我已经撑不下去了。虽然我努力撑到今天，但实在太累了。我想休息一阵子，所以要离家一段时间。我不会死，这里的房租和你的网费都会按时汇入，不必担心，也留了短期内你需要的生活费。希望你在今后继续用你喜欢的方式活出属于你的人生。

母亲

麻生定睛注视着信纸，好像要把信纸看穿。他一次又一次地看了信纸上简短的内容，却完全看不懂。

“虽然我努力撑到今天，但实在太累了”——这句话他能够理解。母亲的确从早到晚都在工作。

但是，“要离家一段时间”是什么意思？而且，房租和网费都会按时汇入？这不是代表她即使离家，也得继续工作吗？

既然这样，不是和以前一样吗？还不是和以前一样“努力撑”吗？为什么不能在这里继续“努力撑”呢？

他很想大声喊叫，但还是看着信纸，不断地在心里追问。当然，信纸不可能回答他。

最难以理解的是最后那句话。“希望你在今后继续用你喜欢的方式活出属于你的人生”——这是什么意思？是挖苦我整天茧居在家吗？

没错，我就是茧居族。自己想要茧居，用自己喜欢的方式活着。在旁人眼中，一定觉得是毫无意义，也毫无价值的人生，但这样的人生是属于我的人生，我当然是用自己喜欢的方式活着啊。

为什么事到如今？

他很想把信纸揉成一团，用力丢进垃圾桶，但还是拼命忍住了，因为他发现这封短信还有第二页。

他急忙翻过第一页，立刻看到"又及"这两个字。

> 又及——
>
> 我留下今年新年收到的贺年卡。
>
> 这些都是我很重要的朋友，他们不嫌弃我们是单亲家庭，也不计较我很少和他们来往，每年都会寄来贺年卡。你可以从中找人联络，也许会有人愿意向你伸出援手。

矮桌角落放了一沓用橡皮圈绑起的贺年卡，但薄薄的几张似乎无法用"沓"来称呼。麻生看了一眼，发现大约有十张，下方放了一个银行自动提款机的信封，信封的厚度比贺年卡更薄。打开信封一看，发现里面有五张一万元[①]纸币。

他两只手分别拿着贺年卡和装了现金的信封，忍不住用很没出息的声音嘀咕："为什么……"

现在，到底是为什么。

老妈，你是在开玩笑吧？

---

① 这里指日元。——编者注

难不成真的离家出走了？就这样丢下我不管了吗？

五万元和十张贺年卡。你叫我一个人靠这些活下去吗？

如果“绝望”化为人的外形，应该就是麻生目前的样子。麻生垂头丧气地站在那里。

怎么会有人抛下没有工作又软弱无力的儿子离家出走？虽然也许不该这么说，但我还涉世未深，才二十四岁而已……

“所以你早就是成年人了。”

麻生自言自语着，用力拍打着自己的脸。

“唉。”他终于忍不住叹了口气，“真是没出息。”他出声说道。

至今为止，他曾经无数次责备自己没用、没出息，但有像今天这样强烈地觉得自己没出息吗？

我太愚蠢了。

我以为老妈会照顾我一辈子，以为这是理所当然的事。

所以才从来不外出工作，优哉游哉地窝在家里当茧居族。

现在终于变成弃儿了。

他又叹了一口气，不知所措地抱着膝盖，低头看着矮桌上母亲的信。许许多多的往事浮现在脑海，虽然大部分都不是愉快的回忆，那些记忆的片段一一浮现。

遭到霸凌而拒学。被学校放弃。即使拼命找工作，仍然遭到所有公司的拒绝。

母亲每次都对他说，不要畏缩，要抬头挺胸，活出自己的人生。

麻生，妈妈从来不觉得你没用，也不觉得你没出息。

那些欺负你的同学才是没出息。

放弃你的学校才窝囊。

不愿意雇用你的公司才是缺乏感性。

你完全不是没出息，你要抬头挺胸，用自己喜欢的方式活出自己的人生，这样不是很好吗？

母亲说这些话时，麻生当成是耳边风。啰唆死了，别自以为了不起。没想到自己竟然清楚记得母亲说过的话，原来心灵的耳朵听得一清二楚。

当他发现这件事的瞬间，突然感到一阵鼻酸，视线渐渐模糊，看不清楚了。

咦？我这是怎么了？

真的假的？我在哭吗？

太好笑了，我被老妈抛弃……竟然在哭。

哈哈，他故意出声地笑了起来，结果泪水扑簌簌地流了下来，滴湿了双手抱着的膝盖。

既然这样，只能好好哭一场了。

呜啊啊，呜呜呜，麻生放声大哭起来，哭了好一会儿，脸上满是泪水和鼻水。他自己也搞不清楚是怎么回事，只是泪流不止。

他的脑袋却很清楚。接下来该怎么活下去？母亲买了很多泡面，暂时不必担心食物的问题，一万元玩老虎机，一万元拿去赛马，一万元买彩票，尝试用各种方式增加手头资金，但剩下的两万元怎么办——他不停地思考着这些琐碎的事。

我也找个地方离家出走？

但要去哪里？哪里都好，反正只要离开这里，任何地方都可以。

四年来，麻生足不出户，连便利商店都不去，一切都仰赖母亲的照顾，奇怪的是，得知母亲离家出走之后，麻生开始摸索如何走出家门。

食物吃完后必须出门觅食，玩老虎机、买马票和彩票都要出门。虽然不知道接下来该怎么办，但如果不出门就活不下去。

他用皱巴巴的运动衣袖子擦拭湿了脸颊的泪水，再度伸手拿起的，不是装了现金的信封，而是用橡皮圈绑住的贺年卡。

这些都是我很重要的朋友，他们不嫌弃我们是单亲家庭，也不计较我很少和他们来往，每年都会寄来贺年卡。

母亲在信上这么写，从这短短的两行字中，可以感受到这些寄贺年卡给她的朋友在精神上给予她多大的支持。

母亲没日没夜地工作，麻生从来没有看过她假日出门和朋友见面。假日的时候，她一定累坏了，根本没力气出门。麻生想起很久很久以前，那时候他还在读小学，父母也没有离婚，母亲曾经带着他去见朋友，但是开始独自抚养麻生后，就不再有时间和朋友见面了。

即使如此，她应该也用电话或写信和这些互寄贺年卡的朋友保持联络，所以母亲才会在信中提到“也许会有人愿意向你伸出援手”，那些人一定是母亲的好朋友。

只不过麻生拿在手上的这些母亲视为“宝贝”的贺年卡内容都很简单，几乎都只是印了“谨贺新年”或是“迎春”，简短的问候语也都只是“最近好吗？”“多保重！”诸如此类的客套话。十张贺年卡中九张都一样，而且麻生并不认识那些寄件人。

不知不觉在内心膨胀起来的期待一下子就泄了气。

没想到母亲留给儿子唯一的宝物，竟是十张制式化的贺年卡。

他突然为母亲感到难过，为只能留下这种东西给自己的母亲难过。

但是，这些寄件人中，真的有人愿意向“连母亲也放弃的二十四岁茧居族男人”伸出援手吗？

他再度因为绝望而垂头丧气，看向最后一张贺年卡。只有最后一张的收件人不是用电脑打印的，而是用娟秀的毛笔字写着母亲的名字。麻生情不自禁地被这些字吸引了。

哇！这个人的毛笔字写得真漂亮。

他翻了过来，发现小小的贺年卡上大大地写着“初春”两个字，有一种龙飞凤舞的跃动感，旁边用细毛笔字写了以下的内容：

> 最近还好吗？有没有太操劳？
>
> 麻生怎么样了？有没有活出自己的人生？
>
> 我的余命仅剩数月，希望可以精神百倍地走完剩下的日子。
>
> 在我离开之前，希望有机会再见你和麻生一面。
>
> 中村真朝

“真朝奶奶？”

麻生脱口对着贺年卡叫了起来。

这张贺年卡的寄件人是麻生的祖母中村真朝，麻生和她很亲近，小时候都叫她“真朝奶奶”。

好久没有见到最喜欢的祖母的名字，而且，文中的那句话让他惊讶不已。

“我的余命仅剩数月”……

就像刚才看母亲留下的信一样，麻生也一次又一次地看着真朝奶奶寄来的贺年卡，试图解读出隐藏在文字背后的重要信息。

上面留了地址——长野县茅野市……

麻生打开了所有的记忆回路。

父母离婚之前，在麻生读小学六年级之前，每年暑假，全家人就会一起去奶奶家，也就是父亲的老家。

“麻生，今年暑假也要去蓼科哟。”

每到七月，父亲就会摸着他的小脑袋这么说，麻生每次都乐得手舞足蹈。

可以见面了，可以见面了，可以见到真朝奶奶了。

他兴高采烈，蹦蹦跳跳，掐指计算着可以见到最喜欢的奶奶的日子。

放暑假的第一天，父亲就会开车驶上中央高速公路，一家人前往蓼科。每次去蓼科的前一晚，麻生都兴奋得睡不着。

明天就要去蓼科了，可以见到奶奶了。只要想到这一点，就好像要飞上夜空了。

从诹访[①]南交流道下了高速公路后继续开一小段路，视野顿时开阔起来，好像电影突然换了场景，道路远方绿油油的稻田和八岳山的连绵山峰欢迎麻生他们的到来。

很快就可以见到了，很快就可以见到奶奶了。

那时候，麻生少年的心上有一对翅膀。

那时候的那对翅膀不知道什么时候消失了。

① 日本本州中部城市，属长野县。——编者注

父母离婚后，就很少再去父亲的老家蓼科。

比起搬离已经习惯的环境，比起就读一所完全没有朋友的中学，比起和父亲分开——对麻生来说，失去蓼科，才是最令他难过的事。

再也见不到真朝奶奶了。

父母离婚后，麻生立刻意识到这件事，但无论他多么不愿意，都无法改变这个事实。

之后，他就忘了蓼科。

他的生活发生了巨大的变化，初中和高中发生了太多事，久而久之，蓼科被挤到记忆的角落，从来不曾再想起过。

贺年卡上娟秀的毛笔字宛如真朝奶奶的化身。

开朗清新、正直坦率。虽然对奶奶只剩下片段的印象，但她确实就是那样的人。

奶奶和母亲在麻生不知情的情况下保持联络，也许只是每年互寄贺年卡而已，但是，奶奶一定把所有重要的事都写在用来每年一度交流的贺年卡上。

麻生怎么样了？有没有活出自己的人生？

我的余命仅剩数月……

在我离开之前，希望有机会再见你和麻生一面。

麻生站了起来，他握紧装了现金的信封和奶奶寄来的贺年卡，回到自己的房间，开始换衣服。

去蓼科。

这一定是母亲寄托在自己身上唯一的“希望”。

2

不再吃腌梅

很久很久以前，每年六月，母亲就忙碌地开始腌梅子。

听说是在麻生小时候就离开人世的外祖母亲自传授的。母亲每年都买很多黄色熟透的梅子，费了很大的工夫洗干净后去蒂，放在黄色塑料桶内腌制。塑料桶总是静静地放在厨房的角落，母亲悉心地照顾那桶腌梅。

母亲开始制作腌梅时，代表梅雨季节的脚步也渐渐近了。

麻生在少年的时候，总觉得那是即将到来的夏天捎来的信。

麻生小时候并不讨厌腌梅。虽然不是很喜欢吃，也不觉得很好吃，但曾经有一段时间，他很期待在运动会和远足时吃到饭团里包了母亲亲手腌制的腌梅。

那时候，母亲做的饭团是世界上最美味的食物。

海苔的香气和米饭的甜味可以中和腌梅的酸味，圆滚滚的饭团留有母亲温暖手心的味道。

运动会上，他在操场上奔跑；远足时，他在山里跑来跑去，在吃饭团的那一刻，也同时尝到了幸福的滋味。

那是麻生至今为止二十四年的人生中，充满灿烂阳光、最光明的日子。

有父亲、母亲的陪伴，有一家三口住的家。放学回家后，有母亲亲手制作的点心和美味佳肴；假日时，可以和父亲在附近的公园玩棒球。他经常和许多朋友在一起欢笑，有时候吵架，又哭着和好。

家里的厨房总是飘着香喷喷的味道，晚餐的餐桌上，总有一个装了腌梅的小碗。

“腌梅好酸，我不想吃。”

麻生说。

“妈妈小时候也不喜欢吃，但这是外婆教妈妈的，她叫我把腌梅当药吃。”

母亲说完，用筷子夹起腌梅，放在麻生的饭上。

雪白的饭上有一颗红色的腌梅。麻生鼓起勇气咬了一口，立刻夸张地把脸皱成一团，“好酸！”母亲每次都忍不住笑了起来。麻生想要看到母亲的笑容，想要取悦母亲，所以每天都坚持吃自己并不爱吃的腌梅。

一家三口平静而微不足道的生活，他以为这种生活会永远持续。

麻生读小学六年级时，父亲和母亲突然离了婚。至少对麻生而言很突然。

父亲经营了一家只有三名员工的小公司，资金调度出现了问题，向黑心的钱庄借了钱，被逼得走投无路。事后听母亲说，父亲为了避免把母亲卷入麻烦，所以决定离婚，至于实情如何，麻生就不得而知了，大人之间应该有年幼的麻生无法了解的事。

母亲无可奈何地在离婚申请书上盖了章。

虽然很可能这辈子都无缘再见面了，但父亲离开之前，没有对麻生这个儿子说任何话。

麻生很喜欢父亲。父亲会在假日陪他打棒球。春假、暑假、寒假，每当学校放长假时，父亲都会带麻生去真朝奶奶位于蓼科的家中。父亲总是面带笑容地看着奶奶和麻生开心地聊天。

父亲突然消失了。年仅十二岁的麻生默默地接受了这个现实。

父亲离开后，母亲清理了生活中的一切，带着麻生搬离了已经落入他人手中的独栋房子。

他们母子搬到了东京北郊的小公寓，黄色塑料桶低调地放在厨房的角落，底部只剩下少许腌梅。

母亲搬出来时几乎没带任何东西，只有这个腌梅的塑料桶好像宝贝一样跟着他们一起来到新家。

母亲开始不分昼夜地工作，根本没时间再腌梅子。腌梅也很自然地从餐桌上和麻生的便当盒中消失了。

麻生在一个完全陌生的环境里升上中学后，开始被同学无视和霸凌，但总算撑过了三年。好不容易升上了高中，却遭到了更严重的霸凌，每天咬着牙过日子。父亲和母亲离婚已经四年，麻生已经十六岁。

那年五月快结束的某一天，母亲带了难得一见的东西回来。超市的塑料袋里装满了青梅。

“我从上个月开始白天打扫的那栋商住大楼后方，有一棵很粗壮的梅树，我一直觉得上面的梅子结得很漂亮，但一直不敢跟他们说‘请分我一点’。”

深夜回家的母亲难得用兴奋的声音对麻生说道。那天她鼓起勇气问大楼管理员，那些梅子都怎么处理，管理员告诉她，每年都是掉在地上烂掉，所以想带多少回家都可以。

塑料袋里的青梅表面有一层绒毛，带着滋润的绿色。好久没看到小时候常见的新鲜青梅，麻生觉得那些青梅宛如宁静的小动物，小小的颗粒中充满生命的光彩。当他目不转睛地看着青梅时，青梅好像随时会动起来。

母亲把梅子放在水桶中仔细清洗，浸在水中去除涩味，然后用牙签去蒂，为腌制做准备。

她小心翼翼地用抹布擦拭每一颗青梅，淋上烧酒后，又撒上盐。为了腌制红腌梅，必须用盐搓揉紫苏，去除涩味。

母亲晚上下班回到家后就忙着做这些事，一直忙到深夜。麻生总是陪在一旁看着母亲。

回想起来，那是他第一次从头到尾看母亲制作腌梅。

母亲拿出不知道什么时候被塞到橱柜深处的黄色塑料桶，麻生忍不住嘀咕说："啊，好熟悉。"

"什么？你说这个塑料桶很熟悉吗？"

母亲好奇地问，麻生点了点头。

"小时候没有太注意这件事，但每年到这个季节，就会在厨房看到这个塑料桶。"

母亲呵呵笑了起来。

"原来是这样，我以为小孩子对制作腌梅没有兴趣，不会注意到这些事，原来你都看得很清楚。"

母亲把加了烧酒和盐的青梅放进塑料桶，再度撒上盐，然后又放了青梅，再撒盐。她用这种方式排了一层又一层青梅，最后用重石压住。几天之后，渗出梅子醋后，再把已经去除涩味的紫苏放进去。

麻生觉得腌制青梅的一连串作业都很简单，如果有人要求自己试试，自己应该马上就可以完成。

但他同时又觉得这一连串的作业是神秘而奇妙的行为，只能用母亲才知道的方法，用只有母亲才知道的动作执行。而且，他的观察应该八九不离十。

不是母亲腌制的腌梅不可能做出那种颜色、那种酸度，也不可能充满令人心痒的熟悉感。

想到这一点，他就很想早日把在塑料桶内渐渐染红的腌梅放进嘴里。

梅雨季节结束时，塑料桶内的梅子就变成了又红又酸又柔软的腌梅。不知道为什么，那一年，十六岁的麻生翘首盼望着腌梅早日完成。

那时候，麻生浑身都是瘀青，但都在穿上衣服后看不到的部位，那些人小心翼翼地只在制服下，例如后背、大腿、小腿、肩膀这些看不到的部位留下瘀青。

班上的男生中，有个干尽坏事的帮派。这个帮派不会明目张胆地使坏，为了避免让学校的老师发现，他们总是巧妙地指使一些懦弱的学生偷窃、勒索，做一些卑鄙至极的霸凌行为。

高二重新分班后，麻生很不幸地和这个帮派的人被分到同一个班级。班上的同学都知道他们是坏蛋，所以总是缩头缩脑，努力不引起他们的注意，避免成为他们的目标。麻生在读中学时就曾经遭到霸凌，所以本能地学会了自我防卫。

但是，霸凌者也一样，他们可以凭着本能发现弱小的对象，逐渐展开霸凌行动。所以，只花了不到一个星期，他们就找到了麻生这个目标。

那天麻生没有做任何坏事，只打算不引人注意地赶快回家，但那个帮派的老大A对他“喂”了一声，叫住了他。

麻生吓得停下了脚步，A和他的朋友B和C围住了麻生。他们三个人从三个不同的方向朝麻生步步逼近，宛如鬣狗舔着嘴巴，渐渐包围濒死的草食动物。

三个人都很高大，体格也很壮硕，看起来不像是高中二年级的学生。麻生瘦弱的体型，简直就像在对别人说：“来霸凌我吧。”

他的双脚钉在地上，无法向前跨出一步。

终于来了，这一刻终于来了。自己的声音在脑海中回响。一旦被鬣狗包围，就只能等着被啃食。

“你干吗这么偷偷摸摸？真碍眼。”

A找他的碴儿。麻生浑身发抖，无法说出一个字。

“你这个人超阴沉，都没有朋友吧？”

“跟我们来，我们陪你玩。”

B和C嬉皮笑脸地抓住麻生的双手。麻生觉得自己说了什么，但其实喉咙深处只发出沙哑的惨叫而已。

他们把麻生拖进男厕，一把推倒在地，对着他的身体一阵猛踢。

“你们踢的时候小心点，要踢有衣服遮住的地方。对准肚子踢，肚子、肚子。”

A在稍远处抱着双臂，得意地看着B和C对着麻生猛踢猛踹，不时发出“再踢肚子”“往后背踢”之类的指示。麻生用双手抱着肚子，觉得意识越来越模糊。

我会这样昏过去吗？

不，说不定会死掉。

他在渐渐模糊的意识中问自己：我的人生就这样结束了吗？

“今天就先这样吧。”

随着A一声令下，攻击戛然停止。

麻生几乎快昏过去了，一动也不动地蜷缩着身体，清楚地听到A高高在上的说话声音。

“明天开始，我们会陪你玩各种游戏，你就好好期待吧。”

最后，A又用力踹了他后背一脚。麻生甚至已经无力发出呻吟，像废弃物一样倒在厕所的地上。

不知道躺了多久，他才捂着肚子，缓缓站了起来。

咦……我竟然还活着。

这时，他立刻感到侧腹和后背一阵疼痛。“呃……”他这才终于发出了呻吟。

活着……我还活着。

全身都在疼痛，显然受伤不轻，但他真切地感受到，原来感觉到疼痛，才知道自己“还活着”。

虽然有一种已经走到天堂门口，又被拉了回来的不畅快感觉，但又觉得松了一口气。他用力吐了一口气。

麻生并没有试图借此分析思考，厘清自己莫名其妙遭到霸凌的原因。

就像初中时一样，霸凌往往没有任何理由，那些人只是无法控制自己的情绪，针对锁定的目标爆发。

有生以来第一次遭到霸凌时，他曾经纳闷，为什么会找上自己？

是因为自己是新搬来这个城市？因为自己瘦得像豆芽菜吗？虽然别人常骂自己恶心，但到底哪里恶心？眼神吗？动作吗？还是自己整个人？

他一次又一次思考这个问题，当他持续思考时，身体变得像铁板一样沉重，久久无法起床，被子宛如一块巨大的磁铁，他无论如何都无法离开被子。他不想去学校。结果他在床上躺了整整一个月没有出门。

之后，麻生在母亲的激励下总算再度鼓起勇气去上学，但总是去一天，休两天；去两天，休四天。去学校上课几天，就有加倍的日子躺在被子里不出门。

他躺在被子里，用双手紧紧抱着双脚，耳朵深处只听到心脏的声音像沙尘暴般发出沙、沙、沙、沙的声音。麻生不由自主地持续发问，为什么？为什么？为什么？

无论他怎么思考，无论他怎么烦恼，无论他怎么在心里追问，都得不到答案。

高一时遭受到的霸凌和初中时的霸凌完全不同。初中时的霸凌很阴险，用短信或在网络讨论版上恶言相向，或是班上的同学集体无视他，那是对他心理上的霸凌，但这次则是肉体上的暴力。

在厕所挨打后全身留下了瘀青，而且与日俱增，只是都在母亲和老师看不到的部位。

他们的手法很周到，但极其残酷。他们曾经把他拖去厕所的隔间，脱下他的衣服，用烟蒂烫他的大腿根部或腋下，也曾经用马克笔在他的后背和胸前写“笨蛋”“去死”“恶心”，还曾经命令他一直站在女厕所的隔间内。

麻生每次受了伤，就自行处理，从来不去医院，不让其他人知道。因为他很清楚，一旦被人看到他身上的伤，那些人的霸凌行为会更加不留情。

他害怕天亮，更害怕起床。

身体再度变成了铁板，被子再度变成了磁铁，但他还是咬紧牙关，努力从被子里爬出来。

他之所以拼了命也要去学校，是因为那几个人出言威胁："如果你不来学校，就放火烧了你家。"

虽然他猜想他们只是说说而已，一旦真的这么做，就会变成纵火犯，他们不可能这么做。他努力这么告诉自己。

即使这么想，他还是不由得感到害怕。万一反抗他们，自己和母亲，还有公寓的其他邻居可能真的会被活活烧死。

无意义的暴力随时有可能失控，为了避免情况突然失控，他只能乖乖地献上自己的身体。

麻生一天比一天更沮丧，但尽可能在母亲面前表现正常。

一天之中，和母亲打照面的时间很短。母亲每天早晨八点出门，晚上十一点左右回家，一点左右上床睡觉。每天只有早上三十分钟和晚上一个小时左右的时间和麻生打照面。

母亲深夜回家后，开始准备两人份的早餐、午餐和晚餐的便当材料，早晨做完后再出门。三餐似乎成为这对鲜有交集的母子唯一的联系。

母亲休假时，他们也曾经面对面坐在母亲房间的矮桌前吃饭。

遭到霸凌后，麻生吃饭时总是低着头。母亲起初总是提醒他"坐要有坐相"，但麻生始终没有理会。

母亲也曾经问他：“是不是有什么心事？”但他还是毫无反应。

母亲可能误以为他正值叛逆期，之后不再管他。

母亲就是在这样的情况下，再度开始腌制梅子。

平时母亲回家后，他总是和母亲聊两三句话后，转身躲回自己的房间。那天晚上，他好像在参与难得的仪式般，在宁静的深夜，看着母亲腌青梅。

母亲洗好青梅，撒了盐，排放在塑料桶内。麻生看着母亲腌梅子，脑海中涌现起幼年的记忆。

那年夏天，已经好几年没有尝到的母亲亲制的腌梅终于完成了。

那是暑假的前三天，他像往常一样迈着沉重的步伐准备去学校时，母亲把便当递给了他。

“给你，今天妈妈帮你放了一颗。”

麻生立刻知道，母亲说的是腌梅。

“做好了吗？”麻生问。

母亲“嗯”了一声，点了点头，难得害羞地笑了起来。

“好久没做了，不知道成不成功。你本来就不怎么喜欢吃腌梅，可能觉得不太好吃吧。”

麻生把便当盒放进了书包，母亲送他到门口，在背后对他说：“路上小心。”

那天上学的路上，麻生比平时微微抬起了头。

麻生每次遭到霸凌都有“固定的时间”。

他们通常都在放学后，把他叫去空无一人的自然课实验室、体育用品室、男厕或是校舍后方，然后开始拳打脚踢。因为他知道自己绝对逃不掉，也不会有人来救自己，所以就任凭他们宰割。

那时候他已经知道，虽然他们总是不怀好意地暴力相向，但不会打到自己骨折，或是造成无可挽回的结果。

他们的目的就是尽可能长时间地好好折磨他，一旦事情闹大，被人发现，他们就无法再享受霸凌的乐趣了。

绝对不会死。不管他们做什么，只要默默忍受就好。

旧伤未好，又添新伤。麻生的身上贴满创可贴。因为伤口会痛，所以最近即使天气再热，他也不想洗澡。母亲什么都没说，但那几个坏同学经常嘲笑他："臭死了。"

偏偏那一天，"固定的时间"大幅提前，吃午餐的时候就开始了。

麻生像往常一样，在教室角落准备打开便当。上高中后，他从来没有和任何人一起吃过便当，总是悄悄地独自吃便当，以免引起任何人的注意。

打开母亲每天为他做的便当的一刹那，是他一天中最快乐的时光。在学校时，精神随时处于紧绷的状态，只有打开便当的刹那，心情可以稍微放松。

那一天他特别充满期待。因为快要梅雨季节的时候，他看着母亲腌制了青梅，今天的便当里放了已经完成的腌梅。

当他伸手准备打开便当盒盖时，听到耳边响起一个声音。"喂，垃圾。"

他吓了一跳，整个人都僵住了。A和其他两个人分别站在他的背后和眼前，麻生一动也不动，宛如察觉到生命有危险后，全身变成了保护色的变色龙，低头看着桌上的便当盒。

"臭厨余，听说你家是'单亲家庭'？"

“穷酸鬼，你每天都吃妈妈帮你做的便当吧？”

不能动，不能动。本能的声音好像发了疯的方向灯般，在麻生的体内一个劲地闪烁。一旦动了，一旦现在动了，就会吃尽苦头。

“可不可以请你跟我们过来一下？”

麻生听到A戏谑的声音。B伸出手，拿起他放在桌上的便当盒，麻生脱口“啊”了一声。

“怎么了？乖宝宝，担心妈妈做的便当被人抢走吗？”

麻生站了起来。那两个同学从两侧抓住了他，他顿时感到一阵剧痛，忍不住发出呻吟。

“跟我们走。”

他们把麻生拖出教室，虽然有几个同学在教室吃便当，但当然都假装没有看到。他们中间应该有人很同情麻生成为霸凌的目标，但是有更多人庆幸自己没有成为霸凌的目标，为此暗自松了一口气。

麻生被带到体育馆后方，立刻被推倒在地。他下意识做出了用双手抱住双腿的自卫姿势。

即使被踹被踢，通常都会在五分钟以内结束。因为持续猛踢也很累，而且万一霸凌的对象死了也很伤脑筋，这两点让他们在施暴时有所节制。麻生早就已经知道了这件事。

他缩着身体，等待最初的一击，但是，他们并没有动手。

啪嗒，他听到便当盒盖打开的声音，接着传来失笑的声音。“这些是什么东西啊。”他们三个人似乎看着母亲为麻生做的便当发笑。

“只有烤鱼、卷心菜丝和腌梅白饭，也太穷酸了。”

“比便当店的海苔便当更不如。”

“没办法啊，人家是‘单亲家庭’嘛。”

“年收入很低的。”

他们发出阴险的笑声，麻生的身体好像岩石般僵硬。

咚，随着干涩的声音，有什么东西掉在趴在地面的麻生的脸附近，他战战兢兢地抬起头，发现他们把便当盒丢到他面前，便当盒里的东西全都倒在了沙子上。

“吃啊。”

A在他的头顶上说道，声音斩钉截铁，好像霸王在命令仆人。

麻生听不懂他在说什么，抬起上半身看着便当盒。切片的咸鲑鱼、卷心菜丝和白饭全都沾到了沙子，被染成了灰色，其中有一点红色闪亮着。

那是老妈的腌梅。

“你没听到吗？吃啊！”

霸王的声音再度响起。

“你可以吃下去吧？不管多脏，都是你最喜欢的妈妈亲手做的啊。”

麻生盯着沙子中的红色腌梅，好像要把腌梅看出一个洞。

沾到沙子的腌梅发出鲜艳的红色，麻生的视线完全被那个红色吸引，无法动弹。

“喂，你怎么了？”

“赶快吃啊。”

头顶上传来窃笑声，三个同学想要欣赏自己的仆人做出像狗一样的行动。

麻生跪在地上，然后把撑在地上的右手伸向便当盒。他的右手颤抖不已。

他的右手抓起沾满沙子的白饭，中央是那颗腌梅。麻生把那口饭塞进嘴里。

咯吱，他听到了不对的声音。原来除了沙子以外，还有小碎石。麻生用力闭上眼睛，在嘴里咬了两三次，感受到沙沙的沙子和格外柔软的白饭，以及舌尖碰到腌梅的酸味。

“哇，真的假的，他真的吃下去了。”

三个同学大笑起来，纷纷说着“难以相信”“太糟糕了”“他是猪”。麻生低着头，默默地继续咀嚼嘴里的沙子、碎石和白饭，然后，咕噜一声，吞了下去。

这时，他的泪水流了出来。第一滴泪水流下来后，就再也无法停止了。三个同学看到他流泪后更来劲了，继续聒噪着。因为还没有放学，所以他们并没有踹他的身体，但踢着打翻的便当盒，踢着咸鲑鱼和卷心菜，踢得乱七八糟后才笑着扬长而去。

那天下午，麻生翘课回家了。

上课无所谓了，学校也无所谓了。他低着头快步走回教室，抓起书包，不顾一切地逃出教室。他的的确确是“逃出”了教室。

要逃离他们，逃离霸凌，逃离学校。他满脑子都想着这些事。

他想要逃离这个世界上的一切，也想逃离在遭到霸凌的同时，仍然苟延残喘，和垃圾没什么两样的无聊人生。

嘴里沙沙的可怕感觉挥之不去，腌梅的酸味在舌尖上扩散，始终无法消失，让他的嘴巴感到麻木，觉得好像毒素般扩散到全身。

他想要逃离这种恐惧，忍不住跑了起来。他一直跑，一直跑，直到呼吸差一点停止。

他冲进公寓的厨房，连续喝了好几杯水，被呛到好几次。他想赶快消除嘴里沙沙的感觉，想要消除腌梅的味道。

那天晚上，麻生发烧了。

他被高烧折磨，不断做噩梦，梦见自己被邪恶的东西追着跑，差一点被活埋。泥土不断盖在他已经无法动弹的身体上，他大叫着：“救命、救命。”但沙子塞满了他的嘴巴，他无法呼吸。

救命。

他大汗淋漓地醒了过来。

天色不知道什么时候已经亮了，他眼神涣散地注视着有点脏的天花板。

他猛然发现母亲坐在枕边，一脸担心地低头看着他。当他们的眼神交会时，母亲勉强挤出笑容说：

“你睡得真久，烧得很厉害，我担心死了。”

麻生无言地移开视线，额头上放了一块沾水后拧干的毛巾。母亲拿起毛巾，放进枕边的脸盆中搅动了几下，又继续说道：

“我已经打电话到学校，说今天要请假……我上班无法请假，你可以自己去医院吗？”

麻生沉重地“嗯”了一声。他当然不能去医院，因为他不能让医生看到自己满身的瘀青。

母亲默然不语地看了麻生片刻，简短地问了一句：

“发生什么事了？”

麻生立刻知道，母亲已经发现了自己身上的瘀青和伤。

“没事……什么事也没有。”

他沉重地回答。母亲又注视了他很久，终于用平静的声音说：

“我把钱和医保卡放在桌上，我煮了粥，放在锅子里……还有腌梅。”

母亲把毛巾用力拧干后，准备放在麻生的额头上。这时，母亲的手轻轻摸着他的额头。麻生忍不住抖了一下，然后乖乖让母亲摸。

母亲的手很冰，她已经多久没这样摸自己了？

小时候，每次生病，母亲就会用手掌摸他的额头。那是一个温柔手掌外形的体温计。

“好像稍微退烧了，今天就好好在家休息，不要太累了。”

母亲说完，把毛巾放在他额头上，然后说了声“那我走了”，走出了房间。

幸运的是，很快就放暑假了。他没有去参加结业式，就直接放暑假了，所幸并没有引起学校方面的怀疑。

太好了。麻生心想。至少暂时不必再见到他们。暑假结束前，身上的伤和瘀青也都会消失，到时候就可以掩饰过去，不必让母亲担心。

但是，他遇到了另一个棘手的问题。他无法再吃母亲为他做的便当或饭团。确切地说，是无法吃加了腌梅的便当或饭团。

因为这次做了很多，所以母亲每天都会在便当或饭团里加腌梅，但他只要一看到腌梅，就会想要呕吐。

他每次都立刻想起满嘴沙沙的感觉，以及令人作呕的酸味，忍不住想要大叫，甚至不愿打开便当盒的盖子。

麻生不吃母亲做的便当，只靠泡面和零食充饥。母亲立刻察觉到儿子的异常变化，但并没有想到问题出在腌梅上。她连续做了一个星期的便当，最后终于忍不住问：

“你没有食欲吗？是不是哪里不舒服？”

麻生无法回答。但从那天开始，他鼓起勇气打开了便当盒，只吃便当里的菜，完全不吃加了腌梅的饭，然后再把盖子盖起来；也不吃加了腌梅的饭团。

母亲很快就发现麻生拒绝吃腌梅，虽然她并没有察觉其中的原因。

第二天之后，腌梅从母亲做的便当中消失了，看到便当里装了没有腌梅的白饭，麻生终于能够放心地吃完整个便当。

老妈，对不起。

他在心里向母亲道歉。

并不是母亲做的腌梅不好吃，更不是因为母亲的关系，只是那天在嘴里咬着沾满沙子的腌梅和白饭时，麻生体内的某样东西坏掉了。腌梅好像变成了导火线，引发了巨大的战争。

那天之后，母亲再也没有在吃饭时拿出腌梅，那一大桶腌梅不知道去了哪里，不久之后，连那个塑料桶也不见了。

老妈，对不起。

他再度无声地向母亲道歉。

母亲满心欢喜、那么用心腌制的腌梅，他只吃了一颗，一整桶腌梅都不知道去了哪里。

随着暑假渐渐接近尾声，他的心情也越来越郁闷，无法走出家门一步。

就像初中时一样，就像高二最初遭到霸凌时一样，他的身体第三次变成铁板，被子变成强大的磁铁，想要掀开被子并不是一件容易的事。而且，这次的情况更加严重。

快要开学了，一旦去学校，又要见到他们，当然又会遭到霸凌，也许他们会用比之前更加阴险的手段。

但是，如果不去学校，他们可能会毫无预警地找上门来放火，发出像恶魔般的笑声放火烧屋。

开学那天，麻生果然无法起床，然后整天躺在被子里。

母亲看到他故态复萌，忍不住紧张起来，拼命鼓励他，每天都坚持帮他做便当和饭团，当然绝对不会放腌梅。母亲虽然手头拮据，但还是尽可能买一些麻生喜欢吃的菜肴，每天敲他房间的门对他说话："不管发生什么事都可以告诉妈妈，你可以和妈妈聊一聊。"

母亲越是关心，麻生越觉得无法起床的自己很没出息，憎恨想要逃避的自己，很想从此消失，觉得带着这种心情活在世上根本没意思。

没错，活着没意思。

干脆死了算了。

一死了之也许比活着更轻松。

他开始这么想。一旦有了这种念头，就觉得是很棒的想法。

"死亡"似乎骤然靠近，但又很快远离了，有时候觉得似乎贴到了自己的脸颊，浑身有一股冰凉的感觉。这种时候，他总是用双手摸着自己的脸。

手指触摸脸颊的感觉，温暖的体温，他为自己"活着"感到松了一口气的同时，又满心想要逃开。

"死亡"不断折磨、诱惑着麻生。

他无法再和母亲打照面，但母亲仍然在房间外，隔着门对儿子喊话。

振作起来。有没有想吃什么？

要不要一起出去走走散心？我们去买你想要的东西。

每次听到母亲对他说话，他的心里就乱成一团。

他的内心同时涌起“对不起”和“啰唆死了，别来烦我”的两种心情。

既觉得“为了母亲，自己不能死”，又同时觉得“为了母亲，自己应该一死了之”。

因为他无法说出口，所以也无法回答母亲，这反而令他更加自责，更加痛苦。

为什么这种事会发生在我身上？他终于再度追问自己。为什么我会遭到霸凌？虽然他一度放弃思考这个问题。

为什么我会遇到这么糟糕的事？为什么每天都要活得战战兢兢？

为什么不是发生在别人身上，可以随便找一个其他人啊，为什么偏偏找上我？

谁来回答我？

他在内心呐喊，想要知道答案，但无论再怎么呐喊，都不可能找到答案。

因为原本就没有答案。

九月底的某天早晨。

母亲像往常一样在出门前敲了敲他的房门，像往常一样问他：“你醒了吗？”

麻生已经醒了，但他没有回答。他已经一个月没有回应母亲叫他的声音，只能靠吃完母亲每天为他做的便当，勉强证明自己还活着。

平时母亲向他打招呼后，只要他没有回应，就会说声“那我去上班了”，然后转身出门。麻生每次都在确认母亲出门后，起床走去厨房。

但是，那一天迟迟没有听到母亲说“那我去上班了”这句话。麻生感到纳闷，忍不住坐了起来。

母亲站在门外，隔着一道门感受儿子的动静。麻生可以想象母亲紧贴着门的样子。

过了一会儿，门外传来带着颤抖，却很有力的声音。

“麻生，妈妈等你。”

麻生竖起了耳朵，母亲的声音从门外传来。

“我会永远等你，等你走出来。”

在母亲又说了一次“等你”的时候，他才察觉到母亲的声音带着哭腔，她在门外无声地啜泣。

老妈在哭……老妈哭了？

这是麻生有生以来第一次看到母亲流泪。至今为止，他从来没有看过母亲的眼泪，就连和父亲离婚，开始独自抚养麻生时，母亲也没有流一滴眼泪。母亲个性倔强而坚强，充满生命的活力，麻生从小到大，从来没有听她诉过苦。

没想到母亲竟然在哭。

麻生发现自己的心脏在剧烈跳动。

母亲从来不流泪，也不能流泪。

然而，此时此刻，母亲哭着说：“妈妈等你。”她在等待麻生走出自己的房间。

“对不起，那我去上班了。”

母亲再度恢复了往常开朗的声音在门外说道。麻生还是没有回答。

听到大门砰地关上的声音后，麻生木然地望着房间的门良久，心情格外沉重，但脑子很清楚。

无论结果如何，都要立刻从“那里”走出去。

“那里”就是你躺着的这床脏被子。

麻生的屁股上好像装了弹簧，猛然从被子里钻了出来，然后大步走向厨房。

他像往常一样，拿起放在母亲房间矮桌上的便当盒，又大步走回自己的房间。把便当盒放回书包后，急急忙忙脱下了身上的运动服，两个月来第一次穿上校服，然后好像被什么东西追赶似的冲出了家门。

他要去学校，两条腿像铅一样沉重，但他仍然拼命往前走。

他突然下了决心，要去学校，要面对那些人，把自己交出去，任由他们宰割。

他可以想象自己的遭遇。

所以，不必再追问自己，为什么偏偏是我遇到这种事？

因为根本就没有答案。

第二节课已经开始了，麻生冲进了教室。老师和同学看到拒学的学生突然回来上课，个个都目瞪口呆。

那家伙果然很奇怪。同学窃窃私语着，那几个同学一脸贼笑地看着他，看着猎物自投罗网。

麻生咬牙苦撑着接下来的日子。他忍受着霸凌，告诉自己要活下去。

虽然比他想象中更痛苦，但这次他不再有“不如死了算了”的念头。

为了老妈，自己绝对不能死。

如果被逼到死亡的极限，那就逃走吧。

这个极限终于出现在他面前。

十二月，麻生满十七岁，他告诉母亲：

“我要休学，去外面工作，我要让你过得更轻松。”

母亲什么都没说，静静地领悟儿子已到了“极限”，然后默默地在休学申请单上盖了章。

接下来的日子，他为了谋职四处奔波，终于找到了一份工作，没想到突然遭到解雇，然后开始了茧居生活。然后有一天，母亲失踪了。

母亲离家出走之后，他终于听到了那个声音。心灵的耳朵听到的，母亲之前对他说的话——

抬头挺胸，用自己喜欢的方式活出自己的人生。

3

前往蓼科

麻生站在新宿车站十一号月台，中央本线的月台上。

他已经四年没有走进人群，一直觉得有人在看他，所以始终低头走路。他来到离家最近的车站，却不知道要买到哪里的车票，最后决定先去新宿。

行李袋内塞了工作服，还放着换洗衣物、牙刷、手机的充电器和皮夹，然后手拿贺年卡，离开了公寓。出门之前，他检查了三次燃气和门窗是否有关好。

母亲离家出走了，一旦自己出门，房间就会空置一阵子。虽然自己可能第二天就回家了，但也有可能暂时不会回来。

而且，母亲可能在这期间回家。

他在母亲留下的那封信的背面，用蹩脚的字留了言。

我去蓼科。

麻生

奇怪的是，麻生居然记得“蓼科”这么难的汉字怎么写。小学二年级时，他学会写这两个字时，还曾经在同学面前炫耀。他突然想起这件事，忍不住觉得很好笑。

他最后一次见到奶奶是在小学五年级的寒假，也就是十一岁的时候，至今已经有十三年没见面了。

他不知道奶奶今年几岁，但经过十三年，奶奶当然也上了年纪。

也许是因为生了什么病，医生告诉奶奶她只剩几个月的生命，于是，希望在死前见一见曾经是她媳妇的麻生妈妈和唯一的孙子麻生，所以才会写那张贺年卡。也许那是奶奶发出的“SOS”信号。

目前是一月底，距离奶奶寄出贺年卡已经一个月了，所以，“余命仅剩数月”的状态又少了一个月。如果“数月”是三个月，奶奶只剩下两个月了。如果是半年……不，如果是半年，应该会写“余命仅剩半年”吧。

麻生一路想着这些事，来到了新宿车站。

拥挤的人潮和复杂的车站让他目瞪口呆，但他振作精神，决定去请教站务员。

“请问……我想去……蓼科，要搭哪一班电车？”

他结结巴巴地问站务员。他已经有四年没有和母亲以外的人说话，站务员应了一声：“蓼科？”陷入了思考。

“蓼科很大……请问你知道是哪一个车站吗？”

站务员的回答出乎麻生的意料。他从小一直以为蓼科和新宿一样，既是地名，也是车站的名字。

“啊？没有名叫蓼科的车站吗？”

他又确认了一次。

“没有。”

听到站务员很干脆的回答，麻生忍不住有点畏缩，但如果轻言放弃，就无法去见真朝奶奶了。

“呃，这是地址。”

他出示了紧紧握在羽绒服口袋里的贺年卡，站务员确认了寄件人的地址，立刻很有精神地回答说：

“噢，原来是茅野，搭十一或十二号月台的中央本线在茅野车站下。”

“梓”号特急车会在那一站停靠，如果不赶时间，可以搭普通车，在高尾车站换车。听了站务员详细的说明，麻生终于知道原来搭电车可以到奶奶家附近，不由得松了一口气。

“请问到了茅野车站后，要怎么去蓼科？”

麻生随口问了一下。

“到了之后，请你去车站的旅客服务中心打听一下。”

总之，只要到了茅野，之后应该就简单了。麻生向站务员道谢后，走向十一号月台。他手头的资金有限，当然只能搭普通车再转车。

非假日的下午三点，下行电车的月台上并没有太多人，但麻生觉得从来没有见过这么多人走来走去。

往高尾方向的电车从轨道的远方驶来，扬起了一阵风，经过麻生的面前后，缓缓停了下来。

车门打开后，麻生低头走进车内，站在门旁。

五颜六色的路线行驶在首都圈内，宛如织成一张网。自己搭的这辆车需要在高尾换中央本线，然后甲府……韮崎……

车厢内的东京近郊路线图上并没有标识出韮崎之后的车站名，刚才站务员说的茅野车站在韮崎之后。到底是韮崎之后几站？三四站，还是更远？

他看着路线图，感到自己要去的地方似乎很遥远，好像要去东北或是北海道之类很遥远的地方，突然不安起来。

他向来觉得即使自己足不出户，也尽知天下事。只要有网络，就可以自由自在地在这个世界遨游，可以和不知名的人产生交集。

然而，现在的自己呢？

十几年来，麻生第一次来到市区中心，手足无措地搭上电车，很担心自己是否能够顺利抵达目的地，简直和小时候“第一次当小帮手”的情况差不多。

随着渐渐远离新宿，车窗外的景色中，高楼大厦和霓虹灯招牌逐渐减少，变成了平坦而无聊的郊区景象。

阿佐谷、荻洼、西荻洼……这一带的景色和麻生住的地方并没有太大的差别。车窗外的风景在一月阴沉的天空下，染上了冰冷苍凉的色彩。麻生的心情似乎也随着窗外逐渐变化的风景，不由得越来越沉重。

来到高尾车站时，他几乎快被内心的不安压垮了。

麻生独自站在下行线的月台上。

“前往松本的普通电车即将进站，请乘客在白线后方等候。”

车内广播响起。麻生抬头看着漆成水蓝色和乳白色的电车越来越近。

他瞄了一眼车站内的时钟，快四点半了。

夕阳染红了月台屋顶上方的冬日天空，刚离开新宿时的满天乌云已经消失了。

麻生搭上了往松本方向的中央本线普通电车。

他走到两两面对的家庭四人座位的窗边，脱下羽绒服和行李袋一起放上了网架。他准备坐下时，又站了起来，从羽绒服口袋里拿出手机，放在窗户前。他看到手机上短信通知的灯闪烁着，忍不住紧张地拿了起来。

老妈?

打开短信一看，原来是电信公司传来的“本月账单通知”。他叹了一口气，把手机塞进牛仔裤后边的口袋。

他已经很久没有像今天一样，这么长时间没看手机和电脑了。

麻生的日常生活和可以随时上网的电脑密不可分。不上网，一天就无法开始，没有手机和电脑，他不知道该怎么活下去。

虽然他突然在外面的世界彷徨，不知道该怎么办，但至少口袋里有手机。对麻生来说，手机就像是他的护身符。

只要有手机，就会有办法。

可以用手机查该怎么换电车，输入奶奶家的地址，也可以查地图。手机可以成为前往蓼科的卫星导航。

刚才根本不需要在新宿车站紧张地向站务员打听，或是在电车上一直不安地看着路线表。

麻生再度把放在牛仔裤后口袋的手机拿了出来，打开手机，想要玩游戏。他正在找游戏时，两个高中男生上了车，坐在他旁边和斜对面。

两个高中男生坐下后，立刻从口袋里拿出手机，默默地按了起来。麻生从他们大拇指利落的动作，猜出他们也在玩游戏，忍不住感到扫兴，结束了刚开始玩的游戏，再度把手机塞回牛仔裤的口袋。

发车铃声响了，车门扑哧一声关了起来。电车缓缓出发。

麻生定睛看着窗外。

暮色迅速逼近，车站内明亮的灯光渐渐远去，电车驶入见不到任何建筑物和住家灯光的山里。

电车每停一站，就陆续有几名乘客下车。车上的人越来越少，现在包括麻生在内，只有五个人了。

麻生无所事事，只好再度拿出手机打开。登入游戏网站后，开始玩对战游戏，却始终无法专心。他这才发现电车上太安静了，想到可以听之前在手机上下载的音乐，他把行李袋从网架上拿了下来，在里面找耳机，才想起放在多年未叠的床铺枕边了。

“搞什么，这么一来，在回家之前都不能听音乐了。”

他忍不住嘀咕道，斜斜地坐在椅背呈直角的座位上。他已经不想玩手机游戏了。

咚隆、咚隆，车厢内只听到车轮碾过枕木的声音，麻生听着这些声音，感受到乌云在内心扩散。

我这样突然上门，能见到真朝奶奶吗？

引导麻生踏上这次旅程的，只是区区一张贺年卡。而且，这张贺年卡也成为指引他的灯塔。

即使靠着手机导航顺利找到奶奶家，也许奶奶已经住院，或是被搬去亲戚家照顾，已经不住在那里了。

如果上门之后，发现家里空无一人，我该怎么办？

麻生猛然站了起来，把羽绒服从网架上拉了下来。

他从口袋里找出那张贺年卡，他从正面看到反面，仔仔细细地看过了每一个角落。

贺年卡上既没有留下电子邮箱，也没有电话号码。

即使没有邮箱，至少也该留下电话吧。

但是，即使现在打电话，万一没有人接……我要在下一站下车回东京吗？

麻生目不转睛地看着自己映照在昏暗车窗上的脸。

根本就是一张废物的脸。满脸胡楂，头发也很长，因为平时都吃一些没什么营养的食物，所以脸颊瘦削，眼袋松弛，虽然从车窗上看不清楚，但他知道自己还有黑眼圈。

那是幼稚的人特有的脸，误以为手机在握，就可以联结全世界。

他很不想看自己的脸。

电车到了甲府站。许多下班准备回家的人拥进电车，车厢内一下子就挤满了人。

电车再度开动，每停一站，就有许多乘客下车。

到了小渊泽车站后，车厢内再度变空了。

这趟电车一路晃得真久，到底什么时候才会到目的地茅野车站？

他忍不住打开手机看着路线图。刚才经过了青柳站，下一站是——

“啊，是茅野！”

他忍不住出声道。

“本列车即将到达茅野，茅野车站。”

车内广播刚好响起，电车逐渐减速。麻生站了起来，急急忙忙把羽绒服和行李袋拿了下来。窗外出现了街灯，还有房子零零星星的灯光。

麻生终于站在茅野车站的月台上。空无人影的月台上弥漫着冰冷的空气。

麻生没带什么衣服，羽绒服里只穿了一件薄毛衣和T恤，冒着胡楂的脸颊感受着空气，冷得有点发痛。他的身体忍不住抖了一下。

已经七点多了。当他走出检票口，发现车站很大很明亮，完全不像是乡下地方，忍不住松了一口气。

他原本担心这里是无人车站，即使想要问路，也找不到半个人。虽然搭了四个多小时的电车，但还是无法摆脱“第一次当小帮手”的感觉。

麻生四处张望，寻找哪里有旅客服务中心，然后想到可以用手机导航。只要连上网络，再输入奶奶家的地址，就会知道该怎么去那里。

他立刻用手机连接网络，登入有卫星导航功能的网站，但画面上接二连三地出现“加入会员”“选择月租费”和“阅读规章”，迟迟无法进入导航画面。

“唉，真是麻烦！”

麻生轻轻叫了一声，粗暴地合上手机，塞进羽绒服口袋后，再度走回检票口。

“呃……打扰一下。”

麻生问坐在检票口旁的业务窗口内的站务员。

“我要去蓼科，请问要怎么去？”

“蓼科……蓼科高原吗？”

被站务员这么一问，麻生有点不太确认，那里是高原吗？

“这是地址。”

他像在新宿车站时一样，出示了贺年卡的地址部分。

站务员微微抬起眼镜确认了地址。

“嗯，详细情况我不太清楚，应该是奥蓼科吧。”

“蓼科”的名字前又加了“奥”这个字，所以离这里很远吗？

“离这里很远吗？”麻生问。

“也不会太远，开车不到三十分钟吧。”

站务员的回答很微妙。

“所以，走路也可以到吧？”

站务员笑了起来。

“那不行，要搭出租车或是其他交通工具才行。”

“出租车……”

麻生无力地嘀咕了一句。三十分钟的车程，恐怕会花不少钱。

“从东口出去，就可以看到出租车站。”

听到站务员这么说，麻生只好走向车站出口。

茅野车站东口的设计很现代化，一走出去，立刻看到了出租车站。

北风迎面吹来，麻生感受着几乎快把耳朵都吹下来的寒风，向第一辆出租车司机出示了贺年卡上的住址，问他要花多少时间和车费。听到司机回答，要三十多分钟，车费大约五千元，他忍不住思考起来。

如今，他身上所有的财产只剩下四万六千元。

花五千元的出租车费去奶奶家真的是上策吗？

即使到了那里，如果奶奶不在家，又要再搭出租车回来。

所以，来回的出租车费就要一万元，还要再花三千多元才能回东京。光是在蓼科和东京之间来回，还没有见到奶奶，手头上就只剩下三万三千元，恐怕一个月就会用光光。

太糟糕了，这种情况太糟糕了。

"啊，那我先吃饭，吃完饭再去好了。"

麻生对出租车司机说完，转身走向市区。

我该怎么办？

难道千辛万苦来到这里，最后却无法去奶奶家吗？

他忍不住重重地叹了一口气。入夜后更冷了，可以清楚看到吐出的白气。

他迈着沉重的步伐，沿着车站前冷清的商店街漫无目的地走着。

这时，突然闻到柴鱼片高汤香喷喷的味道。

商店街的店家几乎都打烊了，只有一家店还亮着灯。是一家食堂，写着"吃饭"两个大字的白色暖帘在北风中飘扬。虽然"吃饭"的表达方式很直接，但这两个圆滚滚的字看起来很美味。

虽然不知道接下来会发生什么事，但不吃点东西，身体会吃不消。

他这么告诉自己后，掀起暖帘，打开了食堂的落地门。

店内完全没有客人，一个中年大婶坐在椅子上，看着挂在天花板附近的电视，听到动静，包着白色三角巾的头转了过来。

"欢迎光临。"

大婶很有精神地打着招呼站了起来。麻生低着头，不敢正视大婶的眼睛，在离门口最近的座位坐了下来。

"要吃什么？"

大婶把装了茶的茶杯放在桌上后问道。麻生看着贴在墙上的菜单。

他并不是看菜单的内容，而是确认价格。猪排饭八百元，拉面六百元……清汤荞麦面四百元。

"清汤荞麦面。"

"好嘞，一碗清汤荞麦面。"

大婶很有精神地对着吧台内叫了一声，厨房深处传来一个男人的声音："收到。"

麻生没有脱下羽绒服，而是蜷缩着身体坐在那里。电视播的是七点的新闻，主持人正在新宿一带做街头访问，电视屏幕上出现了满溢的霓虹灯和车前灯。麻生难以相信，自己几个小时之前也在那里。

"来了，让你久等了。"

不到五分钟，大婶就用托盘端着大碗送了过来。麻生开心地探头看着热气腾腾的荞麦面。

碗里有葱花和一大块豆皮。麻生盯着豆皮看了几秒钟后，抬头对大婶说：

"呃，我……刚才点的是清汤荞麦面。"

"嗯，是啊。"大婶笑着回答。

"这看起来像是豆皮荞麦面。"

他看了菜单，豆皮荞麦面五百元。他原本点的是四百元的面，到时候向他收五百元就伤脑筋了。

可能他脸上露出了极其为难的表情，大婶看着他的脸笑了起来，手掌用力向旁边一甩说：

"没关系，没关系，没关系啦，没关系。"

她连续说了四次"没关系"。什么没关系？麻生更加不知所措。

"就当作是'加了豆皮的清汤荞麦面'。反正快打烊了，不会再有客人上门了，所以，免费招待，免费招待，免费招待。知道吗？"

这次又连续说了三次"免费招待"。"哦。"麻生有气无力地应了一声，虽然搞不清楚状况，但决定接受大婶的好意。

他掰开一次性筷子，捞起热腾腾的面，吹了几下，用力吸了进去。

真好吃。

荞麦面呼噜噜地流入胃中。他喝了柴鱼高汤，好喝得直流口水。吸了汤汁的豆皮有一点甜味，美味在嘴里扩散。

他喝完最后一滴汤汁，把碗放回桌上，情不自禁地说："啊，真好吃。"

"这就太好了，太好了，太好了。"

站在一旁的大婶看到麻生大口吃完了面，心满意足地点了点头。

"小兄弟，你来旅行吗？是从哪里来的？"

大婶用茶壶为他的茶杯加水时问道。

"我从东京来，也不算是旅行，是来找亲戚……"

大婶听到他的回答，好奇地问："哦？来找亲戚？"然后在对面的座位坐了下来。

"你的亲戚住在哪里？这一带吗？"

"不，好像……在更里面……"

他突然想到，可以向这位亲切的大婶打听一下要怎么去目的地。搞不好可以在附近找到一家便宜的旅馆，明天再搭公车或是其他交通工具，至少比搭出租车便宜。

"这是地址，但我不知道要怎么去。"

他从口袋里拿出贺年卡，向大婶出示了地址。大婶从围裙口袋里拿出老花眼镜，说了声："我看看。"拿起贺年卡端详起来。

"啊，原来是真朝婆婆。"

大婶的话太出乎意料了。麻生"啊？"了一声，探出身体。

"你认识？"

"当然认识，"大婶苦笑起来，"你刚才吃的荞麦面，就是用真朝婆婆的荞麦做的。”

“啊啊？”麻生的反应比刚才更夸张，整个人往前扑了过去。

“真的假的？”

“真的啊。”

大婶回答。

“奶奶把荞麦……荞麦的果实摘下来……把皮削掉……”

“不是不是，不是。”大婶打断了因为太惊讶而慌了手脚的麻生。

“荞麦不用摘，也不用削皮，又不是苹果。”

“啊？是这样吗？”麻生忍不住问。

“是这样啊。”大婶的回答又呼应了他的问话，她似乎很健谈。

“你刚才叫她‘奶奶’，你是真朝婆婆的孙子吗？”

麻生立刻点了点头。

“因为某些原因，我们很久没见面了……我突然很想见她，也没有事先和她联络。”

“原来是这样。”大婶附和道。

“请问……我奶奶最近好吗？”

大婶笑着回答说：

“你不是来这里确认的吗？那就不要闲晃了，赶快去看她啊。”

听到大婶理所当然的话，麻生一时语塞。大婶看到他突然说不出话，立刻猜中了他的情况。

“哦，我知道了，你是搭电车来的，没有交通工具去真朝婆婆家。”

麻生老实回答说：

“车站的人说，只能搭出租车……”

“你的钱不够，只能吃一碗清汤荞麦面……”

她一眼看穿了麻生的处境。

“你等我一下。”

大婶站了起来，打开落地门走了出去，很快抱着写了“吃饭”两个字的暖帘走了进来，放在门内后，对着厨房深处大声叫着：

“老公，我现在去真朝婆婆家。”

“啊？”

麻生惊讶地站了起来，看起来像是老板的男人从厨房里走了出来，也惊讶地问：“这么晚去干什么？”

“这个小兄弟是真朝婆婆的孙子，因为没有交通工具，正在伤脑筋。我也很久没见到真朝婆婆了，所以刚好送他过去。”

大婶向老公解释道。麻生再次说了声：“真的假的？”说出口之后，为自己的词汇贫乏感到很丢脸，但他一时找不到其他的表达方式。

大婶说完，解开围裙和头上的三角巾，拿了挂在吧台旁墙上的车钥匙，开心地说：

“真的啊，走吧。”

“啊，荞麦面的钱……”麻生拿出皮夹。

“对哦，那我就帮你结账。四百元。”她不是算豆皮荞麦面的价格，而是收了清汤荞麦面的钱。

“原来你是真朝婆婆的孙子，真是一个出色的年轻人。”

老板从头到脚打量着麻生，眉开眼笑地说。这对夫妻似乎很喜欢真朝奶奶。

麻生跟着“吃饭”屋的大婶，走出摇摇欲坠的食堂，两个人一起坐上停在旁边空地上的银色小客车。眼前事情的发展完全出乎麻生的意料，所谓的“急奔渡口，恰有停舟”应该就是这种情况吧。

“对了，我姓久米，久米志乃，请多关照。”

车子开了之后，大婶立刻迫不及待地自我介绍。麻生“啊”了一声。

“久米志乃，所以才会取‘吃饭’这个店名吗？”[①]

他想起在北风中飘扬的暖帘上“吃饭”这两个黑色的字问道。

“哎哟讨厌，讨厌讨厌讨厌，真的呢，我之前都没有发现。”

志乃婶“啊哈哈哈”地放声大笑起来。

“但是，那不是店名。”

志乃婶笑着说道。原来店名叫“久米食堂”，但因为暖帘太令人印象深刻了，感觉“吃饭”屋的名字更适合。

“如果没有那个暖帘，我可能不会走进去。”麻生很老实地说。

“哦，是这样呀？”志乃婶转头看着麻生的方向问道。

“我和之前在松本当厨师的老公结婚，决定开店的时候对他说，店里的装潢和菜色都交给他处理，但希望由我来决定暖帘，所以就去定做了那个暖帘。”

志乃婶说，那已经是四十年前的事了。

“四十年吗？”麻生忍不住问，“太厉害了，原来那个暖帘是超级古董。”

志乃婶听了，又开心地笑了起来。

“不光是暖帘，我老公和我也都是古董了。”

---

① 日语中，久米志乃发音为ku-me-shi-no，吃饭发音为me-shi。——译者注

当年他们想要自己开店时，老家松本的地价太贵，所以就来到离故乡不远的茅野，在车站附近寻找开店的场所。

“然后，就在那里做了四十年。两个女儿分别嫁去东京和名古屋了，只有中元节和过年的时候才会带外孙回来。大女儿的儿子读小学五年级，小女儿的两个儿子分别读小四和小三，都是活力十足的男孩，一起回来时，简直被他们吵死了……”

她笑着说到这里，突然想到什么似的问：“啊，我只顾着说自己的事。我说小兄弟，你也说说自己的事呀。你叫什么名字？”

“呃……我叫麻生。”他结结巴巴地回答。

“嘛，是生的哦。”志乃婶附和着，“啊呀呀呀，我竟然忍不住用你的名字开玩笑。”

说完，她又“啊哈哈哈”地放声大笑起来。她的个性似乎很开朗。

“你几岁了？”

“二十四岁。”

“你做什么工作？今天休假吗？”

“不……我没有工作。”

麻生又吞吞吐吐地回答。

“是哦，”志乃婶应了一声，“这年头找工作也不容易。”

然后，又立刻用开朗的声音说道：

“相较之下，以前的人都很有冲劲。找不到工作，就自己开店做生意。像我老公也是这种情况，他和主厨合不来，结婚后不久就被裁员了……不过，也算是因祸得福。”

志乃婶用利落的口吻说道：

“如果他没有被裁员，我们就不会来茅野，也就不会认识真朝婆婆，更不可能认识你，开车送你了。

“虽然店里的生意一直不太好，但能够住在这里，一家人都很健康，就觉得活着真好。”

志乃婶这样总结后，露出心满意足的笑容。

真是一个自得其乐的人。

虽然是两个人在交谈，但自己只说了名字，还有年龄、没有工作这三件事，而志乃婶在短短十分钟内，已经把自己的身世交代清楚了。

她太开朗了。

麻生有点被吓到，也有点受到了鼓励。

载着他们的小客车驶入了漆黑的山路。

道路两旁没有路灯，车前灯冲破了眼前的黑暗。沿途没有遇到任何车辆，更不可能有行人。路面的铲雪高高地堆在道路旁，小客车的引擎费力地发出喘息声爬上山路。

突然有一个体型庞大的动物冲到前方的路面，麻生“啊”地叫了一声，但志乃婶不为所动，只是放慢了速度。那个动物被车前灯照亮了后，立刻消失在黑暗中。

“啊……吓死我了。那是什么？”

麻生用右手按住胸口。他的心脏剧烈地跳动。志乃婶简短地回答说：“鹿。”

“鹿？不是在冬眠吗？”

“熊才会冬眠吧？”志乃婶笑了起来，“这里很常见啊，还有羚羊、猴子和绿雉。”

还有桃太郎吗？麻生原本想要吐槽，但还是忍住了，只嘀咕了一句：“简直就像野生王国。”

“但没有狮子。”志乃婶随口回答。

行驶了一段山路后，前方是平坦笔直的路。开了一会儿后，志乃婶打了方向灯，车子缓缓靠向路边，停了下来。

“到了。”

志乃婶拔下钥匙，打开驾驶座旁的车门下了车。麻生也从副驾驶座下了车。关上车门后，眼前是一片伸手不见五指的黑暗世界。

远处有住家的灯光，但只有零零星星的几盏灯火。

“车子不能开到真朝婆婆家门口，所以只能停在这里。”

志乃婶说完，为麻生带路，“走这里，走这里。”四周黑漆漆的，而且大马路以外的地方都积了雪，他完全搞不清楚方向。志乃婶踩在雪地上，快步走在这片雪地中隐约可见的小径上。麻生慌忙跟了上去，但立刻在雪地上滑倒了，一屁股跌坐在地上。

“哎呀哎呀，啊呀，城市人果然走不惯这种路。”

志乃婶立刻折返回来，把麻生扶了起来。麻生根本没想到会在雪地上走路，脚上穿着唯一的一双球鞋。这双在东京早就不流行的球鞋，在雪国变成完全派不上用场的废物鞋。

“呃，请问……我奶奶在家吗？去她家之前，是不是要先打电话？”

麻生站起来往前走时，向志乃婶提议。

“没办法，真朝婆婆家没电话。”志乃婶很干脆地回答。

麻生怀疑自己听错了，现在还有人家里没电话？

“那手机呢？”

志乃婶扑哧一声笑了起来。

“连电话也没有，怎么可能有手机？”

麻生满脸错愕，没有电话，没有手机，万一有什么状况时该怎么办？

“那不是没办法报警或是叫救护车吗？这也太危险了。”

“一般来说，的确像你说的那样。”志乃婶说，“但这是真朝婆婆自己决定的事。”

志乃婶用无奈的语气说完，再度迈开大步在雪地上走了起来。麻生蹒跚地跟在志乃婶身后，担心自己会走失。

也许是眼睛适应了黑暗，他渐渐看到了周围的情况。放眼望去，都是一片白茫茫的雪地。志乃婶走路时用力把雪踩结实，让麻生比较好走，麻生可以清楚看到她的背影。微微倾斜的雪路前方，隐约亮着住家的灯光。

“啊，好像在家。真朝婆婆家亮着灯。”

志乃婶头也不回地说。麻生终于吐出一口白色的气。

真朝奶奶在家。

他努力克制着想要奔跑的心情，默默跟在志乃婶的身后。小时候和父母一起住在奶奶家的很多往事都涌上心头。

奶奶家是一栋很大的老旧民房，漂亮的茅葺屋顶，柱子又黑又粗，家里还有地炉。木地板房间的地板总是擦得油油亮亮，铺着榻榻米的客厅总是有一股青草的味道。暑假的时候，他和母亲一起睡在蚊帐中；春假时，他经常在被太阳晒得暖洋洋的檐廊上睡觉。

走过一片被白雪覆盖的矮树，他们来到一栋屋顶特别大的老旧民房前。

在白雪笼罩，带着微光的黑暗中，可以看到屋内淡淡的灯光。

是因为真朝奶奶在那盏灯火下，所以自己才会感到内心有一股暖流吗?

麻生有点紧张，用双手梳了梳一头凌乱的长发。虽然现在这么做根本无济于事，但他还是忍不住整了整头发。

志乃婶好像走进自己家的玄关般大步走了进去，嘎啦嘎啦地打开没有上锁的拉门，然后对着里面大叫一声：

“晚上好，我是久米食堂的志乃。不好意思，这么晚来打扰。”

麻生的全身都可以感受到心脏的跳动，跟在志乃婶身后走进泥土地玄关。

啊!

那一刹那，他觉得自己走进了时光隧道。一走进真朝奶奶家，泥土地的那片玄关和他小学来时的一模一样。

紧实的黑土泥地后方就是脱鞋处。那是传统老房子特有的玄关，如今在城市的房子中已经看不到了。

那里放了一个很大的陶土花瓶。春天和夏天都会插上连枝的野花。那个花瓶仍然放在和以前相同的位置，里面随意插着柊树的枝叶，但看起来很有造型。

脱鞋处后方的纸拉门紧闭着。麻生立刻想起每年年底时，都会和奶奶一起重新糊纸拉门。即使没有泛黄或是破洞，每到年底也都会换上新的和纸，那是开心迎接新年的重要准备。

一切都没有改变，和我小学来时的一模一样。

虽然奶奶可能上了年纪，但一定也和以前一样，没有任何改变。

麻生发现自己太激动了，身体忍不住发抖。

自己太激动了，一旦看到奶奶，搞不好会大叫着“奶奶”扑过去。不，如果只是这样也就罢了，搞不好会激动得泪流满面。

不，这不太妙。自己是老大不小的男人了，奶奶看了一定会吓到。所以，千万不能哭，知道了吗？

他在内心叮嘱自己，等待着奶奶熟悉的脸孔从纸拉门后方出现的瞬间。

志乃婶完全不理会麻生正在等待和奶奶感动重逢的那一刻，说了声：“没人回应，我们进去看看。”然后坐在脱鞋处，脱下长胶鞋。

嘎啦。

纸拉门被用力打开了。麻生和志乃婶同时惊讶地抬起头。

站在纸拉门内的——并不是奶奶。

而是一个娃娃头的……年轻女孩。

麻生目瞪口呆地注视着她的脸。娃娃头女孩穿着红色棉袍，嘴巴抿成一字形，目不转睛地看着麻生。她一双黑色的眼眸微微发着抖，好像小鹿在森林里遇见了陌生的野兽。麻生微微张着嘴，想要说什么，却迟迟说不出话。

“……座……”他好不容易才发出这个音。

“座敷童子[①]？”志乃婶立刻接着说了下去。

被他们称为“座敷童子”的年轻女孩气鼓鼓地瞪着眼前这两个没礼貌的年轻人和大婶，然后不发一语，转身跑进屋内。

麻生和志乃婶不由自主地互看了一眼。

“来了，哪位啊？”

① 日本岩手县等地传说中的精灵，可以为家宅带来幸运。——译者注

木地板房间深处传来好像歌声般悠扬的声音，麻生再度惊讶不已。

这个声音，正是奶奶的声音。

咯吱、咯吱，脚步声越来越近，一个矮小的身影出现在面前。微微驼着背，一头银发绾了起来，一双凹陷的眼睛眨了好几下，一脸温和地看着麻生。

这次终于是如假包换的真朝奶奶了。

虽然她的头发变少，也变白了，虽然比之前更老了，但她就是真朝奶奶，麻生最爱的真朝奶奶。

“奶奶？”

麻生忍不住叫了一声。奶奶听到他的叫声，猛然停下了脚步，双眼出了神似的盯着麻生的脸打量了很久，然后终于开口问：

“你是哪一位？”

麻生几乎快要扑上去了，头差一点撞到门框。

“哎呀哎呀。”志乃婶苦笑着叫了起来，“真朝婆婆，好久不见。是我，还记得吗？我是茅野车站久米食堂的志乃。”

奶奶笑嘻嘻地回答说：“哦，是吗？”然后跪坐在木地板上，恭敬地向他们两个人鞠了一躬，然后又用刚才的生疏语气说：

“虽然不知道你们是谁，但谢谢你们特地远道而来。”

麻生说不出话。

不会吧……奶奶。

她竟然不认识我，怎么会这样？

“呃，那个，奶奶，是我，是我啊。我是麻生，我是你的孙子麻生啊。”

奶奶的头几乎碰到了地板，一直对他们鞠着躬。麻生忍不住这么对她说，声音却不由自主地发着抖，他无法掩饰自己的惊讶。

奶奶抬起头，再度看着麻生，语气坚定地说："我没有像你这样的孙子。"

麻生再度哑口无言。

看在一旁的志乃婶插嘴说："好嘛好嘛，没关系。真朝婆婆，我说的对不对？这里说话不方便，先进去再说。麻生，你也先进来。"

她特地叫了他的名字，似乎借此提醒奶奶。奶奶一脸纳闷地看着他们两个人。

"是啊，今天晚上很冷……对了，我刚好做了甘酒[①]，你们进来喝吧。请进。"

她起身走进了屋里。

麻生愣在原地，用力抿着嘴。奶奶不认得自己——这个事实让他受到极大的打击，一时不知如何是好。

"我一直说不出口……"

志乃婶小声地对他说。

"真朝婆婆从去年秋天开始得了失忆症。"

真朝婆婆记忆的一部分不知道遗忘在哪里了。

她住在老旧的民房内，靠着种田过着自给自足的生活——孤单一人。

---

① 用米曲和米或酒糟做的一种传统甜味饮料，酒精含量极低。——译者注

4

再见，手机

麻生享受了又长又深的沉睡。

虽然昨晚他惊讶、困惑又疲惫，但一钻进厚实的棉被，转眼之间就陷入了沉睡，一夜无梦，睡得很香甜。

蓬松的被子有阳光的味道。天气晴朗的时候，奶奶一定经常在屋檐下晒被子。小时候，每次来奶奶家，他就喜欢跳到满是阳光和原野味道的被子上。

只要看到刚晒好的蓬松被子，麻生就会乐不可支地跳到被子上，每次都被陪同他的母亲训斥，奶奶总是笑着对母亲说：

“没关系，他想玩就让他玩吧。跳到蓬松的被子上是小孩子的特权，你我虽然也很想这么玩，但只是拼命克制而已。大人真无趣，你不觉得吗？”

虽然母亲很受不了他，但奶奶总是满脸笑容，开心地看着麻生。

麻生还是少年的时候，总是很纳闷为什么奶奶这么了解小孩子的想法。即使因为有力无处使而调皮捣蛋，奶奶也总是充满期待地、喜滋滋地看着麻生做的坏事，对他说：“没关系，想怎么玩都没关系。”

小孩子就应该尽情地玩，这些玩乐都会成为生命的养分，可以转化为知识。

麻生在朝东的和室醒来。阳光隔着纸拉门照了进来，在被子上留下格子形状的投影。

他从被子里伸出一只手，在枕边摸索着。他下意识地伸手想要找手机。

他每天醒来之后的第一件事就是看手机。先登入推特或论坛，了解世界的脉动，然后再玩一下自己中意的网络游戏。没有手机，一天就无法开始。

但是，他竟然找不到随时都放在枕边的手机，他这才想起，这里不是自己家里，是在奶奶家。然后，他躺在被子中睁开眼睛发呆了好一会儿。

他在脑海中回味着少年时代幸福的梦。没错，当时也在这个房间。当还是少年的自己来奶奶家时，总是睡在这个房间。

他没有带睡衣，昨晚只穿T恤睡觉。房间内冷得好像在冰箱里，但他还是鼓起勇气起了床，穿上牛仔裤，套上毛衣，拿出放在牛仔裤后口袋里的手机。一打开手机盖，立刻看到“请充电”几个字，然后画面就消失了。他愣了一下，从行李袋拿出充电器，找到插座后开始充电。

他原本想光着脚走出房间，但榻榻米冷得像冰块，他慌忙穿上了袜子。打开纸门，来到走廊上。厨房就在铺着发亮深色木地板的走廊尽头，飘出阵阵难以用言语形容的香味。

那是奶奶的味噌汤的味道。

加了许多时令蔬菜的味噌汤，有时候也会加入荞麦。麻生顿时感到一阵近似疼痛的饥饿，情不自禁地走向厨房。每走一步，地板就发出咯吱咯吱的声音。

他拉开厨房的木门，看到奶奶在那里准备早餐的身影，和小时候看到的情景一模一样。

燃气炉上的锅子中冒着白色热气，奶奶背对着他站在厨房。嗒嗒嗒，菜刀很有节奏地切着青菜。奶奶穿着毛衣和羊毛长裙，系了一个白色围裙，银色的头发绾得很漂亮，背影很娇小、很娇小。

“早……早安，奶奶。”

麻生鼓起勇气叫了一声。奶奶拿着菜刀，很有节奏地切菜的手立刻停了下来，转头看着他。

奶奶一看到麻生，立刻嫣然一笑。麻生也笑颜以对，内心祈祷着奶奶口中不会再度说出昨晚久别重逢的瞬间，她所说的那句话。

但是，奶奶还是问他：“请问是哪一位？”

奶奶的话刺痛了麻生的心。

奶奶果然已经不认得我了。

昨天晚上，志乃婶告诉他，奶奶一直把自己种的蔬菜和荞麦分给多年老友的志乃婶。麻生在久米食堂吃的荞麦面，就是用奶奶去年收成的荞麦磨粉后做的手工荞麦面。

志乃婶告诉麻生，真朝婆婆一个人在这里务农，所以收成量并不多，但无论她种的蔬菜，还是荞麦，还有白米，都是天下第一。他们店能够使用真朝婆婆种的农作物，真是太幸运了。

志乃婶每周来奶奶家一次，除了购买蔬菜，还顺便探望奶奶。好客的奶奶看到志乃婶上门，总是拿出亲手制作的甜点和荞麦茶招待，和她闲话家常。

奶奶向来都是村庄里很受欢迎的人物。

她经常说故事给小孩子听，大人都喜欢找她倾诉。当奶奶坐在阳光充足的檐廊上编织时，有人连续好几个小时坐在她身旁。

奶奶家里的旧花瓶、花器中，必定会插上满满的野花野草，十分赏心悦目。村民们都很尊敬她，把她当成自己的母亲、自己的祖母。

但是，去年秋天快结束时，奶奶的情况发生了变化。

志乃婶像往常一样上门买蔬菜，奶奶很没自信地问她："请问你是哪位？"

志乃婶难以相信，但还是回答说："我是志乃啊，来向你买蔬菜。"奶奶才说："哦，原来是志乃，没错，真对不起啊。"然后拿出了蔬菜分给她，又拿出亲手制作的甜点招待，坐在一起聊天。

志乃婶看到奶奶很快恢复了往常的样子，松了一口气。

但是，奶奶的情况越来越不对劲。

志乃婶每次上门，奶奶都问她："请问你是哪一位？"志乃婶报上姓名时，奶奶苦笑着回答："哦，对哦。"然后又恢复往常的样子，但聊天的内容鸡同鸭讲，奶奶似乎并不知道自己面对的到底是谁。

志乃婶向其他村民打听，大家都很担心，觉得真朝婆婆似乎不太对劲。

志乃婶猜想奶奶可能患了失忆症，假装带奶奶去做定期体检，安排她去诹访的一家大医院做了检查。

诊断结果果然是失忆症，记忆障碍特别明显，而且对人的记忆完全丧失，但自我定向障碍和判断力并无衰退，持续独居生活并没有问题。

不需要他人照顾，也可以继续之前的生活。

没错，除了失去了关于“人”的记忆以外，什么都没有改变。

昨天晚上，奶奶走去厨房，为突然上门、自称是“孙子”的年轻人准备甘酒时，志乃婶告诉了麻生这些令他难以置信的事实。

麻生不知道该如何接受“除了有关人的记忆以外，什么都没有改变”的事实。

蓼科的奶奶家充满了他少年时代住在这里的回忆。

地炉所在的木地板房间、阳光充足的卧室、铺着发亮深色木板的走廊和飘着温暖热气的厨房，一切都完全没变。

隔着纸拉门照进来的刺眼阳光，脚底踩在榻榻米和地上的冰冷触感，还有厨房内弥漫的味噌汤香味……

所有的一切都唤醒了麻生内心对少年时代的记忆。“你来了，欢迎啊。”奶奶每次都热情相迎。

但是……为什么？

他一心想要见奶奶，所以来到这里，如今终于见到了奶奶。

“有没有我可以帮忙的？”

麻生很没有自知之明地问站在厨房的奶奶。奶奶露出亲切的笑容说：

“谢谢，我正在准备客人的早餐，你也是客人，怎么可以请你帮忙呢？请你去那里等一下。”

奶奶转过身，背对着麻生，再度很有节奏地嗒嗒嗒切菜。

麻生感到一种难以言喻的寂寞，带着一种近似挫败的心情走出了厨房。

他踩着走廊上咯吱作响的木板，走向有地炉的木地板房间，打开木门，发现穿着红色棉袍的娃娃头少女坐在地炉前。

昨天晚上那个女孩。就是志乃婶和麻生来到奶奶家时，出现在玄关的那名少女。听到志乃婶说她是座敷童子后，就气鼓鼓地消失在屋内，昨晚始终没有现身。

奶奶得了失忆症这件事造成了太大的冲击，在此刻之前，他几乎忘了这个女孩的存在。

“早啊……”

闷不吭气太尴尬，麻生向她打了声招呼。

少女瞥了麻生一眼，立刻低头看着地炉，用手上的火筷拨着炭灰。麻生只好走去她的对面，在对角线上的坐垫上坐了下来。

嘀嗒、嘀嗒，麻生抬头看向钟摆传来轻快声音的方向，果然发现熟悉的挂钟挂在中央的粗大柱子上。

时针指向七点多。他很纳闷自己竟然这么早就起床了。

茧居生活时，他通常早上七点睡觉，下午三四点才起床。他的房间没有窗户，所以这些年来，从来没有被朝阳晒醒的经验。

昨天晚上因为有点像是“第一次当小帮手”的旅行太疲累了，所以睡得很熟。他发现自己一大早就神清气爽，正在等奶奶煮好味噌汤，而且眼前还坐了一个来路不明的女孩子。

麻生偷偷观察着少女。

少女一头富有光泽的黑发剪成娃娃头，昨晚乍看之下，感觉像是中学生，但现在仔细观察，发现差不多是高中生的年纪。

她垂下双眼，睫毛长得惊人，丰腴的脸颊带着淡淡的桃色。和昨天晚上见到时一样，抿紧着嘴唇，似乎在拒绝“陌生男人”。

她紧闭的双唇表达了她内心“我才不会和你这种人说一句话”的

强烈意志。

既然她也在地炉旁等着奶奶做完早餐，可见她和奶奶的关系也很亲近。昨晚应该住在这里，难道是住在这里的帮佣?

不，不，不可能。奶奶虽然对人有记忆障碍，但其他方面完全正常，不需要他人照顾。

况且，不可能有这么年轻的帮佣，她最多十七八岁而已。

不，也许她才十五岁左右。难道是中学生的山村留学之类的吗?现在还没有放寒假，为什么她这种时候会住在奶奶家里?

“你是谁?”

麻生正在胡乱想着这些事时，少女突然抬头问道。麻生惊讶不已，觉得心脏快要掉出胸腔了。

“啊，呃，不，那个……我是……真朝奶奶……的亲戚之类的。”

他惊慌失措地回答，不知道为什么，他不敢说自己是“孙子”。

少女直视着麻生，眼神中难掩怀疑。麻生低下头，避开她锐利的眼神。

“骗人的吧?我从来没有听奶奶说过她有什么亲戚。”

少女说话的口气咄咄逼人。听到“奶奶和自己的关系”遭到断然否定，麻生忍不住有点火大。

“那你又是谁?为什么一大早就在奶奶家?”

他忍不住反驳，少女冷冷地说：

“因为我是奶奶的孙女。”

少女的回答太出乎意料，麻生眨着眼睛看着少女。

“孙女……所以，你是我的堂妹?”

他第一次听说自己有堂妹这件事。

奶奶只有一个儿子，就是麻生的父亲，麻生没有兄弟姐妹，自己是奶奶唯一的孙子。

所以小时候回来这里时，除了奶奶以外，只能和住在村里的孩子一起玩耍，他从来不记得曾经和堂妹一起玩过。

“啊？”少女听了麻生的话，尖声反问道，“什么意思？我为什么会变成你的堂妹？我从来没有什么堂哥。拜托你这个脏鬼少骗人了，真是恶心。”

她再度当面骂他“脏”和“恶心”，终于把麻生惹毛了。

“你才别骗人了，别胡说自己是奶奶的孙女。奶奶只有我这个孙子！你这个座敷童子！”

少女的身体向前一倾，抓起一把灰丢向麻生。麻生呛到了。

“你这个王八蛋！”他也不甘示弱地抓起一把灰丢了过去。少女哇哇大叫，两个人立刻丢着灰，还打了起来。

“哎哟，你们怎么了？住手，不可以打架。”

灰烟弥漫中，两人听到奶奶的声音。

麻生和少女忍不住咳了起来，终于停下了手。

奶奶急忙打开纸拉门和檐廊的玻璃门。早晨冰凉的空气立刻飘了进来，两个人的心情也稍微平静下来。

“发生什么事了？可不可以告诉我？呃……”

奶奶看着少女问道，但似乎想不起她的名字。少女嘟着嘴报上了姓名：“我是蕾美，中村蕾美。”

听到她说自己姓“中村”，麻生恍然大悟。

那是和奶奶相同的姓氏，也是自己以前的姓氏——也就是父亲的姓氏。

奶奶笑了笑说：

“没错，你叫蕾蕾，发生什么事了？”

“叫我蕾美就好，蕾蕾听起来好恶心。”

蕾美嘟了嘟嘴，然后说：

“这个又脏又恶心的男生说我是他的堂妹，还说是你的孙子。奶奶，他是不是在说谎？”

麻生立刻插嘴说：

“喂，你为什么说我又脏又恶心？我们第一次见面，你这样太没礼貌了吧？”

蕾美立刻反唇相讥：

“你哪有资格说我？你不是叫我座敷童子吗？我又不是妖怪，你才更像妖怪呢。”

“你说什么？你这个……”

“别吵！”奶奶插了嘴。“你们两个人都是这个家的重要客人，所以就住在这里好好休息，开开心心的，没必要吵架。”

奶奶又说麻生是客人。

虽然奶奶说住在这里好好休息，但麻生并不是来这里住民宿，而且更不希望和这个泼辣的女孩一起被当成住宿客。

“奶奶，听我说……”麻生难掩复杂的心情，用略微低沉的声音说，“先不管她，我真的是你的孙子。”

蕾美在一旁打断了他。

“才不是呢。我才是奶奶的孙女，不是他，是我。”

这家伙还在胡说八道。

麻生狠狠瞪着蕾美，对方也不甘示弱地瞪了回来。奶奶看着他们，终于忍不住笑了起来。

“好了好了，你们两个人真是的。”

奶奶一只手掩着嘴咻咻笑了起来，然后慢慢诉说起来。

“老实说，我家老头子很久以前就死了，连儿子都上了天堂之后，我一直都是一个人。”

麻生的心一沉。

连儿子都上了天堂。那是说我老爸吗？

“但是，即使只剩下我一个人，我还是要种稻，种蔬菜，下厨，做衣服，有很多事要做，整天忙这些事，也就没空胡思乱想了。然后我一直告诉自己，一个人也可以活得好好的。”

说到这里，她重重地叹了一口气。

“但是，很奇怪的是，自从儿子上了天堂后，我周围的朋友越来越少……陌生人却不断找上门。所以，我忍不住想，难道我们家是民宿或是餐厅吗？”

奶奶最后说了一句：“因为上门的人实在太多了。”

麻生觉得自己好像躺在海边，浑身的血液好像海水在退潮。他用力咽了一下口水。

“啊，奶奶，我问你……你是不是接到电话，说什么‘奶奶，我是你的孙子，我发生车祸，现在有麻烦了，可不可以汇钱给我？’之类的……”

“你怎么知道？真的有人打来。”

奶奶心平气和地说：

“但是，我回答说，我没有孙子，就挂上了电话。”

麻生听了，忍不住松了一口气，同时心情也很复杂。她没有孙子……

“但是，这种电话一直不停地打来，有人说是我儿子，也有人说是警察，因为太吵了，我干脆把电话拆了。”

奶奶开心地说。难怪家里没有电话，麻生终于了解原因了。

“结果，没隔多久，这个女孩……呃，我忘了你叫什么名字。”

“我叫蕾美。”

蕾美满脸不悦地说。

“对，对，蕾蕾……蕾美来到我家，她说我一个人太辛苦，她会留下来陪我。”

听说今年元旦的夜晚，蕾美在大雪中来到这个家。

“因为你在贺年卡上写很奇怪的话，害我担心死了。”

啊！

麻生想起塞在羽绒服口袋里的那张奶奶写的贺年卡。

“我的余命仅剩数月。”

自己也是因为看到这行字才赶来这里，难道蕾美收到的贺年卡上，也写了同样的内容？

所以，她真是奶奶的……孙女？

“奶奶写了什么？”麻生问。

“关你什么事？”蕾美冷冷地回答。

“好了好了，早餐准备好了，可不可以帮忙端过来？呃……蕾美？”

“好啊。”不知道是否因为奶奶叫出了她的名字，她乖巧地应了一声站了起来。麻生也跟着站了起来，抓着蕾美纤细的手臂说：“等一下。”但立刻被甩开了。

“干吗？不要随便碰我。”

蕾美气势汹汹地瞪着麻生。这个女人不好惹。麻生本能地亮起了红灯，但他无论如何都想确认内心的疑问。

“可不可以告诉我一件事？”

麻生确认奶奶走远之后，再度问蕾美。

“你刚才说你叫‘中村蕾美’吧？你的父亲该不会是……‘中村新多’？”

麻生鼓起勇气说出了自己父亲的名字。

果真如此的话……她就是老爸的“私生女”，所以，她不是我的“堂妹”，而是“同父异母的妹妹”。

当他察觉到这一点，心跳剧烈加速。

昨天晚上得知奶奶患了失忆症时，就已经很受打击，他根本不可能心平气和地接受第二个更震撼的事实。

没想到时至今日，他才知道早就已经失去联络的父亲的秘密。

原本一直以为自己没有兄弟姐妹，没想到竟然有一个妹妹……虽然有点任性，但还颇可爱的妹妹……这么一来，我的人生变化是不是太富有戏剧性了？

他忍不住祈祷，希望蕾美不会听到自己剧烈的心跳声。

没想到蕾美镇定自若地回答：

“妈妈父的名字叫中村新多，有什么问题吗？”

麻生傻住了。妈、妈妈父……？

“妈妈父是什么？到底是妈妈还是爸爸？”

“你脑子有问题吗？”

蕾美垂着嘴角，努力不让自己发笑。

“妈妈父就是继父的意思。新多爸爸是我妈妈改嫁的对象。”

麻生大吃一惊，忍不住说：

“什么？真的假的？老爸再婚了吗？和你妈妈？”

蕾美愣了一下。

“什么意思？你说什么？老爸……”

麻生咽了口水回答说：

“中村新多是我的老爸……在我小学六年级时，老爸和老妈离婚了。”

这次轮到蕾美无言以对。

所以……

麻生和蕾美都是奶奶的孙子或孙女，两个人都没有说谎。

蕾美有点不好意思地说：

“原来你真的是奶奶的孙子，而且，还是有血缘关系的孙子……”

麻生从蕾美说“有血缘关系”这几个字时的语气中感受到一丝羡慕，立刻说：

“不，你才是……真正的孙女。”

他为自己刚才的幼稚行为深感歉意。

原来她和自己一样，也是因为担心奶奶，所以特地赶来这里。

“所以，老爸……现在怎么样了？我在小学六年级之后，就再也没有见过他。”

麻生振作精神后问道。

蕾美听到他的问题，把头转到一旁，看向柱子上的老旧挂钟，闭着嘴巴不说话。隔了一会儿，才小声地说：

“他死了。”

麻生哑口无言，只能注视着蕾美苍白的脸。

死了……老爸死了？

他感觉像是某个陌生人的生命之火，不知道什么时候在遥远的世界熄灭了。

原来奶奶刚才说的话是真的。

自己的父亲已经不在人世了。

但是，那又怎么样呢？

小学六年级时，父亲抛下母亲和麻生，从此杳无音信。

小时候，父亲开车带自己来蓼科，陪自己玩棒球，一起吃母亲腌制的腌梅。

但是，他渐渐走出了母亲和麻生的生活，消失不见了。麻生觉得再也不会见到他了。

没想到，他真的去了永远都见不到的地方。

“哦……是哦。原来他死了。真是意想不到的结局。”

麻生苦笑着，终于说出了口。

这样的结局完全出乎意料，只能一笑置之了。

蕾美仍然把头转到一旁，转动着眼珠子，看着麻生，嘀咕了一声：“差劲。”然后才转过头，对着麻生咆哮：

“自己的父亲死了，居然还笑得出来。你这种人居然是奶奶的亲孙子，太令人失望了。”

说完，她气鼓鼓地走出了房间。麻生看着她充满怒气的背影，想要追上去。

“等—— 一下。”

这时，他差一点撞到刚好走进来的真朝奶奶。奶奶盘子上的味噌汁和白饭差一点打翻。

“啊，对不起，我来端。”

麻生慌忙想要从奶奶手上接过托盘，但奶奶紧握着托盘，没有放手。

“不必管我，你快去吧。她一脸不高兴地冲出去了，赶快去追她。”

奶奶的话太出乎意料，麻生有点茫然。

“她突然生气了……我去追她也没用。”

“你在说什么啊？如果不赶快去追，会造成不可挽回的后果。女孩子的内心比你想的复杂多了。”

奶奶双手举着托盘，催促他赶快去追。看到奶奶着急的样子，麻生突然觉得很好笑。

“奶奶，等一下，‘不可挽回的后果’是什么意思？”

“你这个人真迟钝，”奶奶发自内心地感到无奈，“就是你可能被甩了啊。”

麻生一脸惊愕地看着奶奶，奶奶说的话太出乎意料，他不知道该如何回答。

奶奶真的和以前不一样了，完全无法预料她下一句话会说什么，更不知道那些话是从哪里冒出来的。

“你们不是在交往吗？不管是因为什么，只要惹女朋友不高兴，就要立刻追上去，向她道歉。这是最重要的事。”

“不是啦，不是不是不是不是，不是啦。奶奶，你完全弄错了。”

麻生一口气说了好几次“不是啦”，全面否认了奶奶说的话。

“我们没有交往。他是我老爸再婚对象的女儿，虽然没有血缘关系，但也算是我老爸的女儿。我是我老爸的亲生儿子，所以，我们两个人都是你的孙子和孙女。”

他努力想要把刚才从蕾美口中得知的真相告诉奶奶，但越说越有点搞不清楚。

“老爸是谁？”奶奶问。

“就是你儿子啊。”这样回答应该没问题吧。麻生的脑子有点混乱，但还是这么回答。

“儿子……去年死去的新多吗？”

奇怪的是，奶奶居然清楚记得父亲的事。听了奶奶的发问，麻生知道父亲去年离开了人世。

“对，就是中村新多。那个叫蕾美的女孩是中村新多……也就是我的老爸再婚对象的女儿。”

奶奶木然地注视着麻生。麻生从奶奶松开的双手中接过托盘，端去地炉旁。

“新多结婚后，生了一个……儿子。”

奶奶似乎隐约回想起来了。麻生忍不住点头说：“没错，没错，那个儿子就是我，是你的孙子。”

“啊？”奶奶露出讶异的表情，“那个孩子哪有你这么大！”

“我长大了啊。”麻生立刻回答。这简直就像在说相声。

“是吗？新多的儿子很小，很可爱……是不是长太大了？”

麻生忍不住垂头丧气。为什么不说“长这么大了”就好？

“哎哟哎哟，你怎么了？不要沮丧嘛。”

奶奶探头看着麻生低下的脸，一副事不关己的样子。

“新多和那个女孩的母亲再婚了吗？”

她又忘了蕾美的名字。“好像是这样。”麻生沮丧地回答。

“所以，他和之前的太太……就是你妈妈，他们到底怎么了？”

虽然奶奶仍然是一副事不关己的态度，但说话时有一丝关心的口吻，然后又接着问：

“你妈妈现在人在哪里？”

麻生低着头，一动也不动。

他想起还没有告诉奶奶，自己为什么会来这里。即使告诉她，她恐怕也完全无法理解吧。

虽然奶奶不知道他“是哪里冒出来的谁”，但还是欣然让他留宿。

“时间已经很晚了，外面在下雪，如果你不嫌弃，今晚就住在这里吧。”

奶奶用好像说故事般的口吻，亲切地迎接了麻生这个“陌生的”年轻人。

奶奶的亲切和体贴让他深受感动，但也令他难过不已。

他无法告诉奶奶，自己靠着母亲留下的贺年卡来到这里。

奶奶，老妈抛弃了我，只剩下我一个人了。

我之前的生活完全依赖老妈，没有勇气，也没有自信一个人活下去，一丁点都没有。

他想要这么说，却说不出口。

“老爸和老妈离婚了，在我小学六年级的时候……已经是十二年以前的事了。”

千言万语在他的内心翻腾，但麻生决定尽可能冷静地把事实告诉奶奶。

“离婚？新多和你妈妈离婚？”

麻生点了点头。

“所以，我跟着老妈一起生活，之后就再也没有见过老爸。刚才听她……听蕾美说，老爸和她的妈妈再婚了，但我不知道是什么时候的事。”

奶奶默不作声地注视着他，麻生不敢看奶奶的眼睛。

“我也完全不知道老爸去年死了。”

从蕾美口中得知父亲去世，麻生觉得自己被推入孤独之中。

母亲离开了自己，好不容易找到了奶奶，奶奶却忘了自己。

而且，就连父亲也已经离开了这个世界。

陌生的感觉掠过心头，那是适合称之为孤独的感情。

“是哦。”

隔了一会儿，奶奶用没有起伏的平静声音说道。

“也许是儿子……新多留给我的，不让我孤单一人……把蕾美和你留给了我。”

麻生抬起头。真朝奶奶露出平静的眼神看着他，突然笑了笑说：

“新多死了之后，我对很多事都迷迷糊糊，好像蒙上了一层雾，越来越搞不清楚了。

“我从松本嫁来蓼科，生了新多，日子过得很幸福……以前的事都记得很清楚。

“但是，自从新多离开之后，觉得周围的人统统不见了。

“只剩下我孤独一人。

“好像世界上所有的一切都离我远去。那时候，我在想，我不想孤独一人……”

说到这里，奶奶似乎突然想起了什么，笑了笑接着说：

“结果，她就突然出现了。剪着娃娃头的她……呃，她叫蕾美。”

那是新年刚过完的某个晚上。

玄关的门突然打开，“陌生”的女孩哭丧着脸冲了进来。

奶奶！我不要！

新多爸爸死了，我不要你也死了，绝对不要！

奶奶，你才不是孤单一人，你还有我啊，我会陪你。所以，你不要死，不要去遥远的世界！

“我也搞不清楚是怎么回事，她一看到我，就哇哇大哭起来。我吓了一跳，还以为哪里的中学生走错了门呢。”

虽然我不知道你是哪里的谁，不必担心。你看，我不是活得好好的吗？看样子还不会这么快被召唤到天堂。

所以，你不要再哭了。

要不要一起喝甘酒？

“她说她是我的孙女，只可惜我完全想不起来……”

呵呵呵，奶奶尴尬地笑了笑。

“不管是她还是你，我都觉得是新多把你们送到我身边的，他想要告诉我，我并不孤单，还有孙子和孙女，叫我放心。”

麻生注视着奶奶带着微笑的温和脸庞。

原来是这样。

原来她和我一样，看到奶奶寄的贺年卡，吓了一跳，所以立刻赶来这里。

我的余命仅剩数月，希望可以精神百倍地走完剩下的日子。

在我离开之前，希望有机会再见你和麻生一面。

奶奶在贺年卡上写了这些内容，寄给蕾美的贺年卡——可能是寄给她母亲的——可能也写了类似的内容。

但是，奶奶在那张贺年卡上清楚写了“麻生”的名字，而且收件人也清楚写了母亲的名字。难道是奶奶在患失忆症之前写的？

所以——“余命仅剩数月”确有其事？

“好了好了，先吃早餐吧，味噌汤都凉了。我再去热一下，你去把她找回来。”

奶奶笑了笑，又对他挥了挥手说：“加油。”麻生苦笑着说：“不是你想的那样。”

奶奶的脑回路似乎已经认定他们是情侣了。

没关系，反正我们本来就算是“志同道合”。

就像奶奶说的，我们就像是被老爸派来的“奶奶救援队”。

他走向玄关时这么想着。

奶奶，你才不是孤单一人，你还有我啊。

虽然当时他并不在场，但娃娃头少女哭成了泪人儿，扑向奶奶的情景清楚地浮现在他的脑海。

昨天的我也一样。我一定也想这么做，虽然我做不到。

麻生打开玄关的木门，踏进早晨清新的空气中，来到积了一片白雪的庭院后转过头，忍不住“哇”地叫出了声。

茅葺屋顶的后方，是一片蔚蓝的冬日天空，可以清楚地看到八岳山连绵的山峰。尖尖的山顶积着雪，反射着阳光，耸立在半空中。麻生被眼前壮观雄伟的景象所吸引，呆呆地站在那里。

那是小时候曾经见过的风景。无论是春天还是冬天，在踏进奶奶家之前，八岳山的英姿都会抢先映入眼帘。

小时候看那座山时，麻生总怀着一种奇妙的敬畏之情，感觉那座山好像逼近自己，自己无处可逃，但又觉得那座山守护着自己，不由得心存感激。

稍微长大之后，曾经想去那座山看看，想要站在山顶上眺望奶奶的家，不知道奶奶的家会变得多小。他曾经央求父亲，想要爬那座山。父亲一笑置之，不行不行，那座山可不是你能爬的小山。于是，他暗自发誓，长大以后，一定要去爬那座山。

没错。这片景象和对真朝奶奶的回忆都连在一起，收藏在麻生内心的宝库中，但已经遗忘了很长一段时间。

我回来了。

他终于发自内心地这么想。麻生挺起胸膛，尽情地呼吸着早晨清新的空气。

他看向昨天晚上走来的田埂，发现红色的棉袍出现在一片雪地中。娃娃头站在那里一动也不动。麻生犹豫了一下，立刻踩着雪走了过去。

“奶奶说，早餐冷了。”

他假装若无其事地叫了一声，但心脏剧烈地跳动。因为至今为止，他从来没有若无其事地叫过女生，更完全不知道要怎么劝生气的女生回家。

果然不出所料，蕾美转过头不理他。麻生看向蕾美的脚下，她刚才穿着拖鞋冲出家门，如今沾满了雪，早就湿了。

麻生默默地走回家，拿起放在门口的白色长胶鞋，再度走回田埂。

“穿上这个吧。”

蕾美看到一双长胶鞋突然递到自己面前，惊讶地看着他。

“不用，没关系。”

蕾美不悦地回答。

“快换上吧，穿这种拖鞋，马上会得冻疮。”

麻生小时候看到庭院里积了雪，总是兴奋地穿上球鞋就跑去庭院。奶奶总是拿着长胶鞋追过来对他说：“会得冻疮，到时候会很痒。”

蕾美垂着嘴角，接过了长胶鞋，一屁股坐在雪地中开始换鞋子。她甩着娃娃头穿长胶鞋的样子很有雪国小女孩的味道，感觉格外可爱。

“你经常来这里吗？”

蕾美站起来后问道，但并没有看他。

“嗯，是啊，但那是很久以前了，”麻生回答，“真朝奶奶是我老爸的妈妈，父母离婚后，没办法若无其事地再来玩……所以很久没来了。”

蕾美悄悄抬起眼，和麻生视线交会后，再度移开了视线。

“你呢？经常来吗？”

听到麻生的问话，蕾美回答说：“嗯，是啊。”然后就没再说话。

听奶奶说，今年的新年刚过，蕾美就来这里了。

现在是一月底，她一直住在这里没有回家吗？

“你不去学校上课没关系吗？你还在读高中吧？”

麻生心里觉得她搞不好是初中生。蕾美红通通的脸颊立刻鼓了起来。

“我已经成年了。”

“啊？”麻生忍不住惊叫起来，“成年？所以你二十岁？”

“二十一岁。”

麻生怀疑自己听错了。她一头乌黑的娃娃头，像苹果般丰腴的红色脸颊，完全没有化妆，无论怎么看，都觉得她还没读高中。

“不会吧？你是不是谎报年龄？你怎么看都像是小孩子……”

他的话还没说完，一个雪球突然朝着他的脸飞了过来，像冰冷的烟火在他眼前炸开了。麻生惊叫起来。

“你这个……王八蛋。”

麻生也抓起一个雪球丢了过去。蕾美尖叫着向旁边一闪，一个雪球很快飞了过来。转眼之间，他们打起了雪仗。两个人不顾一切地丢来丢去，不知不觉地笑了起来。

真朝奶奶、蕾美和麻生三个人围在地炉旁吃早餐。

奶奶的味噌汤充满着令人怀念的味道，自制的米糠腌菜酸度适中、口感清脆，用传统炉灶煮的白米饭又香又蓬松。

自己多久没有吃到这么好吃的饭了？也很久没有和别人一起吃饭了。

只要肚子不饿，只要不饿死就没问题。他之前都是抱着这种想法，机械式地把一些无味的食物填进胃里，这是他维持生存的“日常业务”。

和别人坐在一起，品尝着别人亲手做的饭时，体内满溢的这股暖流到底是怎么回事？

没错，这是如假包换的“喜悦”，那是遗忘已久的情感。

那是小时候，翘首盼望着去蓼科的日子时，内心曾经涌起的感情。那是坐在父亲驾驶的车上，抬头看到辽阔的高原后方那片八岳山时，身体深处涌起的情感。

被炭火烧得通红的地炉旁，放着奶奶做的好几道菜。

啊，这么多年来，我居然忘记了这么幸福的时光。

“呃，我可以再添一碗吗？”

麻生有点畏缩地把碗递到奶奶面前。

“好，好。”奶奶接过碗，打开饭锅的盖子，立刻冒出热腾腾的白色蒸气。

“真是难以置信，这已经是第三碗了。”蕾美很受不了地说。

“因为太好吃了，有什么办法。”

麻生辩解着，但这是实话。奶奶笑着为麻生装了满满一碗饭。

“好了，你觉得好吃，我就很高兴，辛辛苦苦种稻米也值得了。”

麻生接过饭碗，低头看着碗里的饭。

“奶奶，这些米……是你种的？”

“对啊，是我种的特殊的米。”

奶奶笑着说。

麻生仔细打量着闪着亮光的饭粒。

种稻米。

对麻生来说，这是在一个完全未知的世界所进行的作业，和“制造火箭”的意思差不多。

自己每天吃的便利店饭团和此刻在饭碗中冒着热气的饭，都是用米做出来的，不，搞不好是两种不同的米。因为美味的程度简直有着天壤之别，所以一定是不同的米。

“米是怎么种出来的？”

他随口问道，没想到奶奶回答说：

“一言难尽。”

然后，她轮流看着麻生和蕾美的脸问：

“你们有没有听过‘一粒米中住了七个神明’这句话？”

蕾美瞪大了眼睛。

“什么意思？我没听过。”

麻生隐约记得，多年前，在蓼科这里吃饭时，奶奶曾经对他说过这句话。

没错，那是暑假的时候，他吃了太多玉米和西瓜，晚餐时吃不下，只吃了几口饭就说：“我不想吃了。”

麻生，一粒米里住了七个神明。

你剩下的这些饭到底有几粒米？里面住了多少神明？

这些神明想要进入你的身体，想要让你变得身强力壮，你不觉得很对不起这些神明吗？

不是现在马上吃也没关系，等一下一定要把饭都吃光。

神明会一直等你。

年幼的麻生听到奶奶的话吓了一大跳，觉得不可以让神明剩下，所以拼命吃了起来。从此之后，不管是饭碗里的饭，还是母亲装在便当盒里的饭，他都吃得精光，一粒也不剩——直到他遭到霸凌。

“我听过，小时候奶奶说过。那次之后，我就觉得白饭好可怕。”

麻生苦笑着说。

“白饭很可怕？什么意思？我不懂。”蕾美问。

“因为想到一碗饭里到底有几千个神明啊，就觉得不可以随便吃，又不能不吃……”

麻生一脸严肃地说。蕾美用筷子夹起一粒饭，定睛凝视着。

“如果这里有七个神明……这些神明到底有多小啊……”

她一脸佩服地说。纯洁无邪的表情的确像是十五六岁的小女孩。

奶奶面带微笑地说：

“这是自古以来流传下来的话，意思就是要珍惜每一粒米。从很古老的年代开始，我们的祖先就很辛苦地持续栽种稻米。农民不惜辛劳地栽种稻米，才能够收成，所以，‘一粒米里住了七个神明’这句话，寄托了农民认为不可以浪费一粒米的心愿。”

奶奶说完古老的故事后说：

“总之，要多吃饭。”

虽然已经是第三碗了，但麻生还是双手合十，说了声“开动了”，才开始吃饭。蕾美轻轻笑着说：“你好奇怪。”

“菜已经吃完了，等一下。”

奶奶站了起来，走出房间。不一会儿，她双手小心翼翼地捧着一个小钵走了进来。

“来，吃吧。”

奶奶把小钵放在麻生面前，染成红色的腌梅挤满了整个小钵。

麻生立刻移开视线。

“不用了，白饭就够了。”

他把饭扒进嘴里，说了声：“我吃饱了。”然后站了起来。

“你不吃腌梅吗？”

蕾美问。他很不开心地回答：“不吃。”“真奇怪。”蕾美又说了一次，夹了一颗腌梅放进嘴里。

“好酸，但是好好吃哦。”

“很好吃吧，那是去年我和儿子一起腌的。”

麻生正准备把自己的饭碗和餐盘端去厨房，听到奶奶这句话，停下了脚步。

奶奶的腌梅。

是和父亲一起腌的？

麻生踩着发亮的深色地板，发出咯吱咯吱的声音走向厨房。

在我小的时候，父亲从来不会腌制什么腌梅。

他突然想要腌制腌梅吗？回到自己的老家，和自己的母亲一起腌制？

他不知道父亲为什么做这种事，但也许那时候他已经预料到自己的死期已近。

麻生走进目前成为自己卧室的房间。

他从榻榻米上拿起正在充电的手机，电量已经达到百分之百。

他立刻登入SNS网站，打开布告栏，看网友的留言。网友的留言都是一些谩骂中伤、宅男消息和不足挂齿的话题，而且不断更新。

真的都很无聊。

不知道是不是因为在熟悉的奶奶家，难得尽情地享用了美味早餐的关系，他觉得网络世界所发生的事比平时更荒唐无趣。

但是，他也无法否认，长期以来，这种不足挂齿，这种荒唐无趣是他的精神寄托。

通过网络对战游戏和布告栏留言结识的网友，不知道彼此的姓名、性别和年龄，完全不了解对方的真实情况。既没有见过面，以后恐怕也不会见面。这种安心感创造出另一个人格。

在网络世界，找不到懦弱、整天被霸凌的自己，令他产生一种奇妙的错觉，在网络世界，可以活出另一种完全不同的人生。

他在玩手机时，突然想到用“稻作”这个关键字搜寻。在数十万条搜寻资料中，他打开了“稻作的历史”。

对于日本的稻作起源众说纷纭，但通常认为始于三千五百年前的绳文时代。

稻米栽种起源于七千年前，从印度和中国南部经由朝鲜半岛传入日本九州。

哦，这么久以前就有稻米了。

之后经历了漫长的发展，才终于像现在这样，用机械碾米，包上保鲜膜，变成饭团，放在便利店的货架上。

开始稻作后，可以储存粮食，所以古代日本的人口得以增加。栽种稻米需要大量人手，而且众人合作有助于提升效率，于是就形成了团体，领导者诞生。进而形成了村庄，最后发展为国家。

真的假的，栽种稻米和日本这个国家的形成也有关系？

他从来不知道这件事，突然觉得每天吃的便利店饭团也变得很了不起。

稻作成为生活的中心后，人们开始向神明祈祷丰收。日本的祭典及艺术的发展都和祈祷丰收有密切的关系。同时，稻米也被当成税金缴纳给掌权者，掌权者的势力也以石高[①]来衡量。农民为了完成稻田的收获量辛苦工作，但在某些时代，稻米全都缴纳给掌权者，自己却无法吃到一粒米。

他想起以前不知道从电视还是漫画中看过江户时代曾经发生过“百姓一揆”[②]的暴动。

没想到在某些时代，农民竟然无法吃到自己辛苦种植的稻米，都要如数上缴。

“‘一粒米里住了七个神明’这句话，寄托了农民认为不可以浪费一粒米的心愿。”

他似乎稍微能够理解奶奶说的这句话中的含意。

麻生合起手机，但又忍不住立刻打开了。

他突然觉得自己不该留在这里。

奶奶独自住在老旧的大房子里，虽然蕾美现在也住在这里，但不可能一直住下去。

听志乃婶说，奶奶过着自给自足的生活。也就是说，奶奶种的稻米和蔬菜只够她自己吃。

虽然搞不清楚奶奶的现金收入，但应该并不多，恐怕只有养老金和把蔬菜、荞麦卖给志乃婶的店换来的微薄收入而已。

我突然找上门来，而且从此住在这里，一餐就要吃掉三大碗奶奶

① 土地的产值。——译者注

② 即“农民起义”。江户时代是农民起义暴动频发的年代。——编者注

辛辛苦苦种出来的米，奶奶很快就会被我吃垮。

蕾美打算一直住下去吗？虽然目前已经知道她不是高中生，但她不用去上课或是上班吗？

而且，和父亲再婚的蕾美妈妈，如今又在干什么？

她有没有兄弟姐妹？是怎样的家庭？

蕾美看到奶奶在贺年卡上写着“余命仅剩数月”，就不顾一切地赶来这里，可见她这个孙女也深爱着真朝奶奶。

自己阔别蓼科十数年期间，蕾美一定坐着父亲开的车，以前自己坐的那辆车，经常来这里玩。

如今独居的真朝奶奶，还有担心奶奶、想要陪在她身边的孙女。

我破坏了她们之间舒服自在的关系。

我是不是不该留在这里？

麻生木然地低头看着手机屏幕，对着面向庭院的玻璃门盘腿而坐。

穿红色棉袍的身体突然出现在玻璃门外。蕾美打开门问他：“你在干什么？”

“没干什么……玩对战游戏啊。”

他赶紧关掉刚才正在看的“稻作”网页，打开了对战游戏的画面。

“是吗？哪一种游戏？”

“守护之心……”

蕾美突然露出严厉的眼神说：

“你脑子有问题吗？来到这里居然还在玩手机游戏，你以为你是谁啊？难道不会帮奶奶做点事吗？”

这个女孩说话很不留情面，自己总是被她激怒，这件事更让人火大。

“少啰唆，我想做什么是我的事。你自己有帮奶奶做了什么事吗？”

蕾美咬牙切齿地瞪着麻生，转身走向反射着朝阳的雪地。

她这是干吗？莫名其妙。

麻生闷闷不乐，合上了手机，但又立刻打开了。

心情不好的时候，就要靠对战游戏来解闷。他打开了直到前天为止，让他玩得废寝忘食的对战游戏。

手机游戏是魔鬼。只要再打倒一个敌人，只要再破一关，只要再得到一个宝物……他常常因为这种想法玩得欲罢不能。一旦开始玩，连吃饭和上厕所都觉得很浪费时间，完全陷入了手掌大的屏幕上所出现的世界之中。

奇怪的是，从昨天离家至今，他几乎没有玩过手机。自从开始茧居生活以来，也许是第一次一整天都没玩网络游戏。

我不可以继续留在这里，如果赖着不走，一定会给奶奶添麻烦。

最好今天就回去。

回去？要怎么回去？请志乃婶开车来接我……想得太美了。

无论如何都要离开。要先去茅野车站。

然后，就像昨天来的时候一样，搭电车，在高尾车站换车，去新宿……

要回去那个公寓，回到空无一人，好像洞穴般昏暗的自己的房间。

他拼命操作着按键，不断地告诉自己，要回去。

房间内没有暖气。麻生盘腿坐在榻榻米上，沉浸在手掌中的手机游戏中。不，准确地说，他试图让自己沉浸在游戏中。

麻生对付的并不是对战游戏中出现的敌人。

他陷入天人交战，既觉得不可以久留此地，又不想回去空无一人的公寓。

该死的，怎么会这样？我怎么会这么弱？这样根本没办法进入下一关啊。

我才没有这么弱，我很强，一路走来，我总是一个人奋战。

眼前的状况应该有机会反败为胜。

背后的纸门无声地打开了。“呃……”听到略带迟疑的声音，麻生猛然回到现实，回头一看。

真朝奶奶从纸门外探头进来，和麻生四目相接，立刻笑着说：

“差不多中午了……我煮了荞麦面，请问你要吃吗？”

早餐时很顺利地拉近了彼此的距离，奶奶还说麻生和蕾美是死去的儿子送到她身边的“孙子”和“孙女”，没想到才过了几个小时，奶奶又忘了自己是谁。

“我不想吃。”

麻生忍不住冷冷地回答。虽然知道奶奶生病了，但还是很不喜欢这种客套的态度。

麻生的冷漠态度令奶奶不知所措，但她仍然面带笑容，再次邀请说：

“但是，我已经连同你的份煮好了……荞麦面会糊掉，赶快来吃吧。大家一起吃。”

“我说了我不想吃。”

麻生很不耐烦地说，然后转过身，背对着奶奶，默默玩着手机。

他察觉到奶奶站在门外注视着自己的背影，不一会儿，纸门静静地关上，脚步声在走廊上渐渐远去。

我真是太差劲了。

他注视着手机屏幕中自己的角色不断被打倒，发自内心地对自己感到失望。

至今为止，自己在游戏中的角色曾经死了无数次，但游戏很方便：只要重新启动，就可以立刻复活；或是有朋友来营救，送自己魔法宝物，也可以复活。

他曾经一次又一次复活——在游戏中，在假想的世界中。

为什么现实的世界不能这么方便？既无法死，也无法重来。

我真的太差劲了。

这时，眼前的玻璃门打开，发出巨大的声响。

麻生抬起头，看到了穿着红色棉袍的蕾美站在那里，双手拿着托盘，托盘上的大碗冒着热气。

“外送。”

蕾美说完，动作粗暴地把碗放在檐廊上。一股难以形容的柴鱼高汤和葱花的香味，麻生咽了咽口水，故意把头转到一旁。

“我说了我不想吃。”

蕾美再度露出锐利的眼神。

“你这个人啊，奶奶特地为你做的面，你居然不想吃？你不吃怎么办？丢掉吗？当作垃圾吗？”

“好，好，我吃我吃。”

麻生坐直了身体，对着大碗合起双手，说了声：“开动了。”

荞麦面上除了葱花以外，还放了绿紫苏叶和腌梅。麻生默默地注视片刻后，用筷子把腌梅夹到一旁，大口吃着荞麦面。

好吃，奶奶的料理果然好吃得没话说。

在久米食堂吃荞麦面时他也曾经感动不已，但奶奶的荞麦面丝毫不逊色。

“我吃饱了。”麻生嘀咕完，把碗放回了托盘。蕾美看着浮在汤汁上的腌梅说：

“你不吃自己的父亲腌的腌梅吗？”

她说话的态度真让人火大。麻生很想回呛她，但拼命克制住了。

“不管是谁腌的，我都不吃。我不喜欢吃腌梅。”

“哼。”蕾美冷笑了一下说，“真奇怪，居然不喜欢吃这么好吃的东西。”

你管我。麻生在心里咒骂道。这时，他突然察觉到一件事。

刚才自己在吃荞麦面时，蕾美一直坐在檐廊上看着自己，好像想要说话，又好像在等自己找她说话。

虽然她说话很自大，但特地把荞麦面送来这里，搞不好内心很善良。

“呃……我想问一件事。”

麻生鼓起勇气问道。

“你从新年之后就一直在这里吧？你打算住到什么时候？”

蕾美摇了摇穿着拖鞋的脚回答说：

“可能会住一阵子。”

麻生知道和自己无关，但还是忍不住继续问：

“但是，你不用去上学或上班吗？……你的家人呢？”

“没有啊。”蕾美立刻回答，“什么都没有。没有读书，没有工作，也没有家人。我一无所有。”

麻生闭着嘴，看着蕾美。蕾美看着庭院，幽幽地说：

“妈妈和新多爸爸一起死了。”

她的话完全出乎麻生的意料。

原来蕾美的母亲和麻生的父亲在蕾美高中一年级的时候，也就是五年前再婚。

父亲离婚后，又重起炉灶，开了另一家公司，然后和在奋斗过程中认识的蕾美母亲结婚。一家三口就在东京西区的一栋小房子里共同生活。

蕾美起初并不愿意亲近爸爸。她在中学时遭到男生霸凌，患了社交恐惧症，看到陌生男子就会心生恐惧，严重时甚至会引起呼吸困难。昨天晚上见到麻生时，也差一点发作，所以慌忙逃回屋里。

但是，爸爸很有耐心，努力让蕾美对他敞开心扉。

蕾美十六岁那年暑假，她第一次跟爸爸来到蓼科。见到真朝奶奶时，觉得她就像是民间故事中走出来的奶奶。

蕾美，欢迎你啊。这里是你的家，你可以在这里好好玩。

奶奶用这番话迎接她，每天教她很多事。

种蔬菜，清理庭院，用炉灶煮饭，挂蚊帐，听奶奶说诹访湖神明和八岳神的故事。

蕾美战战兢兢地敞开自己的心扉。在蓼科过完一个暑假后，她深深爱上了真朝奶奶，也渐渐接受了介绍真朝奶奶给自己认识的爸爸。

虽然社交恐惧症迟迟没有治好，但她总算从高中毕了业，她开始定期去心理咨询科就诊，努力适应社会。

也许自己有机会改变。

也许可以有不一样的人生。

也许可以交到朋友，找一份打工的工作……也许会遇到不错的人。

她渐渐有了这种想法，但去年九月，夏天结束时，爸爸住院了。那是在爸爸故乡蓼科附近的一所专门治疗癌症的医院。

“新多爸爸在住院前对我说，蕾美，我出门一阵子，但很快会回来，所以你不用担心。拜托你照顾妈妈。”

然后，爸爸就再也没有回来。

蕾美的视线在半空中飘来飘去，似乎在寻找什么肉眼无法看见的东西，然后又接着说道：

“有一天半夜接到电话，说爸爸突然死了……妈妈慌了手脚，说要去医院一趟，叫我在家里等，然后就冲上了车子。”

妈妈开的车子在深夜的中央高速公路上发生车祸，撞到护栏。事故原因是车速过快。妈妈也追随着爸爸的脚步，一起离开了人世。

之后的事，记忆都很模糊。

很多人来到家里，大家都一身黑衣……然后，妈妈的姐姐拉着蕾美说话。

只剩下你一个人了，但你已经长大了，可以一个人生活吧？钱的事不用担心，我会帮你处理。

阿姨在说话时，温柔地抚摸着蕾美的背，但她的真正目的是想要霸占爸爸和妈妈留下的那笔为数不多的财产和保险金。受益人是蕾美，所以她试图成为蕾美的监护人，自由动用那些钱。

协助蕾美处理烦琐手续的律师向她提出了忠告。你已经成年了，要明确告诉阿姨，你要自己管理父母的遗产，而且也可以独立生活，否则，可能会发生很不乐见的事。

阿姨一再对蕾美说，你有社交恐惧症，你生病了，所以要把一切交给阿姨来处理。蕾美断然拒绝，她要一个人生活，她可以一个人生活，请不要再来干涉她。从那一刻开始，蕾美断绝了和血亲之间的关系。

孤独的蕾美决心去蓼科，想去见真朝奶奶。如果可以，她希望和真朝奶奶同住，和奶奶一起种田过日子。

但是，奶奶没有来参加爸爸的葬礼。听一个来自蓼科、自称是爸爸小学同学的男人说，奶奶的情况不太妙。奶奶得知爸爸的死讯后，没有哭，也没有慌张，只是静静地就得了失忆症。

蕾美仔细思考后，觉得爸爸死了之后，她和真朝奶奶之间就毫无关系了。之前是因为蓼科是妈妈再婚对象的老家，所以可以经常去玩，也可以天真地以为自己就是奶奶的孙女。

但是，如果爸爸和妈妈没有再婚，蕾美就不可能见到真朝奶奶。

自己和奶奶是毫无关系的外人，两个人之间已经没有任何交集。虽然不知道奶奶目前的状况，但已经失忆的奶奶不可能接受自己这个外人。

蕾美打消了去蓼科的念头，然后足不出户，整天关在家里。

她没有可以投靠的亲戚或朋友，必须一个人活在这个世界上。因为父母留下了遗产，所以暂时不必外出工作也可以维持生活，但是，不和任何人见面，不去任何地方，完全断绝和这个世界的关系活下去，到底是怎么一回事？

真希望一切都是梦。真希望今晚睡着后，明天早晨醒来，又可以像以前一样，有妈妈、爸爸陪在身边，然后可以坐爸爸开的车去蓼科，去怀念的“故乡”。

但是，她每天早晨醒来，就绝望地发现一切并不是梦，又是独自被关在现实中的一天。

新年前夜，她在漆黑的房间内听着远处的跨年钟声，一心想着新年过后就要一死了之。因为无论醒来多少次，爸爸、妈妈和奶奶都不会回来，既然这样，不如自己去那里找爸爸、妈妈。

明天早上再度醒来，如果发现这一切不是梦，就要去天堂。

新年的早晨来了。孤独的、安静得令人感到痛的元旦早晨来了。

蕾美决定踏上寻找父母的旅程。

她开始认真思考死亡要做什么准备。

首先是遗书。如果不好好写遗书，父母留下的遗产就会如数被阿姨霸占，必须把所有财产都留给真朝奶奶。她决定写完遗书后寄给奶奶。

想到这里，她才发现自己并不知道真朝奶奶家的住址。

对了，奶奶可能寄了贺年卡。

她走去信箱，果然发现了几张贺年卡。爸爸和妈妈的有些朋友不知道他们已经去世，所以寄给了他们。其中当然没有寄给蕾美的。当她发现这件事时，心忍不住一沉。

奶奶知道父母已经死了，所以不可能寄贺年卡。

她顿时感到沮丧，没想到很快在几十张贺年卡中，发现有一张是写给“中村蕾美”的。

那是真朝奶奶寄来的。

> 蕾美，最近好吗？爸爸离开后，你会不会感到寂寞？
>
> 欢迎你随时回来蓼科。
>
> 我的余命仅剩数月。希望剩下的日子可以和自己喜欢的事物生活在一起，见到自己喜欢的人，好好珍惜最后的日子。

蕾美看完简短的内容后，突然颤抖起来。

“余命仅剩数月”？这是什么意思？

奶奶在开玩笑吧？怎么可能连奶奶都要离开人世？

蕾美抓着贺年卡站了起来。她越来越坐立不安了。

“我也搞不清楚是什么状况……当我回过神时，已经搭上了开往茅野车站的电车，然后叫了出租车来奶奶家了。”

蕾美一口气说完，重重地叹着气，然后又接着说：

“好奇怪啊，为什么我这么想说自己的事？以前从来没有发生过这种事。”

她有点害羞，鼓起红通通的脸颊。麻生看着她的侧脸，突然发现她是因为皮肤很白，所以脸颊才会这么红。她很白皙，乌溜溜的头发衬托得她的肌肤更加洁白。她真漂亮。麻生突然心头小鹿乱撞，暗自为自己被蕾美的身世和蕾美这个人所吸引而感到惊讶。

“我有社交恐惧症，尤其面对陌生男人，更觉得可怕……但不知道为什么，竟然觉得想和你说这些事。可能因为你是奶奶的亲孙子吧。”

说完，她没有抬头，轻轻说了声：“谢谢。”

“谢谢你听我说。”

听到这句话，麻生觉得内心深处好像亮起了一盏温暖的灯火，他注视着蕾美的侧脸说：

“不……这句话应该由我来说。谢谢你把这么重要的事告诉我。”

蕾美抬起头看着麻生，一双大眼睛泛着泪光。麻生觉得蕾美太动人，让他无法正视，所以把头转到一旁。

我和她……来这里之前都是孤单一人。

在世界的角落，孤孤单单的自己和蕾美，奶奶也是孤单无依。

如今，原本孤单的三个人在一起，离开人世的父亲和离家出走的母亲造就了这个奇妙的缘分。

“我也可以问你吗？”

蕾美看着麻生的侧脸问。

“你为什么来这里？你不用上学、上班吗？”

蕾美清楚地说明了来这里的来龙去脉，但自己除了交代蕾美的继父和自己的母亲在很久以前离了婚以外，几乎什么都没说。

“我，那个……我……我老妈……”

说到这里，他闭上了嘴。

蕾美在中学时代遭到霸凌，患了社交恐惧症。父亲去世，母亲也去世后，她孤独一人，开始足不出户，之后因为担心奶奶的身体赶来这里。他前一刻还觉得蕾美的身世和自己有很多共同点，但仔细思考后，发现两个人完全不一样。

因为……我因为蛰居多年，最后被老妈抛弃了。

“嗯，那个……我老妈和我老爸离婚后，没有再婚……我一直拖我老妈的后腿，所以她最后放弃了我。”

他用委婉的方式说明了自己的处境。

“你拖你妈妈的后腿？她放弃了你？具体是怎么回事？”

她咄咄逼人地问道。事到如今，隐瞒也没有用了。

“我在家蛰居多年，我老妈可能终于忍无可忍，所以离家出走了。”

麻生自暴自弃地说。在说话的同时，觉得向刚结识不久的女孩介绍自己这样的身世简直太糟了。

蕾美的睫毛忙碌地抖动着，又问了一次：“你妈妈离家出走了？”

“对啊，留了字条，叫我‘自己活下去’。”

麻生叹着气说。

“然后还留了几张贺年卡，叫我‘可以从中找人联络，看他们愿不愿意帮你’。奶奶的贺年卡也在其中。”

蕾美凝视着麻生，诚惶诚恐地问：

“也有写‘余命仅剩数月’吗？”

“对，也写了这句话，所以我就赶来了。”

原来是这样。蕾美松了一口气。麻生很希望她赶快忘记自己刚才说的身世，所以立刻转移了话题。

“奶奶的情况怎么样？你和她生活在一起的这段日子，有没有发现什么异常？有没有不舒服，或是吃药之类的……”

“嗯……”蕾美偏着头回答，“应该算精神很好……除了常常想不起我是谁以外。”

奶奶每个星期会自己开车去医院，平时也有吃药，可能是失忆症的药。

“我和她一起生活了三个星期，完全不觉得‘余命仅剩数月’。”

蕾美一脸纳闷地说。听到她这么说，麻生觉得好像从云层缝隙中见到了蓝天。

也许奶奶神志不清地在贺年卡上写了那些话，更何况好像是因为儿子死了太受打击，所以才会患了失忆症……

“是吗？光是知道这件事，这一趟就没有白来。”

麻生用开朗的语气说完，突然想到一件事。

自己想要拯救“余命仅剩数月”的奶奶，所以才会赶来这里。

奶奶虽然患了失忆症，但身体很硬朗。蕾美虽然和奶奶没有血缘关系，但真心爱奶奶，而且决心要帮助奶奶。她有父母留给她的遗产，并不像自己这么没出息，身上只有区区四万多元而已。

所以……我根本没有必要留在这里。

前一刻才终于晴朗的心情再度乌云密布。

自己不能把奶奶辛苦种的米吃完，也不能为奶奶和蕾美刚展开的生活带来不和谐的音符。

我应该回去，回到东京，回到没有老妈的公寓，回到被子从来不叠、没有窗户、充满污浊空气的昏暗房间。

那我回去了。必须对蕾美说这句话……也必须这么告诉奶奶。

“请问……”

正当麻生陷入苦恼时，身后传来一个略带迟疑的声音。坐在檐廊上看着庭院聊天的麻生和蕾美同时转过头。

真朝奶奶正襟危坐在后方的和室内，麻生和蕾美慌忙站了起来。

“吓了我一跳，奶奶，你什么时候来的？”

蕾美张大眼睛问。

“刚才看到你们聊得很开心，我不好意思打扰。”

奶奶笑嘻嘻地回答。麻生感到背脊一凉，她该不会听到他们刚才在说奶奶“余命仅剩数月”吧？

奶奶没有察觉麻生的担心，若无其事地说：

“请问你们要不要和我一起去我最喜欢的地方？”

麻生眨着眼睛。奶奶邀请别人一起去自己喜欢的地方，充满了少女的天真无邪。蕾美立刻回答：

“好啊。奶奶，你喜欢的地方是不是那里？”

奶奶笑得更开心了。

“对，就是那里。今天天气很晴朗，一定很棒。你也一起去吧？”

听到奶奶这么问，麻生忍不住点了点头。

“那我来开车。”

蕾美开心地说。

没想到要和真朝奶奶开车去兜风，而且司机竟然是无论怎么看，年纪都不可能超过高中生的女生。

在奶奶的建议下，麻生战战兢兢地坐在副驾驶座上。“那就出发喽。”蕾美轻快地说。奶奶在后视镜中安静地微笑着。

眼前事态的发展太出人意料。

三十分钟前，麻生还心情沉重地想着自己必须回东京。这就是所谓的“女子力”吧？奶奶以前也曾经是“女生”呢。

小客车载着三个人在铲过雪的道路上奔驰，蕾美的开车技术很好，即使进入山路也没有放慢速度。没有驾照的麻生暗自捏了一把冷汗，很担心会在雪地上打滑，很担心轮子会飞掉。

“这一带称为‘奥蓼科’，有水质很棒的温泉。”

奶奶从车后座探出身体说。

“蓼科是温泉天堂，到处都是温泉。我经常去泡温泉，把那里当澡堂。”

麻生想起小时候，大人曾经开车带他去过。虽然忘了是蓼科的哪一家温泉，但依然记得和父亲一起泡在大浴池里，想到这里，立刻回味起洗完澡后喝咖啡牛奶的惬意。

“回程的时候要不要去？”奶奶提议。“赞成！”蕾美欢快地回答，露出女孩子的天真可爱。

在仿佛永远都看不到尽头的山路中途，车子突然减速。蕾美把车子缓缓停在积了雪，看起来像是停车场的狭小空地后说：“到了。”奶奶在后视镜中对着麻生露出了笑容：

“走吧，我想带你看的风景就在这里。”

一下车，冰冷的空气立刻包围了全身。麻生把羽绒服口袋里的手机当成是暖宝宝，紧紧握在手上，跟着奶奶和蕾美往前走。视线一下子开阔起来，麻生愣在原地。

一片宁静的湖水出现在麻生的面前。

并不大的宁静湖面反射着冬天的阳光，附近的小山在湖面形成了倒影，宛如清澈的天空落入大地。树木在不时吹来的风中摇曳，湖面泛着涟漪，除此之外的一切都笼罩在宁静中。

看似平常却又是特别的风景。这片景象丰饶得令人感到不可思议，可以感受到森林中所有的生命都在屏气敛息，为了春天蓄积生存的动力。

啊，这是……这片风景。

幼年时的回忆在麻生的脑海中苏醒。

在他很小很小的时候，奶奶曾经带他来过这座湖。

那是夏天，绿色的树木在风中摇摆，一家三口站在湖畔，被一片凛然的白桦树包围。

父亲、母亲和自己站在一起入镜，奶奶为他们拍照。每个人脸上都带着笑容，不知道在高兴什么，但那个灿烂的夏天，每个人脸上都带着笑容。

“御射鹿……池？”

他脱口说出这个名字，站在他身旁的奶奶立刻有了反应。

“没错，御射鹿池。你竟然知道。”

“对啊，奶奶教了我好几次，我都一直记不住。”

蕾美一脸钦佩地说。麻生抓了抓头，害羞地笑了笑。

“以前奶奶告诉过我，很久以前，我还是小孩子的时候。”

“我吗？”奶奶似乎感到意外，“原来是这样，我告诉过你……”

奶奶果然不记得了。虽然麻生明知道这一点，但仍然感到遗憾。

“不光是这样，你还告诉我，哪一个有名的画家以这片风景为题材，画了一幅很出色的画。”

麻生忘了那个画家的名字。奶奶露出温和的笑容。

“你连这些事也都记得。”

奶奶告诉麻生和蕾美，那是名叫东山魁夷的日本画家，以这片风景为主题，画出了代表作之一《绿响》。

洋溢着新绿的森林和宛如镜子般映照出这片绿意的湖面，在绿意和湖面的交汇处，有一匹如梦似幻的白马。那幅出神入化的绘画作品，只要看过一次，必定终生难忘。

“这么厉害。哪里可以看到那幅画？”

蕾美问。

“那我就不知道了……我只在画册上看过。”

奶奶露出好像正在看那本画册般的眼神回答。

奶奶是在数十年前，第一次看到那幅画。去东京读大学的儿子新多第一次暑假回来时，带了展览会的画册作为礼物，其中有一页就是那幅画。奶奶喜欢作画，也很喜欢看别人的画，所以新多偶然走进一家画廊，看到那本画册，就买来送给奶奶。

那本画册上还有另外几幅东山魁夷的绘画作品，但奶奶只爱上了那幅画。因为她觉得那片风景似曾相识，不知道什么时候，在哪里看过。画作的解说中提到，那是画家去信州旅行时画的作品。

奶奶立刻想到了。她拿着画册，请儿子开车来到御射鹿池。从那个时候，不，在更早以前，奶奶从松本嫁来蓼科时，这个小小的湖就是奶奶“最喜欢的地方”。

你看，新多！这幅画就是这里，完全一模一样。

奶奶摊开画册，兴奋地对当时只有十八岁的麻生父亲说。

新多，东山画仙一定是来到这里，站在这个位置素描。因为所有的细节都一模一样，你不觉得是很棒的巧合吗？我们正站在东山画仙创作出这幅画作的地方。

画册中的画和奶奶眼前所看到的风景完全一致。除了没有白马以外，所有的一切都相同。

奶奶回想起邂逅那幅画作的往事，深有感慨地说：

“当我知道这片风景变成一幅美丽的画时，忍不住感动落泪。”

悲伤的时候，难过的时候，开心的时候，奶奶都会来这里回顾自己的人生，梦想自己的未来。这片湖水默默接纳人生这条长河中浮起的大泡泡和小泡泡，宛如一幅宁静、充满深沉包容的画。

这里真的变成了一幅画，这份喜悦、这份幸福该向谁表达感谢？

奶奶发自内心地对挑选这个地方作画的画家，对偶然买了这本画册送她的儿子，对八岳神表示感谢。

奶奶的儿子，也就是麻生的父亲用好像恍然大悟般的口吻对感动不已的母亲说——

妈，走在这片绿意中的白马就是你，一定就是你。

蕾美听到这里，忍不住“哇”地叫了起来。

“好棒，我想看看那幅画。”

麻生还来不及说“我也想看”，奶奶就立刻回答：“好啊，当然没问题。我珍藏着那本画册，回家之后就给你看。”

麻生觉得内心的湖水表面有小鱼在扑通扑通跳。

父亲很久以前，就和自己完全中断了联系。

几个月前，在麻生完全不知情的情况下踏上了天堂之旅。

他觉得父亲好像变成了和自己差不多年龄的样子，此刻正和自己站在一起。

和当时还很年轻的奶奶、父亲还没有认识的母亲，还没有出生的自己，以及蕾美都在一起，跨越时空，一起站在这里。

出现在他们三个人面前的湖面虽然没有结冰，但散发出严冬的寒气，陷入极度的静默。耸立在背景中的山峦和树叶掉尽的树木都在湖面上微微颤动。然而，到了春天，树木就会吐出新芽；到了夏天，就会是一整片鲜艳欲滴的绿色。

麻生产生了一种冲动，他想要再看一次小时候看过的夏日风景。

虽然自己不可能在这里住到夏天。

麻生从羽绒服口袋中拿出紧握的手机，对着湖面打开了手机盖，按了照相功能的按键。咔嚓，听到拍照的声音，奶奶转头看着他。

“这是什么？照相机吗？”

奶奶似乎对手机这种文明的利器很陌生。

“对，虽然是手机，但也有照相功能。”

麻生把手机递到奶奶面前。奶奶拿在手上，仔细打量着。

“最近真的越来越方便了，连电话上都有照相机了。”

“不光是照相机，还有上网功能，可以通过网络了解世界各地的新闻和消息，也可以看电视或是玩游戏。”

“是哦。”奶奶发出感叹的声音，“真的吗？这么厉害，没想到这么小的电话，里面装了这么多东西。”

这并不是时下流行的智能手机，而是落伍的旧式手机，没想到奶奶却大力称赞，这让他有一种奇妙的感觉。

“你脑子有问题，这种落伍的手机还当成宝。即使没有手机也照样可以活得很好。”

蕾美用充满攻击的语气说道，似乎看到奶奶赞叹麻生的东西感到很忌妒。虽然她平时说话就很惹麻生气，但听到她这么说，麻生也忍不住生气地反驳：

“你什么意思啊？你也会用手机吧？现在很少有人不用手机吧？”

没想到蕾美冷冷地说：

“我不用手机，我才没那么脆弱，必须依赖手机才能过日子。”

她真是太狂妄自大了。

刚才她在诉说自己的身世时，麻生忍不住同情她，但她气势凌人的态度，哪里像是有社交恐惧症的人？

“请问一下，这要怎么拍照片？可不可以教我？”

两人互不相让，气氛剑拔弩张。奶奶在绝妙的时机打断了他们，差点真的和比自己年纪小的女生吵架的麻生暗自松了一口气，指着奶奶费力拿在手上的手机，向她说明起来。

“就像这样把镜头对着风景……然后按下正中央圆形的按键……”

奶奶站在湖边，用力伸长手。她的右手伸到水面上，对准了对岸的森林。不知道是不是太用力了，手机不停地晃动着。

下一刹那，手机从奶奶的手里滑落了。

一切都在转眼之间发生。

扑通，随着一声好像鱼儿蹦跳般的声音，麻生的手机消失在水中。

虽然才一眨眼的工夫，但麻生认为“像生命一样”的手机像慢动作播放般落入了水中。麻生、蕾美和奶奶都倒吸了一口气，凝视着这个瞬间。

麻生最先发出叫声。他哇哇大叫着冲进水里。“危险！”奶奶立刻叫了起来，想要阻止他。

“奶奶，不要过去！你会掉进水里。”

蕾美立刻抓住了奶奶的手臂。麻生的小腿以下都浸在水里，整个人往前冲，几乎快跌进水里了。

“麻生——”

他清楚地听到有人叫自己的名字，而且是奶奶的声音。

麻生在水里停下脚步，回头一看，奶奶和蕾美一脸不安地站在湖边。

麻生木然地低头看着被自己搅动得一片混浊的湖水，在脚踝周围泛着涟漪的水面慢慢平静了。

惊人的寒意从脚下爬了上来。

手机……我的手机。

自己和这个世界唯一的联系就这样断了。

麻生觉得让他勉强维持自我的开关也同时关闭了。

“对不起，我……”

奶奶小声说道。麻生感觉到脑袋中心突然发热。

我最宝贵的东西……就这样毁了。

他双手握起拳头，努力克制着差一点爆发的凶暴情绪。

这时，蕾美突然蹲了下来，把手伸进水里。她的右手好像在钓鱼般从水里拿出一个湿淋淋的东西——竟然是手机。

她把滴着水的右手伸向麻生，用压抑着感情的声音说：

“给你……你的宝贝。”

麻生不发一语地看着。蕾美的小手湿湿的，正在微微发抖。

身体深处涌起了无处宣泄的郁闷。麻生默然不语地接过冷得像冰块般的手机。

奶奶凝视着他们，终于用沙哑的声音说：

“赶快……赶快来这里。你全都湿了，小心感冒。赶快过来。”

麻生看着奶奶。奶奶脸色苍白，浑身发抖，好像是她落入了水中。然后，他又看着蕾美。她正用锐利的眼神对他说：“如果你敢责怪奶奶，我绝不饶你。”

麻生用力闭上双眼，然后右手用力向后甩，把手机用力丢向湖面。

手机飞了出去，在半空中勾勒出悠长的抛物线，在湖面激起一阵涟漪后，消失在水中。

奶奶和蕾美屏住呼吸看着麻生。他看着湖面上的涟漪消失后，终于从水里走到岸边，然后对奶奶说：

“我要回东京。”

奶奶的眼神晃动了一下，似乎有点惊讶。蕾美默默地看着他们。

说出口之后，心情反而轻松了。麻生深吸一口气，又继续说：

“我没有钱，也没有驾照，唯一的财产手机也没了，真的变成一无所有。留在这里，也只会给奶奶添麻烦。”

奶奶沉默不语，似乎正在思考要说的话。麻生对站在奶奶身旁的蕾美说：

“不好意思，可不可以请你送我去车站？先去奶奶家，让奶奶下车，我顺便拿行李。”

“你就这样湿漉漉地回东京？”蕾美问。

“对，是啊。”麻生回答，“我没有带替换的衣服，也只能这样了。”

“不行啦，不换衣服怎么行？这样会感冒的。”

蕾美用不容置疑的口吻说道。麻生觉得她好像在说：“你不要回去。”但他立刻摇了摇头。

“我没问题，只不过一直站在这里，奶奶倒是会感冒吧！赶快走吧。”

麻生拖着沾满泥巴后变得异常沉重的球鞋走向停车场。

蕾美坐在驾驶座上，麻生坐在副驾驶座，真朝奶奶在车后座。

三个人在凝重的气氛中沉默不语，离开了御射鹿池。

三十分钟前，三个人还在热烈交谈，在欢声笑语中前往奶奶最喜欢的地方，午后的阳光照在陡峭山路薄薄的积雪上。如今，树林中的树影拉出淡淡的青灰色影子，沿途都散发出一股寒意。没想到去程和回程时，所看到的风景会有这么大的差异。

车子很快停在奶奶家附近。三个人默默走在雪地中，通往茅葺屋顶房子的田埂上，麻生的脚都湿了，几乎快被北风吹得结冰了。牛仔裤的裤脚和鞋子又冷又湿，所以他感觉步伐更加沉重。

他走去昨晚睡的和室拿行李袋。我真蠢，他无声地嘀咕着。他早就知道自己在逞强。

如今，麻生失去了唯一连接世界的手机，这下子真的将会孤独无依。

他其实并不想回东京，不想回到空无一人的公寓。

但是，留在这里也帮不上忙，只会给奶奶添麻烦。

幸好蕾美在这里，虽然她很狂妄自大，个性很好强，但发自内心地爱着奶奶，愿意为奶奶付出。只要有蕾美在，奶奶也会感到安心。

麻生无法原谅自己。在御射鹿池时，当奶奶不小心把手机掉进水里时，他差点对奶奶大发雷霆。

奶奶，你在干什么啊？！为什么把像我生命一样重要的手机掉进水里？！

即使明知道奶奶并非故意，但麻生还是差一点对着把手机掉进水里的奶奶大吼大叫。如果蕾美没有立刻从水里捡起手机，真不知道之后会是怎样的结果。

对如今的奶奶来说，自己完全是一个陌生人，但她没有问理由，就让自己进了屋，还让自己住在这里。

今天早上，奶奶还做了丰盛的早餐，告诉自己一粒米中住了七个神明。

当自己冲进水中时，奶奶的的确确叫了自己的名字，虽然只有一次。

奶奶真心为我担心，眼神颤抖地注视着我。

我……我……像我这么糟糕的人，根本没资格留在奶奶身边。

麻生拎起行李袋，对着在地炉旁手足无措的奶奶挤出笑容。

“那……我走了。”

奶奶还是不发一语，目不转睛地看着他。麻生不愿正视奶奶落寞的双眼，立刻把头转到一旁。

“你真的要走？”

奶奶的声音很轻，好像微风拂过耳边。麻生再度看着奶奶，奶奶眼中满是泪水。麻生急忙走向玄关，不愿面对这一幕。

他穿上湿透的球鞋，听到奶奶从身后追了过来。麻生低着头，走向冰冷的暮色开始笼罩的庭院。

“你真的要走吗？”

蕾美双手插在上衣口袋里，站在门口问道。麻生点了点头。

“一切拜托你了。”

麻生恳切地说。蕾美不再说什么。

他们踩着雪，沿着田埂往下走。不要回头，绝对不要回头。麻生好像在念咒语般不停地告诉自己。

如果回头，看到奶奶站在那里……

自己脆弱的心一定会被拉回去，被拉回父亲、母亲和小时候的自己曾经度过的，充满往事回忆的蓼科老家。

即使父亲已经离开人世，即使母亲离家出走，即使自己已经失去了孩提时代的纯真，但无论时间怎么流逝，这里永远不会改变。

麻生失去了一切，所以回到这里。如今，他终于发现，他即将失去奶奶。

原来这里才是我的故乡。

想到这里，突然热泪盈眶。

他咬紧嘴唇，坐进副驾驶座。蕾美轻轻叹了一口气，发动了引擎。

“那就出发喽。”

蕾美说道。麻生点了点头，就在这时。

“麻生——”

他似乎听到远处传来一个好像回音般的声音，叫着他的名字。

麻生惊讶地抬起头。

他看到田埂的远方有一个小小的人影。是奶奶，奶奶跌跌撞撞地沿着田埂跑了过来。

奶奶……

蕾美缓缓踩下油门，车子驶了出去。麻生趴在车窗上，看着奶奶的身影。

虽然和奶奶之间的距离遥远，看不清她的脸，但麻生知道奶奶在流泪。

奶奶……为什么？

为什么在临别时，突然想起我的名字？

泪水快要流下来了。麻生无论如何都不希望蕾美看到他哭。

我真是太软弱了。

麻生用力抬起头，闭上了眼睛。他希望自己至少可以坚强地忍住眼泪。

现在不是哭的时候，我将要独自面对未来的生活。

他忍不住用力吸了一下鼻子。他很担心蕾美会嘲笑他："你在哭吗？真白痴。"但蕾美白皙的脸看着正前方，什么话都没说。

车子来到笔直通往车站的道路。

一大片洁白的雪地后方，是八岳山连绵的山峰。太阳渐渐沉落，山坡上闪着橘色的光芒。昨天"吃饭"屋的志乃婶从车站送他去奶奶家时，天色已经完全黑了，什么都看不到，但眼前所看到的，正是小时候深深烙在记忆中的熟悉景象。

我不想回去，一点都不想回去。

我想要留在奶奶家，和真朝奶奶一起生活。

暑假、寒假、春假。每次放长假，麻生就在蓼科的奶奶家中度过。吃奶奶做的菜，听奶奶说故事，和奶奶玩游戏，从来不会感到无聊，和奶奶在一起太快乐、太开心了，所以，每次父亲来接他回东京时，他总是哭丧着脸，让父亲不知所措。

于是，奶奶总是抚摸着麻生的背安慰他。

麻生，没关系，你很快又可以回来这里。

秋天的时候，稻米收成的时候，奶奶帮你做大饭团。冬天的时候，奶奶会做好你最爱的甘酒等你来。

麻生，不用担心，无论你难过还是寂寞，季节都会变化。

每当季节更迭，你就会慢慢长大。看到你的成长，是奶奶最大的乐趣。

所以，你不可以哭。

等你再长大一岁，要带着笑容回来这里。

奶奶会在这里等你，一直都在，一直等到永远。

少年时代的麻生忍着泪水，坐在父亲的车上，眺望着这片风景，总觉得远方雄伟的八岳山在对他说，欢迎你随时回来，永远等着你。奶奶站在田埂上挥手的笑容不时浮现在美丽的山峰上，又很快消失了。

终于到了茅野车站，麻生和蕾美沿途都没有说一句话。

车子停在现代化设计的车站前方的环岛处，麻生用双手用力搓着脸，转头对蕾美说："谢谢你，真的帮了大忙……你开车技术很好。"

蕾美突然笑了起来。

"还好啦。新多爸爸说，开车也是一种治疗，所以叫我去学开车，还说只要和教练单独坐在车子里不会发作，遇到其他人应该也不会有问题。”

说完，她用食指轻轻敲了敲方向盘。

“新多爸爸说得没错……不瞒你说，这是我第一次和教练以外的男人单独坐在车内。”

然后，她又用有点害羞的声音说：“真的好奇怪。”麻生终于露出了淡淡的笑容。

“再见，多保重……请你好好照顾奶奶。”

蕾美白皙的脸庞转了过来。麻生觉得她露出了落寞的神情，急忙把头转到一旁，拎起行李袋下了车，砰的一声用力关上车门。副驾驶座旁的车窗立刻打开，蕾美从驾驶座探出身子问：

“这样真的好吗？”

“什么？”麻生故意装糊涂。

“即使你回去东京的家，你妈妈也不在家吧！你没有手机，也没有钱，要怎么一个人活下去？”

直到临别时，她说话仍然不留情面。麻生故意露出生气的表情说：“是啊，这有什么问题吗？”

“逞什么强啊，”蕾美轻声笑了笑，“真白痴。”

“不要你管。”麻生对她吐出舌头。

蕾美迟迟没有离开，麻生说：“你赶快走吧，奶奶在家等你。”

说完，他感到内心隐隐作痛。

一直都在，一直等到永远。

很久很久以前，奶奶在临别时说的话在耳边响起。

“你也是啊，快去吧。”

蕾美说。麻生不甘示弱地说：

“你别管我，快走吧。你不离开，我就不走。”

蕾美耸了耸肩，关上了副驾驶座的窗户，然后看了麻生一眼，踩下油门，转眼之间就离开了。

麻生看着车尾灯渐渐远去，忍不住叹了一口气。

她走了。

他转身走上通往车站的阶梯，对在内心抱着一丝期待，期待蕾美对他说“你不要走”的自己感到丢脸。

在通往检票口的通道上，看到了“欢迎来到茅野”的看板。昨天经过那块看板，走去车站前的圆环，麻生感觉像是很久以前发生的事。

昨天经过这里时，很担心能不能顺利到达奶奶家，但觉得自己有手机，应该没问题，虽然手机最后并没有派上任何用场。

是“吃饭”屋的志乃婶帮了忙，除了提供美味的荞麦面，还送自己去奶奶家。

虽然不知道要怎么去蓼科，但仔细回想后发现，自己完全没有用手机查询。

是站务员、出租车司机……在各自岗位工作的人和亲切的路人告诉了自己。

我一开始就没有依赖手机。

他在自动售票机买了到新宿的车票，迈着沉重的步伐走向检票口。看了电子布告栏的电车发车时间，发现中央本线前往小渊泽的电车将在下午四点十四分发车。电子布告栏正中央的时钟显示，目前是四点十一分。这时，站内广播响起。

“前往小渊泽的普通电车即将抵达三号月台……”

麻生急忙冲下楼梯，来到只有寥寥数人的月台，寒冷的北风吹拂着他的脸。

他转过头，看到车站前的景象。志乃婶的店在那些房子后方，真朝奶奶家在更远的那片山的前面。

麻生好像在仰望八岳山的壮丽景象般，仰望着红色的天空。

他慢慢走到月台前端，轨道远方亮起了电车的车头灯，电车缓缓减速，越来越近。

麻生注视着车头，下意识地摸着上衣口袋。

之前当作暖宝宝握在手上的手机已经没了，但指尖在左侧口袋里摸到一张卡片。

麻生把卡片拿了出来。那是奶奶写给母亲的贺年卡。

> 最近还好吗？有没有太操劳？
>
> 麻生怎么样了？有没有活出自己的人生？
>
> 我的余命仅剩数月，希望可以精神百倍地走完剩下的日子。
>
> 在我离开之前，希望有机会再见你和麻生一面。

娟秀流畅的字，熟悉的字。麻生注视着贺年卡上的字，好像要把纸都看破。

这张贺年卡让茧居多年的自己走向外面的世界。

奶奶的这些话引导自己来到蓼科。

电车在他面前停了下来。车门打开，几名乘客双手插在大衣口袋里，耸起肩膀走下车。

“前往小渊泽的电车即将发车。”

隆咚，电车移动。隆咚、隆咚，电车加速。离开月台的电车很快消失在轨道远方。

空荡荡的月台上，只有一个人影——

是麻生。

他把贺年卡塞进口袋，抬起了头。他转头冲上通往车站大楼的阶梯，在检票口对站务员说："我不搭车了。"退了车票。

我真的很糗，但这么做是对的。

我要回去，要回去奶奶家。

他冲向通往车站前环岛的阶梯，抬起头时，发现一辆熟悉的小客车停在那里，坐在驾驶座上的蕾美轻轻按了按喇叭。

"真白痴。"蕾美露出微笑。

5

一粒稻谷

麻生目前正在蓼科附近的安养中心青峰寮。

他并不是来这里照顾老人，也不是来探视谁，而是正在用拖把擦木地板。先在拖把上沾了擦地专用的液剂，然后就用力擦啊擦，擦啊擦。这种液剂可以在打亮地板的同时发挥防滑的作用，老年人走路时也很安心。除了地板以外，他还要清洁打扫盥洗室、厕所和玄关。虽然是冬天，但他认真工作了不一会儿，身体就已经冒出了汗，他不时用代替围巾挂在脖子上的毛巾擦拭汗水。

“辛苦了，你很卖力。”

照护师田端先生向他打招呼。“早安。”麻生抬起头，也向他打招呼。

“你流了不少汗，年轻人的新陈代谢真好啊。”

田端先生四十五岁，从事长期照护工作已有十五年，是资深的照护师。听说他原本是个农民，也在茅野市区内从事稻作，但现在农务方面的工作完全交给他太太一手包办，除了插秧季节以外，每天都在这家安养中心忙碌地工作。这家安养院的七十名老人整天“大田”长、“大田”短地找他。

“因为室内的温度对我来说太高了，对老年人可能刚刚好。”麻生回答。

“那倒是，”田端先生笑了笑，“可不能让这些爷爷、奶奶感冒了，所以随时注意保持室内温暖。不好意思，你就忍耐一下，那我先去忙了。”

说完，他小跑着离开了，看到正在忙碌的照护师，亲切地招呼一声：“你很努力工作哦。”照护师都惊讶地抬头看他。

麻生做这份清扫工作即将满一个月。之前他做那份工作时很快就撑不下去了，如今却每天都乖乖上班，连他自己都感到不可思议。如果一个人生活，不得不外出工作的话，恐怕无法持续这么久。或者说，如果像以前一样，继续依赖母亲，恐怕还是会继续整天窝在家里，拒绝外出。

正因为和真朝奶奶和蕾美一起展开了同居生活，才能够像这样每天勤快地外出工作。

因为生活作息都配合奶奶的生活节奏，所以很有规律。奶奶清晨五点起床，做完早餐后，六点叫麻生起床。起初他迟迟无法起床，总是滚来滚去赖床，蕾美冲进他的卧室，掀开他的被子大吼：“赶快起来！”

每天被强迫叫起床一段时间后，身体也就逐渐适应，很快就不需要蕾美进来掀被子，也不需要设定闹钟，六点一到就像电灯打开一样准时醒来。

只要一睁开眼，整个鼻腔都是味噌汤的味道。啊，我在奶奶家，奶奶今天也很有精神地为我煮了味噌汤——这种感觉每每都令他感到安心。

一月底，麻生差一点独自回到空无一人的东京家中，他曾经孤单地站在茅野车站的月台上，准备搭上往东京方向的电车。

但是，不知道为什么，临上车时，他的脚无法动弹，无法跨出那一步。

目送电车离去后，他已经没有丝毫的犹豫。我要回真朝奶奶家，那里是我的故乡。他在内心这么决定。蕾美似乎早就猜到了他的决定，正在车站前等他。

“奶奶，对不起，我回来了。

“我想请问一下，如果啊，我是说如果……

“我可不可以和你一起住在这里？

“我想住在这里。”

他坦诚地说出了心里的想法。奶奶看到麻生回来后，什么话都没说，默默点着头。一次又一次，一次又一次地点头，眼中满是泪水。

奇妙的三人生活就此展开。

祖母、孙子和没有血缘关系的孙女。

这完全不符合普通的家庭模式，三个人各有欠缺，但他们聚集在一起，似乎在努力找回各自缺失的东西。

麻生下定决心，既然打算回到真朝奶奶家，自己一定要外出工作，至少要赚取自己的伙食费，才不会给奶奶添麻烦。麻生请蕾美开车去车站，去“吃饭”屋找志乃婶商量这件事。不知道为什么，他觉得这种事找志乃婶商量就对了。志乃婶听到麻生决定和奶奶一起生活很高兴，又听说了蕾美的身世，得知她也打算留下来陪奶奶，立刻乐不可支地说：“哎哟哎哟，这下子真朝婆婆双重安心了。”于是请他们两个人吃了荞麦面。

志乃婶立刻去问了几家公司。麻生果然找对了人，不出一个星期，就接到了茅野市区一家保洁公司的面试通知。

在保洁公司的老板亲自面试时，麻生战战兢兢，完全不记得自己说了什么，但因为老板和志乃婶的交情深，所以当场决定录用麻生。

保洁工作时薪八百元，朝九晚五，每周工作五天。麻生每天要去委托保洁公司做保洁工作的三家安养院和两家幼儿园打扫。

虽然蕾美整天抱怨，叫麻生赶快去考驾照，但还是每天开车送他去保洁公司。麻生发自内心地感激不已。他向蕾美承诺，等自己存了钱，就会去学开车，以后会开车带奶奶和她出门，所以一定会认真做这份工作，蕾美才勉强同意每天接送他上下班。

到了公司后，他又骑上志乃婶提供的自行车，前往位于不同区域的保洁地点。有些路程要骑三十分钟，麻生使出全力骑在寒风肆虐的坡道上。起初他总是骑得上气不接下气，忍不住想，我为什么要活得这么辛苦，算了，真的撑不下去了。他差一点中途放弃，每次都想起奶奶站在厨房的背影，想起蕾美再三嘱咐他：“如果你敢退缩，我绝对饶不了你。”因为曾经向两个女生——其中一个很久以前也是女生——发誓要努力，才终于咬着牙，骑上了坡道尽头。

麻生每天工作七个小时，日薪五千六百元。虽然还没领过月薪，但扣除税金之类的，每个月实领九万元出头。一旦有了薪水，就不必再感到抬不起头。最重要的是，自己流汗工作赚取薪水这件事让他感到踏实。

每天在固定的时间，前往固定的地点，重复做固定的工作后，麻生渐渐掌握了诀窍，也了解如何才能高效地把环境打扫干净。虽然一天要去五个地方打扫的确很累，但结束一天的工作，回到公司时，他总是感到神清气爽。今天也努力工作了一天，我最近很不错嘛。于是，在骑自行车时，会忍不住高兴地哼起歌。

五点半左右回到公司，麻生发现水蓝色的小客车停在停车场。蕾美坐在驾驶座上，不知道正在看杂志还是书。每次看到蕾美的身影，他的内心就涌起一种似乎可以称之为“安心”的柔情。

谢谢你来接我，我今天也努力工作了一天。

虽然他很想这么说，但每次都害羞得说不出口，打开副驾驶座的门后，只能“嗨”一声而已。蕾美也冷冷地“嗯”一声而已，从来不说“辛苦了”或是“你回来了”之类的话。两个人都默然不语，在昏暗的天色中，沿着山路赶回奶奶家。

那天，麻生在办公室打完卡后，换下工作服，穿上毛衣和牛仔裤，对总务课的池本先生说了声“辛苦了”，急忙走了出去。他不想让蕾美在停车场多等一分一秒，换句话说，他想提早一分一秒，赶快和蕾美一起回奶奶家。一天的工作结束，离开公司时，他的心情很好，脚步也很轻盈。

“嗨。”麻生像往常一样，打开停车场水蓝色小客车的车门。“嗯。”蕾美也像往常一样冷冷地回应。麻生觉得这种冷淡渐渐变成了她的“特色”，所以感觉也不坏。虽然她总是冷若冰霜，但每天都准时来迎接。所谓“傲娇”女孩，应该就是这种人吧。

“麻生，等一下，你忘了拿东西。”

他正想坐上副驾驶座，背后传来叫喊声。回头一看，池本先生追了上来。

“给你，这个月的薪水明细。”

池本先生交给他一个牛皮纸信封，麻生“啊”了一声。对，今天是发薪日。

“薪水已经汇到你的账户，有时间去确认一下。”

池本先生笑着说完，对驾驶座上的蕾美也说了声“辛苦了”。蕾美面无笑容，轻轻地点了点头。池本先生压低嗓门对麻生说：

“大家都在说，你太太年轻漂亮，下次介绍给大家认识一下。”

“不是不是不是，不是。”麻生拼命摇着手，急忙否认，“她不是我的……老……老婆。如果被她听到，我可就惨了。”

啊哈哈哈，池本先生大声笑了起来。

“没关系没关系，不用隐瞒也没关系啊，志乃婶都告诉我们了。我们问她：‘那个女生是麻生的太太吗？’她回答说：‘嗯，差不多。’”

志乃婶竟然这么说，麻生在心里大叫着。

“我们的确住在一起。因为某些原因……我奶奶和她，还有我，三个人住在一起，但我和她完全没有关系。”

麻生据实以告，但好像越解释，就越解释不清楚。

“很可疑哦，而且你脸都红了。”

池本先生哧哧地笑着，似乎执意和他开玩笑。麻生的脸红到耳根，但还是很恭敬地说：

“谢谢你把工资单拿给我，请代我向老板问好。”

“好，知道了。”池本先生回答说，“老板很高兴，说来了一个好员工。各家公司都反馈说，你工作很认真。客人满意是最高的评价。再见。”

池本先生说完后，不是对麻生，而是对坐在驾驶座上的蕾美挥了挥手。蕾美没有听到他们的对话，露出一脸纳闷的表情，再度微微点了点头。

麻生把装了工资单的信封塞进羽绒服的口袋。领到钱固然开心，但池本先生说的话更让他有温暖的感觉。

“怎么了？一脸高兴的样子。”

蕾美踩下油门后问。麻生无法克制脸上的笑容。

“那个，今天可不可以先去车站一下？”

“为什么？奶奶在做晚餐等你回家，我不想晚回家。”

蕾美看着前方，冷冷地回答。只要是关于奶奶的事，蕾美就很坚持。之前也每天都说奶奶在家里等着，所以一接到麻生就直接开车回家，从来没有去过其他地方。麻生也没有理由，更没有胆量邀她去喝咖啡。

“至少载我去提款机一下啊。”

“为什么？”蕾美再度冷冷地说。

“为什么……”除了去取钱以外，还有其他理由吗？“没为什么，今天我第一次领薪水。”

蕾美仍然看着前方，头也不回地说了声：“哦，是哦。”

什么态度啊？不对我说一句“恭喜”之类的话吗？麻生忍不住有点失望。不对，等一下，这种时候要说“恭喜”吗？还是该说“辛苦了”？

“那要去蛋糕店。”

在去往蓼科的道路前遇到红灯停下时，蕾美突然说。

“我要提拉米苏，奶奶要栗子蛋糕，啊，如果有奶酪，也要一个。每个人两块蛋糕，就这么决定了。”

说完，她打着方向灯，轻快地转动了方向盘。

“我们回来了。”

打开玄关的木门，蕾美总是很有精神地对着屋内大喊。今天的她比平时更加春风得意，她手上紧紧抱着蛋糕店的盒子。

“来了，来了，等一下。”

奶奶用毛巾擦着手，从屋内走了出来。奶奶每天都像在欢迎第一次上门的客人般迎接他们回家，轮流打量着他们的脸说：

“欢迎光临。呃……呃……”

奶奶结巴起来，露出尴尬的笑容。

只要一分开，奶奶的记忆似乎就立刻归零了。早晨起床后，一起吃早餐，奶奶亲切地说：“路上小心。”送他们出门，但下班回家时，她完全忘了麻生和蕾美到底是谁。不，可能不见得完全忘记，而是觉得好像见过这两个人，好像和自己很熟，但又想不起来到底是谁。

奇怪的是，之前麻生差一点回东京，然后再度回到这个家时，奶奶似乎知道他是谁。否则，奶奶怎么可能会同意这个拼命诉说，想要和她一起生活的奇怪年轻人留下？

那个时候，奶奶的记忆一定奇迹般地恢复了。

但是，第二天，奶奶又像往常一样，完全忘了麻生是谁。每天早晨起床，每次出门回到家，麻生就要对奶奶报上自己的名字，告诉她自己是她的孙子。

有一次，他灵机一动，用毛笔在布条上写了“孙：麻生”几个蹩脚的字，用别针别在胸前。

“你这是干什么？好奇怪哦，好像幼儿园的小孩子，而且人家以为你叫‘孙麻生’呢。”

蕾美大笑起来，但奶奶看了很喜欢。

“对啊对啊，原来是这样。你是我的孙子麻生，这样我就可以随时想起来了。”

第二天，已经成为蕾美注册商标的红色棉袍胸前，也出现了写着“孙女：蕾美”的布条。

每天回到家，麻生和蕾美都立刻把早上出门时放在门口的名牌别在胸前，奶奶就会立刻想起他们：这两个人是我的孙子和孙女，我正在为他们做晚餐。

“麻生，蕾美，你们回来了。”

他们在玄关别好布条，奶奶看到后，向他们打招呼。蕾美立刻递上蛋糕说：“礼物。”

“哎哟，哎哟，是什么呢？”奶奶立刻开心地笑了起来。

“打开看看也没关系啊，快，打开来看，打开来看。”

“那就不好意思了……哎哟，蛋糕！我最喜欢吃栗子蛋糕了。”

“我就知道。你也喜欢草莓蛋糕，也是给你的。”

“谢谢，等一下我们一起吃。”

“不客气。”

等一下，蛋糕是我买的。麻生暗自想道，但并没有插嘴。

每次都这样。奶奶和蕾美只要一联手，麻生就完全不是她们的对手。每次吃完饭，只要麻生没有立刻收拾，蕾美就会数落说：“苍蝇都飞来了。”麻生准备上床睡觉时，奶奶笑眯眯地说：“明天要早起劈柴。天气真冷，腰也好酸。”于是，麻生就马上走去厨房洗碗，第二天提早一个小时起床，在出门上班之前先劈完柴。这两个女人指使别人做事毫不手软。

但是，在这里住了一阵子后，麻生学会了很多事。

把放在火炉上烧开的水倒在盆子里，再加点冷水，把碗放进水里，再用小棕刷洗碗，即使不用洗洁精，也可以洗除大部分油污。厨房内也有肥皂，那是奶奶亲手做的手工皂，好像是用旧色拉油加氢氧化钠做的。最近蕾美也跟着奶奶学做肥皂，正在挑战用牛奶盒做肥皂。她们做肥皂的日子，家里都是花草的香味，弥漫着清新的空气。

麻生之所以会劈柴，居然是蕾美教的。以前蕾美暑假来这里玩时，已经去世的父亲教她劈柴。在蓼科，即使是夏天，入夜之后气温也很低，有时候仍然需要靠火炉取暖。蕾美虽然很瘦，但个性很好强，所以主动学习劈柴。“从今以后，劈柴就是你的任务，多练习就会进步。”蕾美第一次就要求他劈一百根，劈完之后，腰酸背痛了好几天。

当暖炉中烧的是自己辛苦劈的柴时，麻生感觉格外温暖。

从奶奶家走去最近的公交站要三十分钟，不开车出门简直寸步难行。最近的商店是一家无人蔬菜店，这里当然不可能有便利店或是自动售货机。因为是冬天的关系，附近从来看不到半个人影，搞不好附近出没的鹿的数量比村民还多。

奶奶家既没有电视，也没有电话。虽然有一台旧式显像管电视，但随着电视数字化发展，这台旧式电视也无法接收影像了。奶奶说，她平时很少看电视，所以就一直放在那里。因为之前频繁接到“汇款诈骗”电话，所以干脆把电话收进了储藏室。

奶奶家不可能有电脑这种东西，当然也没有手机，住在这里，会以为世界上根本没有网络这种东西。

只有报纸每天早上都准时送到，成为了解社会动态的唯一消息来源。

有时候，村民会来找奶奶。村会会长泷口先生、农协职员田上先生，还有奶奶的茶友服部奶奶、福光奶奶，当然还有志乃婶都不时上门，也有妈妈带着小孩子来找奶奶，奶奶全都不记得他们是谁，但村民都了解奶奶的状况，主动报上姓名，询问她的健康状况，和她闲聊，在地炉旁共享平静的时光。蕾美不喜欢见人，每次有客人上门，她就躲进自己房间。如果是假日有人来访，麻生就会帮忙准备茶点，或是坐在一旁听村民聊天，有时候也会加入。

平静的日常生活没有任何刺激，仿佛被柔和的光包围了。

这和麻生幼年记忆中在蓼科的生活一模一样。

他忍不住想，奶奶的生活这么悠闲，为什么会患上失忆症？

目前似乎还不了解导致失忆症的原因，但是否有改善的方法？他很想上网查一下，但没了手机，根本无法上网搜寻。

他至今为止的生活中，从来不曾出现过“失忆症”这个字眼。虽然他知道有这种疾病，只是完全没想到，奶奶会患上这种疾病。

听志乃婶说，奶奶很可能在儿子，也就是麻生的父亲骤逝后，受到了强烈的打击，导致记忆发生了障碍。

志乃婶叹着气说：“这种疾病真棘手。

“一旦得了这种病，只能思考如何延缓病情的发展。

“我不是这方面的专家，不知道什么方法可以有效延缓病情继续恶化。

“但是，有一件事很清楚。

“虽然新多死了，但你和蕾美反而来这里陪真朝婆婆一起生活。

“对真朝婆婆来说，这一定是最佳良药。”

吃完饭，奶奶和蕾美津津有味地吃着蛋糕。麻生看着她们的笑容，内心很希望这一刻可以永远持续下去。

看到她们吃完蛋糕，麻生开了口："奶奶，你听我说，虽然不多……"

他把放在牛仔裤后口袋的信封递给奶奶，奶奶纳闷地看着他。

"这是什么？怎么了？"

"不，那个，今天……是我第一次领薪水，我想补贴家用。真的不多。"

"对啊，蛋糕也是用他第一份薪水买的。"

蕾美终于向奶奶说明了"礼物"的真相。

"哎哟！"奶奶惊叫起来，"真的吗？原来是你买的蛋糕。"

"所以，奶奶，请你要收下。"

蕾美再度插了嘴，好像在轻轻推奶奶一把。

奶奶目不转睛地看着递到自己面前的银行信封，双手用力接住，放在额头上，小声地说："谢谢。"然后把薄薄的信封小心翼翼地抱在穿着毛衣的胸前。

这时，麻生仿佛在奶奶身上看到了母亲的影子。

我早该这么做了。麻生在那个刹那想道。

我早该为无论再怎么辛苦都咬牙努力工作的母亲这么做，帮她分担家计。

但是，以前的自己太软弱，就像一棵幼树，只要强风一吹，就会立刻被吹走。不，幼树会努力在大地生根，努力撑过强风的攻击，自己如同被丢弃在路旁的铝罐，打翻在地，里面的东西全都泼洒出来，在地上滚来滚去，最后掉进了水沟，然后在水沟中，连续好几年都不会被任何人发现。

在他从事派遣工作的短暂期间，曾经有为数不多的现金收入，但他都用于游戏和网购，没有交给母亲一毛钱。

麻生看着紧紧抱着现金信封的奶奶，在心里默默地对母亲说话。

老妈，我以前也应该对你这么做。

“金额很少，你看了之后，不要太失望。”

麻生对奶奶说，避免自己陷入感伤的情绪。奶奶摇了摇头。

“不，这不是金额的问题，这是你努力工作赚来的宝贵薪水。”

奶奶双手紧握着信封，看着麻生的眼睛说。

“但是，钱的事你不必担心，家里的生活没有问题，你放心吧。”

奶奶说的话变成了母亲的话，在麻生的内心激起回响。奶奶仍然带着笑容说：

“你们不是帮我做了很多事吗？这是对我最大的帮忙。准备三餐、做家务、劈柴，还有铲雪，这些事我一个人根本没办法完成。”

“以前都是怎么处理的？”

蕾美在巧妙的时机发问。她总是仔细倾听奶奶和麻生的谈话，在适当的时机加入。

“五六年前都是我自己做的，但后来体力越来越差，村民都很担心我的身体，所以主动来帮忙。”

奶奶的生活是如假包换的“慢活”，维持这种慢活需要相当的努力。

听奶奶说，如今在日本全国都很少见到的茅葺屋顶就是很好的例子。以前每户人家换茅葺屋顶时，都是全村总动员。

如今，村里的村民越来越少，而且也很耗经费，以后可能无法再换茅葺了。

“所以，这栋房子以后就不再是茅葺屋顶了吗？”

蕾美惊讶地问。

“嗯，二十年前最后一次换，通常茅葺屋顶每隔三十年换一次，所以还可以撑上好几年。”

奶奶说，在麻生四五岁时，这里也在木工工头的指挥下，动员了全村的村民一起投入了为屋顶换茅葺的大工程，但麻生当然完全没有记忆。

“二十年前，我才刚出生……”

蕾美深有感慨地说。

“这栋房子已经有一百五十年的历史，屋顶的茅葺至少已经换了五次。”

麻生和蕾美同时发出感叹的声音。

“房子可以维持这么久吗？”

麻生用佩服的口吻问，奶奶点了点头说：

“对啊，只要充满爱、带着珍惜住在这里，就可以一直住下去。”

听奶奶说话的口吻，好像觉得房子是“家庭的一分子”。

“但是，我已经老了，不知道以后还能活多久，也无法预料这栋房子的未来。”

麻生心头一惊，忍不住看了蕾美一眼，蕾美的表情也很僵硬。“余命仅剩数月”这句话掠过麻生的心头。

“稻田呢？也都是村民帮忙吗？”

麻生慌忙转移了话题。奶奶正抬头看着发出黑色亮光的柱子，回答说：

“对啊，没错，我家的稻田面积很小，今年恐怕也无法再种稻米了……”

奶奶再度说了令人担心的话。麻生和蕾美不由自主地互看了一眼。

“为什么？”蕾美鼓起勇气问道，“为什么今年不行了？”

奶奶用火筷拨着地炉里的灰，突然陷入了沉默。麻生觉得奶奶似乎准备说什么重大的事，屏气敛息地看着奶奶。

“我的稻田有点特殊。”

隔了一会儿，奶奶静静地说。

“特殊的稻田？”麻生听到不是“我的余命仅剩数月”这种震撼性的话，暗自松了一口气，忍不住问。

“温水池的稻田之类的吗？”

蕾美一脸严肃地问。

“你的想法真有趣。”奶奶笑了起来，“我的米是用时下独特的方式种的，这是在反复试验后总结出来的方法，如今都用自己的方法栽种。”

“自己的……”麻生又重复了一次。用自己的方式种稻米是怎么回事？

“你们知道米是怎么来的吗？”

听到奶奶的问题，蕾美立刻回答：

“知道啊，从稻子来的啊。”

那还用说吗？麻生很想呛她，但想到自己的知识也不过如此而已。

奶奶笑了笑说：“对，你说的对，那我来和你们聊聊米的一生。”

米的一生。

麻生觉得这句话听起来很不可思议。

对麻生来说，不久之前，米就是“便利商店的饭团里的东西”，他没有仔细看过变成白饭之前的米，当然也没有兴趣。

只有在和腌梅放在一起时，米……饭才会让麻生感到痛苦。当这两种食物结合在一起，放进嘴里时，他会立刻想起十六岁时的“那件事”，忍不住呕吐。

但是，奶奶用炉灶煮的饭好吃得让人流泪。麻生仔细思考后，发现自己根本不了解米……饭。

奶奶好像在说古老的民间故事般，说起了“稻作和米的一生”。

你们知道谁是宫泽贤治吗？“不畏雨，不怕风。”没错，你们应该听过吧？贤治是在岩手县出生的童话作家兼诗人，中小学的教材中经常有他的作品，所以你们应该都曾经听过这两句有名的诗。

贤治不仅是优秀的文学家，同时也热心投入农业的研究。他亲自改良品种，努力想要研发可以在严寒中也可以茁壮生长的稻米。“不畏风，不怕雨”这两句诗表达了他对农业的热情和对农民的感情。每次回想起那两句诗，我就觉得心好像在颤抖。

随着时代的改变，各项技术都很发达，也有很多方便的机器，在以前的农民眼中，现代农民的稻作简直像在做梦。

但无论古代还是现代，人的力量和智慧都无法改变气候，再加上最近农村的高龄化，年轻人都去了城市，而且，一旦去了城市，就不愿意继承家中的农业。父母也觉得务农很辛苦，不愿意让儿女继承。所以，农业人口越来越少。

稻作的确不是时下的年轻人喜欢的工作。

我不是很清楚，听说有人可以用电脑之类的买卖股票，转眼之间就赚很多钱。

可能时下的年轻人喜欢生活在繁华的大城市，喜欢在气派的公司，有自己的名片，做自己喜欢的工作。

这当然不是坏事，如果可以用这种方式工作也不错，也许你们也很向往这样的生活。

但是，我一直都认为，稻作是很了不起的工作。因为每个日本人都要吃米，不是吗？无论从事哪一个行业的人，无论老人、年轻人还是小孩子，无论有钱没钱，我们都很喜欢吃米饭，不是吗？所以，种稻米这项工作不是比任何工作都了不起吗？

稻米的一生很像人的一生。

最初从一粒小稻种开始，稻种就是没有脱谷的稻谷。稻种再变成稻苗，然后抽穗，结出很多米粒。一粒稻种可以长出四千粒米。

早春季节，让稻种发芽，培育稻苗。以前都会在稻田中制作苗床，但很容易受到天气影响，现在通常都把稻种放进名为“苗箱”的育苗用箱子里，在温室内育苗。对米来说，就像把它们放在摇篮里，等到春暖花开的时候，它们就会醒来、发芽。

四月的时候，发芽的稻种就会长成秧苗。这个季节是秧苗的幼年期，农民开始在农田做准备，让播种的秧苗可以培育成出色的稻子。以前都用锄头和铁锹，现在都用耕耘机犁田。接着要整地，整地是让水和泥土混合，方便插秧。以前都是用锄头和脚整地，现在都会在耕耘机后方加装犁田的滚筒。

整完地后，终于到了插秧的季节，这项作业是种稻米前半阶段的重点。

秧苗会分蘖，也就是不断分株。要将开始分蘖的小秧苗连同下方的泥土一起挖起，种在稻田中。

以前都要在稻田里不断后退，亲手把一株株秧苗插进田里，真的是相当辛苦的作业，必须全村人一起下田插秧。为了加快作业速度，吹哨子、敲锣鼓，各种方法都用上了。插秧的女人卷起和服的下摆，铆足全力插秧。田埂上敲锣打鼓的声音响彻云霄，一片热闹的景象。

现在都把秧苗板装在插秧机上，连续不断地在稻田中插秧。一到五月，到处都可以看到插秧机在稻田内插秧，这也算是日本农村的风情诗。

秧苗就像是升上名为“稻田”这所学校的小学生，农民必须随时悉心照顾，避免“害虫”靠近，也要注意稻田的水温不要太高或太低。

从初夏到梅雨季节，秧苗会不断分蘖，茁壮成长，长出绿油油的稻叶，而且越来越高。七月时的稻田风景特别美，这一带的稻田风景在八岳山的衬托下，简直就像是眼睛在呼吸。对了，这个时候是水稻的青年期，就像青春时代那样充满活力，浑身都是能量，为生命讴歌。

进入盛夏后，水稻就开始抽穗，开花，结出果实。没错，水稻会自然结婚。当秋风吹起的季节，变成金黄色的稻穗，留下子孙后，稻米就结束了自己的一生。我们割下它们的子孙，终于得到了那些米。

麻生和蕾美听奶奶的讲诉听得出了神，蕾美先开了口。

“哇……好厉害。奶奶，你好厉害，你很有说故事的天赋！”

麻生很想吐槽她说，奶奶厉害的不是说故事的天赋，而是说话的内容。但最后他还是没把这句话说出口，因为奶奶不仅说的内容很棒，说故事的方式也极有魅力。

“奶奶，你很了解各方面的知识，从古到今，关于米的事，你什么都知道……啊，该不会是稻米迷吧？”

“稻米迷？”奶奶惊讶地问。奶奶虽然可以背诵宫泽贤治的诗，但在她的字典里，应该没有“铁道迷”“稻米迷”之类的内容。

"因为这个家一直务农。啊，对了，我嫁来这里之前，在松本的小学当老师。"

麻生第一次听说奶奶当过老师。难怪知道各种杂学知识，而且对于稻作这种年轻人敬而远之的话题，竟然可以用这种通俗易懂的方式来说明，原来是因为以前当过小学老师的关系。奶奶富有包容力的温柔声音，让人感觉像在听童话故事般舒服。

"我家老头子以前也是这一带小学的老师，我在参加长野县教育委员会组织的活动时认识了他，后来嫁到这里。"

这也是第一次听说。

"哇，"蕾美再度叫了起来，"'嫁到这里'这句话的语气好棒。"

"哎哟，"奶奶的脸有点红了，"总之，我嫁来这里后就开始挑战种稻米。我的公婆教会我之后，我就开始帮忙，觉得种稻米很有趣。"

奶奶似乎想起了往事，呵呵呵地轻声笑了起来。

"那时候已经有插秧的机器吗？"

麻生问。

"有很旧式的插秧机。"奶奶说，"但我公婆教我的是穿上长胶鞋走进泥田里，用双手插秧的传统方式。我婆婆对我说，即使以后要用机器，也要亲自体会一下以前的人多么辛苦，多么快乐地插秧、割稻。"

"这搞不好是在'虐待媳妇'啊，"蕾美促狭地说，"可能在测试奶奶到底能吃多少苦，如果你吃不了苦，搞不好就要把你赶回松本。"

"那她显然失策了，因为我觉得种稻米太好玩了，反而更加爱上这里了。"

奶奶开心地说道。

“啊，对了对了，在插秧之前，还要进行一项堆田埂的作业。这也是要动员全村村民一起进行的作业，虽然很辛苦，但很好玩。”

堆田埂就是把泥土堆在稻田周围，以免稻田里的水流走，先用锄头松土后，再慢慢堆起土埂，有点像泥水匠在砌墙。

奶奶口中的种稻米作业听起来都很有趣，也许是因为“犁田”“堆田埂”这些字眼有一种牧歌式的恬静味道，让人不由得想象都是很愉快的作业。

小时候，奶奶也经常教麻生做一些家务或是庭院的工作，即使只是洒水，也总是令他感到兴奋不已。

不管是任何事，只要年幼的孙子有兴趣，奶奶就会让他尝试。虽然那时候还没办法劈柴，但麻生记得曾经帮忙看炉灶的火、换纸拉门上的和纸、往地炉中加炭，甚至还曾经帮忙翻榻榻米。

少年就像是头脑简单的小动物，只要适度活动身体，流点汗，喘喘气，就觉得很开心。如果可以因此对喜欢的大人有帮助，当然更加开心了。

麻生听着奶奶说话，回想起少年时代帮大人做事时的兴奋感觉。

种稻米，听起来好像很有趣。

“种稻米好像很有趣。”

蕾美把麻生内心的想法说了出来。

“我想帮忙。奶奶，行吗？”

听到蕾美突如其来的提议，麻生感到惊讶不已。

我也想帮奶奶一起种稻米。

麻生在听奶奶说话时，渐渐有一种心痒的感觉，但觉得一旦说出口，就没有退路了。如果实际做了之后觉得很辛苦，中途想要放弃，那就太丢脸了。

“喂，等一下，”麻生忍不住制止蕾美，“你可以随便说自己想要试试这种话吗？种稻米可不是游戏，很辛苦的。”

“干嘛，你有种过吗？”

蕾美狠狠地瞪了他一眼，麻生无言以对。

“奶奶，怎么样？现在开始准备，还来得及吗？还是太早了？要先做什么？”

奶奶仍然面带笑容地问：“你对自己的体力有信心吗？对种稻米有兴趣是好事，但必须一整年都在农田里忙碌，而且一旦开始就不能中途放弃，所以需要体力，还有毅力。”

麻生庆幸自己刚才没有贸然说出口。因为体力和毅力是自己最缺少的东西，眼前这个瘦巴巴的女生也不像是具备这两样东西。虽然奶奶脸上带着笑容，但其实是在委婉地训斥她，种稻米可不是闹着玩的事。

“但是只要用机器的话，应该不会太辛苦吧？”

蕾美仍然不肯轻易放弃。

“你刚才不是也说了吗？把一大片秧苗装在插秧机上，插秧机就会自动插秧。我开车技术很好，也曾经看到有人在稻田里插秧，看起来好像很简单。”

没想到蕾美没有退缩，说自己其实很有力气，而且即使是很厚的推理小说，一旦开始看就会看到最后，一再强调自己很有“体力和毅力”。

麻生袖手旁观，觉得她有点纠缠不清，但听了一会儿，发现蕾美一直想要种稻米，并不只是因为好奇而已。

她也许不是想要种稻米，而是想要帮奶奶。

刚才奶奶说，她种稻米的方式与众不同，所以今年可能无法再种了。

“奶奶，你刚才不是说，你是用特殊的方法种稻米吗？是怎样种的？”

麻生打断了蕾美的话问道。奶奶转头看向麻生，露出更灿烂的笑容说：

“是很久很久以前的自然方法，所以很辛苦。那是以前婆婆教我的，说有这种特殊的方法。”

然后，奶奶告诉了他们种稻米的方法。

不犁田、不施肥料、不洒农药——这种种稻米的方法并不常见。

稻田通常靠犁田让土质松软，方便插秧。要把几千株秧苗插进稻田，首先必须犁田。

为了让秧苗长大，必须为稻田施肥，把土壤养肥之后才能插秧。

为了驱除吃秧苗的害虫，避免杂草生长，需要使用最低限度的农药。

为了管理广大的稻田，生产优质的稻米，这三项作业不可或缺。

奶奶却不进行这三项在稻米生产过程中，被认为是不可或缺的作业。

“其他稻作农户似乎很不以为然。”奶奶语气开朗地说。

即使听奶奶说，她种稻米的方式“不寻常”，麻生也完全搞不清楚是怎么一回事，也不知道三项作业的重要性，不做这三项作业有多么不寻常，以及其他农户为什么不以为然，更不了解奶奶为什么要执着于用这种方式种稻米。

他完全弄不清楚状况。

“奶奶，你为什么要采用这种方法呢？”

蕾美似乎和麻生有同感，她和麻生的不同之处，在于会把想到的事立刻说出来。

“用大家都采用的方式，不是比较轻松吗？为什么要特地用这么大费周章的方法？”

“好问题。”奶奶露出好像学校老师的表情说，“我并不是一开始就是用这种方法种稻米。公婆还健在时，我只是在一旁协助，都是用普通的方法。而且，即使是普通的方法，即使现在可以运用很多机器，种稻米还是一件很辛苦的事。”

难以想象以前种稻米是多么繁重的体力工作，正因为如此，农民充分发挥智慧，千方百计想要减轻工作。近代农业的发展，就是解决如何让农民摆脱繁重的体力工作这个大命题，因此，除了品种改良，人们不断发明出了有助于减轻庞大工作量的方法。

农民为了种出好吃的米投入心血，台风和日照都牵动他们的心，和宫泽贤治写《不畏风雨》那首诗的年代没什么两样。

奶奶眯起眼睛，仿佛凝视着眼前一片金黄色的稻田。

“我种稻米超过三十年，知道能够把收成的稻米卖给别人，是无上的喜悦。所以每天和农田对话，注意观察稻子的发育情况……即使公婆死后，老头子从学校退休，回来和我一起务农，也都一直按照以前的方式栽种。”

在奶奶的丈夫，也就是麻生的祖父离开人世时出现了转机。

麻生没有见过爷爷。在麻生出生之前，父亲在东京工作的第二年，爷爷就离开了人世。

爷爷躺在病床上时，突然和奶奶聊起了往事。

奶奶刚嫁进来不久，开始在家里帮忙农务时，曾经向婆婆学习种稻米。

你也要了解一下祖先是怎么辛苦种稻米的，我家有十公顷“自然稻田”，我会从头开始教你。

那十公顷稻田是婆婆征求村民的同意后，挑战栽种特别稻米的“自然稻田”。婆婆热心研究，不断摸索是否有高效率的稻作方法。

为了测试媳妇的能耐，故意安排她做最辛苦的工作。

“从某个角度来说，或许是虐待媳妇，但我现在很感谢她，让我有了这么宝贵的经验。”

奶奶说到这里，笑了起来。

总之，奶奶在婆婆的指导下开始种稻米。

不犁田的稻田几乎就像原野，杂草丛生。婆婆说，只要拔除会导致水稻枯萎的杂草，其他杂草任其生长、腐烂，可以成为良好的肥料。不犁田，稻田里有很多蚯蚓和微生物，土壤会很肥沃。

但是，要在像原野般的稻田里插秧是难以想象的重体力劳动。奶奶很快就受不了了，但她没有吭气，持续默默工作。早上送爷爷出门上班后，立刻去稻田里干活，插秧的季节，每天独自工作到天黑。

某天傍晚，爷爷从学校下班回家，看到奶奶还没回家，就骑着自行车去“自然稻田”。

放眼望去，是满满的一片稻田。刚插的秧苗在傍晚的风中摇曳，在青蛙的合唱声中，穿着扎腿裤和长胶鞋的新婚妻子专心致志地在稻田里插秧。

奶奶并没有察觉爷爷就在附近的田埂上，而是用指尖细心地把秧苗插进稻田里。爷爷注视着她的身影，在那里站了很久。

“就在那个时候，”躺在病床上的爷爷闭上眼睛，对身旁的奶奶说，“我觉得自己做了正确的决定，我很庆幸自己娶了你。”

爷爷在那里站了很久很久，看着奶奶努力而细心地把一株株秧苗插进田里时，脸上专注的神情渐渐隐入暮色中。

那一刻的你太美了，简直就像仙女一样。

我的心意和当年一样，始终没有改变。

谢谢你。

爷爷说完这句话，再也没有睁开眼睛。

“在那之前，他从来没有说过任何一句浪漫的话，他真的太狡猾了。”奶奶小声嘀咕着。“竟然在临死之前，才终于说这种话。”

“原来是这样。”

蕾美很小声地说，她的声音微微带着哭腔。

“所以，‘自然稻田’充满了爷爷和奶奶的回忆。”

“嗯，是啊。”

奶奶害羞地微笑回答。

“老头子死后，我一个人没办法大面积栽种，也没有稻米可以卖给别人……幸好还有养老金和一点积蓄，所以只种一些稻米和蔬菜，还有少量荞麦自己吃。几年前，附近的年轻人比现在多，都会帮我忙。丰收的时候，就会拿去直营站卖掉。”

奶奶把大部分稻田出售和出租，只剩下那块“自然稻田”，在那里栽种自己食用的稻米。

大部分村民无法接受“不寻常”的种稻米方法，但对于奶奶少量栽种并没有意见。

奶奶苦笑着说，村民非但没有意见，还很担心她，一直劝她身体会吃不消，为什么要选择这么辛苦的方法，不如赶快放弃。

“还有人说，我们会提供你要吃的稻米……呃，是谁说的，我忘了名字。”

奶奶以前清楚记得左邻右舍的名字，但现在已经忘了那些多年来一直很照顾她的邻居。

“他们可能觉得，为了守护区区十公顷的稻田把身体搞坏了很不值得，但对我来说，那却是无可取代的宝物。我一直希望在力所能及的范围内，坚持到最后，所以努力撑到去年。但是……”

去年秋天，奶奶的儿子，也就是麻生的父亲生病后回到老家。

麻生的父亲很清楚，他的病已经治不好了，所以希望回到蓼科的老家，主治医师答应了他的要求，同意他回家住几天。

父亲希望在熟悉的蓼科度过剩下的日子。

他躺在麻生目前住的朝东房间，一天又一天眺望着檐廊外庭院的风景和后方八岳山苍茫的山峰。

十月下旬，正值收割的季节。父亲来到“自然稻田”旁，奶奶正在村民的协助下忙着收割稻子。但是，不使用任何机器的收割工作会对肩膀、腰和后背造成很大的负担，只要低头收割，就迟迟不会抬起头，都专注在右手的镰刀和左手抓住的稻子上。所以，奶奶当时完全不知道儿子正看着她收割。

“啊，妈妈曾经对我说过当时的事。”

蕾美打断了奶奶的回忆。

“新多爸爸暂时出院，回到老家时，妈妈也请了假，来这里照顾他。回东京之后，妈妈告诉我，她陪爸爸一起在农田旁看收割。”

“原来是这样，看来你妈妈很照顾我儿子。”

奶奶果然已经不记得蕾美的妈妈了。

“你没有来吗？”

麻生问蕾美。

“我……没有来，”蕾美吞吞吐吐地回答，“因为看到爸爸生病的样子……觉得很痛苦。”

在父亲住院期间，蕾美只去探视了一次。

“所以，我至今仍然无法相信爸爸已经离开了，现在仍然觉得他可能躲在这个家里的某个地方。”

蕾美抱着双膝说道。比起十几年前，和父亲分开后就不曾再见过面的亲生儿子麻生，她和父亲似乎更亲近。

麻生的父亲看了奶奶在田里忙碌地割稻子的身影，那天奶奶回家时，他跪坐在被子上迎接奶奶。

妈，你回来了。我今天去看你割稻子，虽然你好像完全没有发现。

妈，你很努力。我一直看着你，终于发现人的表情原来可以这么美。

原来努力投入某件事的人，脸上的表情这么灿烂。

我去东京读大学之后，你每年都会寄新米给我。

久而久之，我觉得一切很理所当然。

但是，我今天才终于知道，为什么我每天吃的米饭这么好吃。

你带着那么灿烂的表情种出来的米，怎么可能不好吃？

你一整年悉心照顾、呵护这些米，吃了这些米，我们的人生也渐渐变得灿烂了。

妈，我感到很骄傲，为自己是你的儿子倍感骄傲。

翌日，麻生的父亲再度住院，再也没有回这个家。

麻生听着奶奶回首往事，不知不觉地和蕾美一样抱起了膝盖，仿佛面对着跪坐在被子上、微微亮着即将熄灭的生命之火、努力对奶奶说话的父亲。

那和麻生年幼时，陪自己玩棒球，和母亲一起坐在餐桌旁吃饭的那个记忆中的父亲很不一样。

父亲干瘦的手脚没有力气，看起来很苍老，全身上下已经找不到当年可以轻巧地让儿子坐在肩上时的生命光彩。

但父亲仍然对奶奶充满了感情，内心充满了对带着灿烂表情种稻米的奶奶由衷的尊敬。

我感到很骄傲，为自己是你的儿子倍感骄傲。

父亲对奶奶说的这句话打动了麻生的内心深处。

父亲一定希望在自己人生的最后阶段，把这句话告诉奶奶。

“他们父子完全一个样，简直太不可思议了。我家老头子也是在临死之前说了那番以前从来不会说的话，新多也一样，他以前也从来没有对我说过那种话。”

奶奶忍不住笑了笑，眼中泛着泪光，神情充满怀念。

“这对父子……为什么在临死之前，说这些让我开心的话？”

麻生听到旁边有吸鼻子的声音，悄悄地转头一看，发现蕾美抱着双膝，下巴放在膝盖上注视着奶奶，不停地用手背擦着眼睛，宛如一个纯洁的少女听故事听得出了神。

麻生内心也不由得感伤起来，顿时感到眼眶发热。

我这是怎么了？

麻生觉得自己来这里之后，泪点变低了，难道是个性变了吗？

“所以，那片稻田有我很重要的回忆……是我的宝贝。而且，更令人高兴的是，我在那里的时候，似乎看起来很灿烂。”

奶奶露出调皮的微笑。蕾美用力揉着眼睛对奶奶说：

“既然是这么重要的地方，为什么今年不能继续种下去了呢？”

奶奶用平静的口吻说：

“正因为很重要，才这么决定啊。正因为是宝贝，所以才决定见好就收啊。”

奶奶说，守护她在农田工作的那两个人已经离开了人世，所以打算把宝贝收进回忆中。

“虽然只有区区十公顷的稻田，但之前是因为有大家的帮忙，所以才能坚持下来。”

每年一到堆田埂的季节，附近的年轻人——其实都已经四五十岁了——都会主动上门问奶奶，今年还要继续种吗？真是拿你没办法。虽然他们嘴上这么说，但都不遗余力地过来帮忙，插秧、收割也都要靠他们帮忙。

他们都有各自的工作，在插秧和收割的季节，每个人都忙得恨不得自己有三头六臂，但他们都很关心奶奶，愿意帮忙做这些吃力的工作。

“我真的很感谢他们，但我现在连他们……连他们谁是谁都搞不清楚了。”

守护自己的丈夫和儿子离开人世固然难过，但不认识两肋插刀般帮助自己的人，令奶奶感到同样难过。

如果奶奶说今年也要继续种稻米，他们一定还会来帮忙。

奶奶却要在不记得他们的姓名，不记得他们的长相的情况下接受他们的好意，这是最令人痛苦的事。

别人来帮忙，自己却不认识对方，这样实在太失礼了，那些来帮忙的人也一定感到很无奈。所以，不如从今年开始，放弃继续种稻米。

这就是奶奶得出的结论。

麻生感到惊讶不已。

如今，奶奶连每天都见到的人也记不得了。麻生早就习惯了这种状况，没想到奶奶会为这件事感到痛苦。

自己生了病，会忘记见到的人。奶奶知道这件事，并不是稀里糊涂地忘记。

得知这件事后，麻生第一次理解了奶奶内心的孤独。

每天生活在陌生人之中一定很不安，当这些陌生人善待奶奶时，又会造成奶奶内心莫大的痛苦。

奶奶只记得已经离开人世的人。

奶奶孤独地封闭在自己的回忆中。

“奶奶，我……”

麻生叫了一声后，忍不住坐直了身体，然后，说出了一直封闭在内心的话。

“有我在……我会帮忙。”

奶奶屏住呼吸，看着麻生。

在一旁抱着双腿的蕾美比奶奶抢先有了反应。

“喂！是我先说要帮忙的。”

她立刻反驳。

“有什么关系？人越多越好啊，你也可以一起帮忙。”

“我要说的是，这种时候你不能说‘我会帮忙’，而是要说‘我也会一起帮忙’。”

“你真会找麻烦。”

“你才是呢。”

两个人又吵了起来，奶奶乐不可支地说：“哎哟哎哟，你们又吵了，看来接下来种稻米的日子也会很热闹。”

麻生和蕾美同时看着奶奶，麻生还来不及开口，蕾美已经抢先问：

“奶奶，你同意了？你愿意让我们帮忙？”

奶奶用深沉的眼神注视着他们，然后深有感慨地说了声：“谢谢。”

道谢之后，她又接着说：“但是……”

“不要说下去了。”奶奶还没说完，麻生立刻打断了她，“奶奶，不要说‘但是’，我们不想听。”

奶奶一定会说“但是很辛苦”“但是我想应该不可能”，麻生不愿意听这些话。

他内心充满了想要挑战的想法。

无论发生任何事，我都要帮忙，要亲手种出稻米，要在奶奶的宝贝稻田种出稻米。

“我们已经决定了，不管奶奶说什么，我们都要帮忙。”

麻生斩钉截铁地说。

一旁的蕾美瞪大眼睛看着他，但随即转向奶奶的方向正襟危坐，也语气坚定地说：

“奶奶，我们不会放弃，绝对会坚持到最后，所以，一定要让我们帮忙，拜托了。”

蕾美低头拜托，头发晃动着，麻生也跟着笨拙地鞠了一躬。

“哎哟，哎哟。”看到两个人都低头拜托，奶奶露出不知所措的笑容，又再度小声说了声：“谢谢。”

奶奶终于被麻生和蕾美的热情打动了，同意他们帮忙，但提出了一个条件——

“不能中途放弃，一定要坚持到最后。”

蕾美第一时刻就宣誓“绝对会坚持到最后”，所以二话不说地答应了，麻生当然也没有异议。

奶奶在同意之前还特地提出条件，可见种稻米必定很辛苦，但事到如今，无论如何都要坚持到底。麻生在内心下定了决心。

麻生仔细思考后，发现这是自己有生以来第一次积极地做出决定。

高中他退学去打工时，表面上是为了帮助母亲，但这只是冠冕堂皇的理由而已，真正的目的是为了逃避阴险的霸凌，当初并没有下定决心，无论如何都要坚持到底。

和上次相比，这次有了明确的决心，无论如何都不能中途放弃。其中有两个原因。

首先，他真心想要帮助奶奶。另一个原因，既然蕾美已经宣誓“绝对会坚持到最后”，自己当然不能认输。

如果蕾美冷冷地说“我对种稻米没有兴趣”，即使自己再怎么想要帮助奶奶，恐怕也不会轻易说出口。

麻生不了解其他女生，所以也无从得知这个世界上二十出头的女生是否都具备这么强烈的意志。

蕾美看起来只是高中生而已，一头乌溜溜的头发，总是素面朝天，说话很毒舌，也很狂妄自大，整天找麻生的麻烦，当她用力瞪人时，真的会瞪得别人心里发毛。

但是，只要是奶奶的事，她就会完全投入。

我要亲手插秧，亲手割稻，真想亲手用收成的米来煮饭。

一定可以的，我要用自己种出来的米煮饭给奶奶吃。奶奶，我向你保证。

蕾美有了新的目标后，整个人显得容光焕发。她太闪亮了，麻生不敢正视她。

虽然还没有开始，但麻生觉得已经落后了蕾美一两步。

会不会因为自己什么都不懂，反而给奶奶添麻烦？而且，自己另外有工作，种稻米和保洁的工作能够同时兼顾吗？

他负责打扫的青峰寮内，有一位田端先生也是兼职农民，但因为长期照护的工作很辛苦，目前几乎都由他太太负责农务工作。无论照护师还是种稻米，都是考验体力的辛苦工作。

自己每天下班时都已经累得筋疲力尽，如果还要继续种田，恐怕真的会很累。

虽然麻生有点担心，但既然已经在奶奶和蕾美面前宣誓，那么绝对只能坚持下去。

奶奶说，种稻米要从挑选稻种开始。明天晚上一起来挑稻种，这是所有一切的起点。

一粒稻种可以种出四千粒米，不知道可以用来做多少个饭团？

翌日，麻生在青峰寮吃午餐。

中午午休时间，他都坐在安养院员工休息室的一角休息。他每天都带两个奶奶做的大饭团当午餐，每天早上都绝对不会忘记叮嘱奶奶“不要放腌梅”，所以他的饭团都是味噌山菜或是鲑鱼口味。

奶奶做的饭团很好吃，难以想象和便利店的饭团是同一种食物。

为什么会这么好吃？难道是奶奶做饭团的双手会分泌魔幻的美味精华，加进了饭团吗？

但是，昨天晚上他终于知道了美味的秘密。因为那是奶奶在“自然稻田”精心种的稻米，所以才能做出这么好吃的饭团。

麻生打量着放在腿上打开的包裹中，两个圆滚滚的饭团。

“麻生，你每天中午都吃饭团？”

照护师田端先生走了进来，向他打招呼。

麻生在午餐时间都躲着其他人，偷偷打开午餐的包裹。虽然休息室内有其他人在休息或是吃午餐，但他无法和别人面对面一起吃午餐。所以他向来不会坐在桌子旁，而是把椅子搬到角落，在腿上打开午餐的包裹。

一方面是因为借用别人职场的休息室，所以尽可能避免影响到别人；另一方面是他不太愿意别人看到自己吃饭的样子。

听到田端先生的声音，麻生下意识地遮住了腿上的饭团，然后才露出无力的苦笑说：

“嗯，是啊，每天都是。”

不知道为什么，他觉得每天都吃饭团的自己很丢脸。

“和你住在一起的奶奶做的吗？”

田端先生好奇地问。麻生无精打采地“嗯”了一声，没想到田端先生的反应令人意外。

“真好。每天的便当都可以带奶奶做的饭团，真让人羡慕啊。”

田端先生每天都和工作人员一起订附近便当店送来的便当，他太太从来不帮他做便当。因为他太太在农忙期整天忙得分身乏术，农闲期也几乎每天都要去附近的直营店送蔬菜和豆类，所以“根本没时间做便当”。

“以前我妈还活着的时候，也会每天帮我做便当。虽然只是饭团和腌菜之类简单的内容，但好吃得令人感动啊。”

田端先生充满怀念地说完，打量着麻生腿上两个圆滚滚的饭团。

“麻生，你不觉得饭团的形状很棒吗？”

田端先生的话令人意外，麻生不知道该怎么回答。

“形状很棒吗？是哦，形状……很棒。”

麻生拿起饭团，仔细端详着。田端先生说：

“为什么说饭团的形状很棒，因为那是人的双手合起来时的形状。”

田端先生说，两只手合在一起，饱满地握在一起，就是饭团的形状。这是祈祷时的形状，是做饭团的人希望吃饭团的人可以身体健康，可以吃很多饭。

原来如此。听田端先生这么说，麻生觉得奶奶做的饭团的确是她的双手合起的形状，是奶奶祈祷时的形状。也许是因为便利店的饭团是机器做的关系，所以口感和形状都很乏味。

麻生想起之前听田端先生说，他曾经同时做这里的长期照护工作和种稻。

不知道能不能在从事保洁工作之余种稻米？对于这个问题，听听第三者的意见或许也不错。

“田端先生，之前听你说，你兼职务农，真的很辛苦吗？”

“我吗？”田端先生问。麻生慌忙点了点头。

“当然很辛苦。尤其我的情况更辛苦，因为长期照护的工作不能请假。”

兼职农民通常都是一家之主，在公司上班或是有其他工作，同时种田或是种稻米。由于不只是农闲期，而是一整年都要同时从事农业以外的工作，所以农务工作就需要家人的支持。

田端先生在妻子和已经离开人世的母亲的支持下，投入长期照护工作，同时兼顾家中的农务差不多有五年的时间，但因为过劳导致身体出了状况，所以就放弃了农务工作。

"我妈也死了，现在只有我老婆一个人务农。她早晚也要放弃，所以我从事其他工作比较好。"

田端先生说得毫无眷恋，但听到他说早晚要放弃，麻生反而着急起来。

"要放弃种稻米吗？"

"对，不久的将来。"田端先生还是毫无眷恋地说，"我儿子目前在东京的大学读三年级，他不想回老家。务农很辛苦，现在的年轻人都不愿意做，这也是无可奈何的事。"

"是哦……"麻生无力地说，"要放弃种稻米吗？"

"喂，喂，你怎么了？为什么这么失望？"

麻生的反应让田端先生一脸讶异，麻生吞吞吐吐地说：

"我奶奶也在种稻米，昨天才听她说，因为太辛苦了，所以打算放弃……"

"哦？是这样啊？"田端先生再度感到惊讶。

麻生把奶奶的稻田是特殊稻田，以及到去年为止都在左邻右舍的协助下持续种稻米，但今年打算放弃的事简单地告诉了田端先生，然后，也说了为了让奶奶继续种稻米，自己和"亲戚的女生"两个人决定要提供协助。但他当然没有提奶奶得了失忆症的事，以及关于爷爷和父亲的回忆。

田端先生抱着双臂，不发一语地听着麻生说完。

“是吗？你和你奶奶约定的事很不轻松。”

听到田端先生说“很不轻松”，麻生忍不住抖了一下。

“你打算继续做这份工作吧？既然这样，就只能在清晨和下班后，以及假日才能下田工作，但农务工作必须每天进行，尤其必须在白天进行，所以，重担就会落在你奶奶和那个亲戚的女生身上。”

田端先生的意见很严厉，他说，如果让奶奶抱有期待，最后却无法帮太多忙，反而会增加奶奶的负担。老年人种稻米太辛苦了，如果因为太劳累导致奶奶身体出状况，后果不堪设想。

“听我的准没错，你应该去收回自己说的话。反正现在还没有开始进行，还来得及。”

“收回自己说的话……”麻生嘀咕的声音听起来有点失魂落魄。

奶奶的确一再说明种田、种稻米有多辛苦。仔细思考后发现，昨天奶奶说的那一大番话虽然是在告诉麻生他们的稻米是多么了不起，却并没有拜托他们帮忙，反而循循善诱，正因为这么辛苦，所以自己不得不放弃，希望他们千万不要说想帮忙。

“麻生，你的清扫工作做得很好，如果因为要种稻米不能来这里，我会觉得很遗憾。”

田端先生说话的语气很诚恳。麻生这辈子第一次在工作上受到认同，看到田端先生这么器重自己，或许应该感到高兴。

麻生闷闷不乐地回到公司，原本打算和总务的池本先生讨论，公司是否允许自己兼顾工作和种稻米，但总觉得池本先生会对他说，“这种事要和老板讨论”，所以只好作罢。

最后他觉得这种事还是应该和“吃饭”屋的志乃婶商量，于是拜托来接他的蕾美在回家之前先去久米食堂一趟。

“你要和志乃婶讨论种稻米的事吗？”

直觉很强的蕾美立刻问道，但并没有多说什么，开车载着麻生来到久米食堂。

店内一如往常的冷清，志乃婶和麻生、蕾美充分讨论了“奶奶种稻米计划”。

“原来你在烦恼是否能够同时兼顾工作和种稻米，”志乃婶听麻生说完后，松开抱着的双臂，放在桌子上，“不久之前，你公司的老板还打电话给我，说你工作很认真，谢谢我给他介绍了好员工，让我也觉得很有面子。”

她拍着自己的脸，笑着说道。麻生害羞地抓了抓头，在蕾美的面前被人称赞工作很出色，他不由得感到高兴。

“既然你老板这么欣赏你，我希望你不要轻易辞职，对你来说，继续工作很重要，当然，帮真朝婆婆也同样重要。”

志乃婶的结论是，或许很辛苦，但必须同时兼顾工作和种稻米。

这种时候，还是志乃婶最可靠。她说会向保洁公司的老板打招呼，把奶奶农田的事、孙子和孙女打算协助奶奶种稻米的事告诉老板，同时，自己也会帮忙，让麻生在帮忙稻作之余也不会影响工作。

“我每年都在真朝婆婆的农田帮忙，所以很清楚她的农田有多棒，如果她要放弃，真的太可惜了。去年收成之后发生了太多事，老实说，我也很担心今年的情况……既然你们决定要帮忙，我也不能输给你们。”

志乃婶充满热情地说。听到她这么说，不光是麻生，就连蕾美也受到了鼓励。

“不瞒你说，我原本也有点担心。”

回奶奶家的路上，蕾美在开车时突然说出了真心话。

“我觉得昨天奶奶对我们说那些话，是为了宣布‘放弃种稻米’，但我们硬是说要帮忙……这样真的好吗？”

蕾美也烦恼了一整天，很担心这样反而给奶奶添了麻烦。和志乃婶聊了之后，她的心情也轻松多了。

“我觉得志乃婶是很值得信赖的长辈，只要找她商量，她就告诉我们答案，也会有具体的行动，真是太帅了。”

听到蕾美这么说，麻生的脸上忍不住漾起了笑意。

他发现目前自己身边有不少“帅气的大人”。

志乃婶的帅当然就不用说了，保洁公司的老板、总务的池本先生也都很帅。他们愿意接受年轻员工，也会认真指导工作，虽然说起来似乎理所当然，但麻生第一次遇到这样的大人。

青峰寮的田端先生为了照护老人而忙碌地奔走，也是可靠又帅气的大人。田端先生的太太也很帅，她一肩扛下辛苦的农务工作，让丈夫能够专心投入照顾老人的工作。

还有这些年来，帮助奶奶种稻米的左邻右舍的“年轻人”。虽然他们嘴上说着“真是没办法”，但知道奶奶不愿意轻易放弃，所以总是热心帮忙。麻生还没有见过他们，却知道他们一定都很帅。

当然，最帅的非奶奶莫属。

她失去了丈夫和儿子，自己也生了病，却向“陌生”的麻生和蕾美传授了生存的智慧，真的是太帅了。奶奶是真正的大人，是“伟大的人”。

“你不觉得我们很幸运吗？”

麻生的心情顿时变得开朗，问驾驶座上的蕾美。

“我们周围有很多‘帅气的大人’，当我们不知道该怎么办时，他们会指引我们，要不要走去那里看看。”

呵呵呵，蕾美笑了起来。

“帅气的大人吗？希望我们以后也可以成为这样的大人。”

“我们回来了。”麻生和蕾美像往常一样走进玄关。

因为去了志乃婶那里，所以比平时晚一个小时到家。奶奶总是配合他们回家的时间准备好晚餐，只要一打开玄关的门，就会闻到味噌汤的香味和香喷喷的烤鱼味道。随着一阵吧嗒吧嗒的脚步声，奶奶的脸上露出困惑的笑容。他们必须在此之前在胸前别上名牌，奶奶每次看了名牌后就会说：“麻生，你回来了。蕾美，你回来了。晚餐已经做好了。”

但是，这天他们回家时，家里并没有食物香喷喷的味道。

推开门后，也没有听到奶奶的脚步声，家里静悄悄的，而且特别暗，似乎连电灯都没有打开。

“怎么了？奶奶出门了吗？”

麻生回头问蕾美，蕾美摇着娃娃头的脑袋。

“我出门的时候奶奶在自己的房间，我还跟她说，我出门了。”

说完之后，她又轻轻叫了一声：“啊！我想起来了，今天她没有像平时一样送我到门口，也没有叫我路上小心……”

麻生感到很纳闷，走进家里，打开走廊的灯，踩着咯吱作响的地板，快步走去奶奶房间。蕾美也不安地跟在他的身后。

“奶奶，我们回来了。”

麻生对着紧闭的纸门叫道。

房间内静悄悄的，没有人应答，也没有开灯。

该不会？

麻生的心脏剧烈跳动，好像有一块大石头在蹦跳，极度不祥的预感宛如闪电般贯穿身体中心。

麻生鼓起勇气，用力打开了纸门。

走廊上灯泡的光照进黑黢黢的房间内，下一刹那，麻生看到了奇妙的景象。

奶奶在房间的正中央。

她背对着走廊，面对檐廊跪坐着，不知道把什么东西铺满了榻榻米。麻生睁大眼睛，仔细看着奶奶。

“奶奶……”

蕾美战战兢兢地叫了一声，但跪坐在榻榻米上的奶奶没有回头，一动也不动。麻生和蕾美屏住呼吸，蹑手蹑脚地走进房间，然后拉了电灯的拉绳，打开了电灯。

麻生和蕾美看到明亮房间内的情景，忍不住倒吸了一口气。

房间内，所有的榻榻米上都铺着米——正确地说是稻谷。奶奶坐在稻谷的正中央，双手还握着一大把稻谷。奶奶周围散乱着稻谷和剥下稻谷后的无数稻草。

看到眼前异样的情景，麻生和蕾美都愣在原地。

即使想要叫“奶奶”，声音也卡在喉咙。奶奶嘴里念念有词，把稻谷从稻草上剥下来，似乎并没有发现房间内亮了灯，也没有发现麻生他们走进了房间。

麻生用力吸了一口气，又吐了出来。要镇定，要镇定地和奶奶说话。

“奶奶，我们回来了。对不起，今天回来晚了，我们要一起吃晚饭，对吗？”

麻生好不容易故作平静地说了这句话，但声音还是不由得发抖。坐在眼前的，的确是奶奶，却又不是奶奶，是外形和奶奶一模一样的陌生人。

蕾美脸色铁青地站在原地，她因为极度不安，不由得抓住了麻生的毛衣下摆。麻生感受到蕾美的害怕，在心里对蕾美和奶奶两个人说，不用怕。

“奶奶，我们去有地炉的那个房间，我马上来做晚餐。这里很冷，小心会感冒。”

麻生走到奶奶身边蹲了下来，对奶奶伸出双手。

“奶奶，我们走吧。”

奶奶低着的头缓缓转向麻生。她的脸色苍白，完全没有血色，满是皱纹的脸显得极度疲惫，好像短短的一天就过了好几年。

“稻谷……稻谷……”

奶奶干裂的嘴唇吐出微弱的声音，失焦的双眼并没有看着麻生，而是看着麻生身后的其他什么说话。

“要挑选稻种……一颗稻谷可以种出很多米……要让我的家人吃。”

几颗稻谷从她宛如枯枝般的手掌中掉落，麻生屏住呼吸看着她，看着全身心“掉”进稻谷里的奶奶。

6

我们的稻田

日历上已是春天了。

但三月上旬，春天的脚步离蓼科还很远。麻生、蕾美和志乃婶三个人在到处残留着积雪的农田旁，围着一个漆黑的圆锥形物体，烟囱里不断冒着烟。

三个人都穿着厚实的羽绒服，浑身圆滚滚的，但仍然怕冷地缩着肩膀，戴着棉纱手套的双手伸向圆锥形物体。圆锥形物体中正在烧木柴，顶端的烟囱上不断吐出黑烟。圆锥形周围堆满了稻谷，靠着热气把稻谷熏得漆黑，四周弥漫着火烧原野时草被焚烧时的味道。

圆锥形物体称为“熏炭器”，专门用来焖烧稻谷熏炭，在稻米播种时使用。培育秧苗时，先把稻种撒在一部分稻田中，再盖上泥土，上面再铺上焖烧得漆黑的熏炭，可以提升地面温度，促进稻种发芽。这是寒冷地区的农民自古以来运用的智慧。

麻生被烟呛到了，“哈啾！”一声，用力打了一个喷嚏。

“你还好吧？是不是感冒了？”

志乃婶拿起放在旁边的热水瓶，把热茶倒进当成茶杯使用的盖子中。

“来，喝点荞麦茶。”

麻生接过杯子，说了声：“谢啦。”

“现在很少有人特地用这种传统的方法烧稻谷熏炭，因为农协有卖现成的。自己烧既费时，又费力，真的很辛苦。”

志乃婶似乎觉得很伤脑筋，麻生吓得不敢吭气。

志乃婶教他们种稻米的一切，所以最先学“烧稻谷熏炭”，必须一整天都有人守在熏炭器旁。虽然已是三月，但风仍然冷得像寒冬。

志乃婶不忍心丢下麻生和蕾美两个人在寒风中守着熏炭器，所以主动提出：“我也来陪你们。”星期六中午，正是向来门可罗雀的久米食堂生意稍微好一点的时候，照理说她必须去张罗店里的事，但她说：“我老公一个人应该可以应付。”然后用手机打电话回店里。麻生和蕾美对奶奶独特的种稻米方法一无所知，有志乃婶在，他们的心里觉得踏实多了。

“不可以买现成的稻谷熏炭吗？”

虽然踏出了种稻米的第一步，但一开始就给志乃婶添了这么大的麻烦，麻生感到很过意不去。志乃婶毫不犹豫地说：

“要忠实重现真朝婆婆的方法，当然不可以买现成的。既然下了决心，就要比其他稻田更花工夫，脚踏实地。”

“但是，你不是说，现在很少有人用这种方法吗？”

蕾美立刻吐槽说。

“偶尔也要抱怨一下嘛，因为实在太辛苦了啊。”志乃婶苦笑起来。

二月下旬，奶奶的病情突然恶化。

奶奶不仅不认识麻生和蕾美，甚至无法控制自己的行动。

她整天把自己关在房间里摸稻草、翻画册，每天都在茫然中过日子。每当靠近时，就会发现她在喃喃自语，似乎在和谁说话，但无法判断在说什么。

奶奶无法再下厨做饭，也不会主动吃饭。她似乎觉得肚子饿，所以会站在厨房里。她会自己上厕所，但走进厕所后却迟迟不走出来。洗澡时也一样，走进浴室后，过了一个小时也不见她走出来。

那天之后，奶奶好像完全变了一个人。

起初麻生和蕾美手足无措，完全不知道该怎么办。蕾美害怕地说："奶奶坏掉了。"

这下子惨了，麻生也吓得脸都白了。

总之，必须带奶奶去医院，但是，遇到这么紧急的状况，家里却没有电话。

第二天早晨，麻生千方百计让奶奶上了车，由蕾美开车，前往奶奶平时吃药的药袋上所写的那家医院，用医院的公用电话打给保洁公司的总务负责人池本先生，详细传达了奶奶的状况，并请了上午的假。打完之后，他又联络了志乃婶。

"志乃婶，奶奶她……该怎么说，好像'坏掉了'。"

志乃婶在电话中听到麻生的话大惊失色，立刻赶到了医院。

轮到奶奶就诊时，麻生、蕾美和志乃婶都陪在她身旁。

在接受主治医师细川医生的诊察时，奶奶嘴里一直念念有词，志乃婶站在她背后轻轻抚摸着她瘦弱的后背。蕾美始终不安地拉着志乃婶的上衣，麻生紧抿双唇，听着细川医生的诊断。

医生诊断说，失忆症的症状有可能突然恶化，一旦急速恶化，就很难恢复原状。

“中村奶奶之前虽然有健忘症，但并没有其他明显的症状，所以诊断为轻度失忆症，原本以为暂时不可能恶化……”

细川医生看着电脑中的影像说道。电脑屏幕上有好几张奶奶脑部的CT影像，奶奶也盯着电脑。虽然她盯着电脑，但并没有看到，她空洞的视线穿越了影像，似乎在追寻其他的东西。

短暂的沉默后，细川医生面对坐在奶奶旁的麻生，明确地告诉他：

“很遗憾，目前并没有治疗失忆症的特效药。我不得不说，中村奶奶的病情今后可能不太乐观。家人可能会很辛苦，希望你们能够齐心协力照顾奶奶。”

医生说话的语气，似乎在叮嘱麻生和蕾美这两个年轻人。志乃婶刚才向医生介绍，“他们是目前和真朝婆婆住在一起的孙子和孙女”，如今两个人都浑身僵硬地坐在那里，甚至无法点头。

病情不太乐观。

这句话重重地打击了麻生。

乐观……不太乐观到底是什么状况？医生为什么说得这么拐弯抹角？

为什么不说清楚。

明知道责怪医生也没有用，但麻生几乎被内心的狂风暴雨吹垮了。

这时，贺年卡上的那句话突然闪过他的脑海。

“我的余命仅剩数月。”

在想起这句话的瞬间，他情不自禁地开了口。

“医生，请问一下，奶奶会不会就这样死了？”

突如其来的问题让医生十分惊讶，张大眼睛看着麻生，随即苦笑着说：

“这是……什么意思？你奶奶已经高龄，必须随时注意她的身体，至于会不会就这么死了……”

说到这里，医生停顿了一下，反问麻生：

“你是问‘奶奶活着的期间，这个病都无法治好’的意思吗？”

“不，不是这个意思，”麻生探出身体，“是不是余命仅剩数月之类的疾病……”

“没这回事。”细川医生当下否定，“你奶奶每年都在本院做健康检查，从病历来看，并没有任何问题，可以说，她的身体很健康。”

“不是什么不治之症吗？”麻生继续追问，“不是会危及生命的疾病吗？”

医生注视着麻生的眼睛。

“你的问题很难回答。”

医生告诉他，目前对失忆症缺乏有效的治疗方法和治疗药物，从这个角度来说，可以算是不治之症，但他不想这么形容这种疾病。

“对我们医生来说，在治疗方面无法明确表达意见是一件痛苦的事，但有一件事很明确，患了这种疾病后，是否有照顾病患的家属，状况会有很大的不同。”

细川医生说完，注视着麻生的眼睛。

“中村奶奶在发病当时经常提到已经去世的儿子，却从来没有提到有孙子或孙女。所以，看到你们两个人这么关心奶奶，老实说，我真的松了一口气。”

然后，医生又用平静的语气说：

“我再重复一次，今后请你们好好照顾奶奶，因为她只有你们两个人了。”

麻生很想移开视线，因为医生的眼神锐利，好像看到了他的内心深处。

自己和蕾美分别失去了各自的家人，来蓼科投靠奶奶。

但奶奶已经无法依靠，他们反过来要照顾奶奶，除了身体的照顾，还有经济上的问题。

自己有能力做到吗？

不久之前，自己还是茧居族，如今的月薪也少得可怜，连三餐都不会煮，自己有能力照顾吗？

他的内心充满不安，有点想要呕吐的感觉，但他拼命忍住了。他忍住了不安和想要呕吐的感觉，也没有逃避医生锐利的眼神，回答说：

“好，我会尽力而为，奶奶的病情以后也要麻烦您照顾。”

走出医院准备回家时，志乃婶邀请他们去了附近的咖啡店。

奶奶当然也同行。奶奶在医院听细川医生说话时，以及走出医院之后，都一脸呆滞，似乎听不到别人说话。

麻生很后悔在奶奶面前脱口问了医生“余命仅剩数月”这件事。奶奶虽然有点恍神，但如果可以理解听到的对话就糟了。走进咖啡店后，他看到坐在志乃婶身旁的奶奶，发现她的眼神很空洞，似乎完全听不到周围人的谈话。

四杯热咖啡送上来后，轮流打量着低着头的麻生和蕾美的志乃婶突然开了口。

“你们两个听我说，我知道你们很受打击，但低头沮丧就到此刻为止。你们先抬起头。”

志乃婶的语气格外严厉，麻生和蕾美惊讶地抬起头。

志乃婶的表情好像在生气，接二连三地向他们发出指示。

首先去市政府申请长期照护认定资格，照理说应该由接受长期照护的本人提出申请，但以真朝婆婆目前的病情，由家人代为申请应该也没问题。

麻生，你的户籍还没有迁过来吧？那就联络一下户籍所在的派出所，请对方邮寄过来。你有身份证明吗？医保卡呢？那就去复印一下，申请户口本需要身份证明。

拿到户口本后，你立刻去考摩托车驾照。以后蕾美要尽可能陪在真朝婆婆身边，没办法送你上下班，总之，你要自己想办法上下班。至于摩托车，我会介绍一个打算便宜出售二手摩托车的人，你向他买就好。

然后，你们都没有手机吧？麻生，你和手机公司的合约还没到期吧？那就去买两部手机，也为蕾美申请一个号码，以后你们一定要随时保持联络。

还要决定家事的分担，要平均分配，避免某一方负担过重，双方都要率先做自己擅长的事。

金钱的管理也要确定。一个人负责记账，两个人分担生活费。真朝婆婆的生活和所需的物品可以用她的养老金，不必客气。

志乃婶一口气说完，重重地叹了一口气，才终于露出笑容。

“你们随时可以找我，不管有没有遇到困难都没问题，因为我是真朝婆婆和你们的加油团团长。”

志乃婶是麻生他们的加油团团长，更是军师。她果然是“帅气的大人”。

她比任何人更担心奶奶和麻生他们，但不会轻易说“虽然很辛苦，但好好加油”这种体贴的话。

志乃婶交代的事既实际又具体，在严厉中可以感受到满满的温情。

以后要怎么帮助奶奶？麻生和蕾美为此陷入了惶恐，她直截了当地发出指示，令麻生感激不已。

麻生忠实地完成了志乃婶的指示，申请了奶奶的长期照护认定，请派出所寄来了户口本，考取了摩托车驾照，用一万元向志乃婶的朋友买了一辆很破旧、但还可以发动的摩托车。同时，也重新买了手机。麻生打开手机前有点害怕，很担心自己可能会像以前一样，再度沉迷网络和游戏的世界，所幸打开手机后，并没有唤醒那个被假想世界支配的软弱青年。

麻生主动和蕾美讨论了家事的分担和生活费的事，并详细分工。需要长时间陪奶奶的蕾美负责三餐，照顾奶奶的生活；麻生负责打扫、烧洗澡水和采买物品。

如此这般，总算解决了目前的生活问题，如今他们都站在这里。

他们在奶奶的宝贝稻田旁烧稻谷熏炭，以便日后为苗床加温。志乃婶和蕾美不停地叫着：“好冷，好冷。”在春寒料峭的寒风中原地小跑着。

奶奶被认定为需要“三级照护”。蕾美虽然几乎整天陪在奶奶身边照料她的生活起居，但有时候需要出门购物，这种时候就会申请居家看护上门。之前志乃婶也对他们说，要积极运用居家照护服务。即使再怎么喜欢奶奶，一天二十四小时陪着奶奶，早晚会疯掉。居家看护是照护专家，所以不妨妥善利用，能够出门的时候就尽量出门走走。也许你们还不太了解，这个世界就是这样运转的，人和人之间都需要相互支持，所以要充分利用照护保险。为了促进地区的经济发展，在刀口上舍得花钱也很重要。

志乃婶还安排蕾美一项重要的任务，就是向上门关心奶奶的村民传达奶奶的病情。对有社交恐惧症的蕾美来说，简直就像是面对可怕的怪兽说明事情的来龙去脉一样。虽然这是一项艰巨的任务，但她还是努力完成了。虽然她说话时结结巴巴，但还是告诉那些关心奶奶的村民，自己是和奶奶没有血缘关系的孙女，奶奶的亲孙子也住在这里，奶奶的病情比之前更加恶化了，希望大家以后继续关心奶奶。

那一天，看护上午就来家里，所以麻生和蕾美一起从家里来这里烧稻谷熏炭。之后，志乃婶也一起加入，三个人守在熏炭器旁。

虽然他们决定在奶奶的稻田，用奶奶独特的方式种稻米，却还没有问清楚要怎么种，需要进行哪些作业，奶奶就病重了，所以只能向志乃婶请教。

令人高兴的是，志乃婶答应协助麻生他们种稻米。

“既然要做，就必须贯彻真朝婆婆的方式，虽然很辛苦，但如果不这么做，真朝婆婆会生气。

“你们在真朝婆婆的稻田里种稻米，然后让她尝一尝，她绝对知道，而且绝对会感到高兴。”志乃婶不断鼓励着麻生和蕾美。

志乃婶继续展开积极行动。她带着麻生和蕾美挨家挨户去拜访村民，说真朝婆婆的稻田今年也会继续种稻米，请大家多帮忙，这两位是真朝婆婆的孙子和孙女，请多关照。虽然他们没有血缘关系，但感觉就像亲兄妹，全心全意照顾生病的奶奶，只是在种稻米方面还是新手，请大家多多照顾。

他们在烧得很热的圆锥形熏炭器旁原地小跑步，喝着荞麦茶取暖，这时，看到有人用力挥着手，从田埂的远处走来。麻生忍不住叫了起来："咦？真的假的？真的来了吗？"

挥着手向他们走来的是麻生每天去打扫的青峰寮的照护师田端先生。

"哎哟哎哟，这不是大田吗？今天吹的是什么风啊？"

志乃婶开心地说。田端先生是久米食堂的老主顾，他们有很多共同的朋友，志乃婶也亲切地叫他"大田"。志乃婶从田端先生的口中得知了麻生的工作情况。志乃婶的人脉太广了，但她谦虚地说："只有在茅野这一带吃得开啦。"

"你们好，听说你们要特地烧稻谷熏炭，我太好奇了，我想亲眼看一看麻生要怎样种稻米。"

田端先生说着，递上一个纸包。"来，这是点心。"麻生接了过来，发现纸包热热的，打开一看，原来是很大的烤地瓜。

"哇，看起来很好吃的样子，谢谢。"

麻生向田端先生鞠了一躬，很有精神地说。田端先生笑着点了点头。

奶奶"那样"之后，麻生最先向公司的老板，总务的池本先生，还有田端先生报告了情况。虽然他原本有点犹豫，不知道该不该把家麻生病的事告诉外人，但志乃婶鼓励他说出实情。因为难以预料真朝婆婆以后会发生什么状况，虽然很难启齿，不过一开始就说清楚，一定可以得到大家的支持。

志乃婶说得没错，麻生说出实情后，大家都完全表示理解。老板和池本先生，还有田端先生都很关心奶奶的身体，还对他说，一旦发生紧急状况，可以以奶奶优先。

而且，每个人都情不自禁和他聊起了“自己的母亲”。老板的母亲也患了失忆症，送去安养院照顾后去世了。池本先生的母亲也因为生病，几年前离开了人世。田端先生的母亲也一样。

每个人都告诉他，人老了之后一定会生病，到时候就需要家人的照顾。虽然在身体好的时候很少想到这件事，一旦生了病，无论是照顾的人，还是被照顾的人都会了解彼此的可贵；失去之后，才会深刻体会到家人对自己的重要性。

田端先生先是惊讶地问：“是每天为你做饭团的奶奶吗？那你们家人一定要好好照顾奶奶，虽然很辛苦。如果有什么困难，随时找我商量，毕竟我是照护师，是专家啊。”

田端先生这么鼓励麻生，他理所当然地以为麻生打算放弃在奶奶的稻田种稻米的事，所以当麻生再度表明要挑战种稻米，田端先生再度惊讶不已。

“即使在这样的状况下，你仍然坚持要种稻米，我想看看到底是怎样的稻米这么吸引人，所以想来这里的稻田看看。”

田端先生昨天听说他们今天要烧“稻谷熏炭”，觉得这个年头居然还有人做这种麻烦事，所以产生了好奇。

他仔细打量着熏炭器。“哦，原来以前是用这种方法烧出来的。我家一开始就是去农协买的，所以从来没见过。”他好奇地说道。

“哎哟，这才正常啊。”志乃婶回答，“总之，真朝婆婆……就是他们的奶奶虽然只有十公顷稻田，但坚持使用与众不同的方法，怎么说呢，就是‘接近自然的稻田’，虽然稻田需要靠人力才能成为稻田。总之，真朝婆婆种稻米时，不犁田、无肥料、无农药，也不驱除害虫，一切保持自然。”

“什么？不犁田？”田端先生发自内心地感到惊讶，“不犁田怎么插秧？而且也不驱除害虫……根本长不出稻米啊。”

“对，通常的话，用这种方法长不出稻米。”志乃婶又说，“但是真朝婆婆不寻常。”

田端先生不知道该怎么回答，转头看着麻生。站在麻生旁边的蕾美低着头，想要躲到麻生背后。田端先生好奇地问蕾美：

“你就是麻生的亲戚？他有时候会和我聊到你，听说平时都是你在照顾奶奶。”

田端先生微微欠了欠身，自我介绍说：“我是照护师田端，请多关照。”但蕾美始终低着头，不愿意抬起来。田端先生露出讶异的神情问：“今天是不是有看护去你家？”麻生点了点头，田端先生说了令人意想不到的话。

“麻生，如果方便的话，等一下可不可以让我去见见你奶奶？”

天黑之前，终于完成了熏炭作业，麻生、蕾美和志乃婶带着田端先生一起回家。

田端先生站在庭院，眺望着夕阳映照下的八岳山峰，忍不住惊叹说：“这简直是绝景啊。”接着又对茅茸屋顶和玄关的木门赞不绝口：“我妈以前也住这种房子。”

奶奶在看护的陪同下，蜷缩着身体，坐在地炉旁。田端先生跪坐在奶奶旁，用温和的声音说：

“您好，真朝太太，我姓田端。今天我去参观了你引以为傲的稻田，谢谢你。”

可以明显感受到田端先生和高龄者接触时的态度和平时大不相同，他说话的语气缓慢温柔，而且绝对不会叫对方“爷爷”“奶奶”，一定会叫对方的名字。田端先生告诉麻生，叫名字是尊重对方。他也不会问“你身体好吗？”而是一开口就聊对方可能有兴趣的话题，最后要说“谢谢”。田端先生说，他在和高龄者接触之后，很自然地对他们说“谢谢”，因为是他们建立了目前的社会、目前的日本，田端先生始终对他们心存感激。

奶奶病重后，即使麻生和蕾美对奶奶说话，奶奶也几乎没有反应，没有表情，没想到当田端先生对她说话时，奶奶的肩膀抖了一下，然后转身看着田端先生。她的眼神仍然空洞，却对田端先生的话有了反应。

“稻田？”奶奶问，“你去了稻田？收割了稻米吗？”

“哇，真的假的？田端先生，奶奶刚才对你说了话吧？”

麻生看到奶奶突如其来的反应兴奋不已，忍不住探出身体。

“奶奶，奶奶，你听我说，我们今天去了稻田，去了你的稻田，烧了稻谷熏炭。”

他一口气说道，奶奶木然地看着麻生，然后不再说话。

“怎么会这样？奶奶，这样就结束了？”麻生失望地说。

“哎呀哎呀，不要着急。”田端先生笑了起来，“不要灰心，要有耐心，多和奶奶说话。即使没有反应，也可以聊聊今天发生了什么事，明天打算做什么。真朝太太很关心自己的稻田，所以可以多和她聊聊稻田的事，最后一定要说‘谢谢’。”

"只要这么做，有一天会好起来吗？"

蕾美插嘴问道。

她始终对田端先生警戒着，一句话也没说，此刻却好像在呼应奶奶，对田端先生说的话有了反应。

"奶奶会好起来吗？"

她的声音很细弱，几乎听不到了。田端先生微笑着回答：

"是啊，在说话的时候，要相信这一点。"

无论再怎么努力对病人说话，再怎么努力照顾，病人都不会有反应。对照护病人的家人来说，这无疑是最大的痛苦。既然这种病治不好，那么和病人说话也是白费口舌，这种想法对照护者和被照护者来说，都是最糟糕的。田端先生又继续说：

"你们要经常对奶奶笑，聊聊她最喜欢的事，然后对她说'谢谢'，只要坚持下去，奶奶一定会知道。不要去想反正也好不了这种事，要怀抱一个具体和现实的希望，这点很重要。无论再微小的愿望都没有关系，也许明天醒来，奶奶会对我说什么话，也许会对我露出笑容，或是在奶奶的稻田种出稻米后，奶奶或许会为我做饭团，诸如此类的。

"任何事都无妨，也许对普通人来说，是根本不足挂齿的事，但对你们来说，却是很希望发生的事，可以把这种事当成是小小的希望。"

麻生觉得田端先生的一字一句都震撼了自己的耳朵，震撼了自己的心。

具体而现实的希望。小小的希望。

对了，我想吃奶奶做的饭团。奶奶知道我不喜欢吃腌梅，所以都会在饭团里加味噌和佃煮[1]。我想吃奶奶做的又大又圆，用口感滋润的海苔包起来的饭团。

如今再怎么渴望，也吃不到奶奶的饭团了。

麻生的脑海中同时浮现出母亲为他做的饭团。

以前他最喜欢吃加了母亲亲自腌制的腌梅的饭团，如今也无法再吃到母亲做的饭团了。

这是世界上独一无二的饭团，而且竟然成为即使去再高级的餐厅，也无法吃到的食物。

“我想吃奶奶的饭团。”

麻生不由自主地嘟哝道。

“但是，我也希望用自己种出来的米为奶奶做饭团。”

“我也是……”躲在志乃婶身后的蕾美再度用几乎听不到的声音说，“我很不会做饭，即使每天都在下厨，也无法做得像奶奶这么好吃，但是，我也希望有一天，能够用自己种出来的米，为奶奶做饭团……”

志乃婶和田端先生相视而笑，田端先生用开朗的声音说：“没错，这样最好，这不是很具体、很现实的希望吗？绝对不是无法实现的梦想，而是只要努力，一定可以完成的‘希望’。”

这时，奶奶用力点了点头，麻生和蕾美张大眼睛看着奶奶。奶奶好像在打瞌睡般，又用力点了一下头，但她的眼神仍然空洞。

他们用挂在地炉上方铁壶中的水泡了荞麦茶，坐在一起聊天。

如果要种稻米必须寻求村民的帮助，插秧更是一件特别辛苦的

---

① 用酱油和糖煮海藻或小鱼等海鲜，是日本家庭佐饭的配料。——译者注

事。奶奶通常都是在左邻右舍插完秧的一两个星期后，才开始在“自然稻田”插秧。虽然在这个时期，所有的农民都忙得不可开交，但大家都很关心奶奶，很乐意帮忙。

“那些年轻人也是因为真朝婆婆的稻田很特别，所以才充满期待。只有十公顷而已，大家齐心协力，不是太大的负担。插完秧后在这里把酒言欢算是种稻米期间的中场庆功，大家都很高兴吧。”

志乃婶似乎在回首往事，脸上忍不住露出笑容。

六月的时候，要修复被雨冲垮的田埂，架围篱驱鹿。“因为这里的鹿比人还多。”志乃婶一脸严肃地说。

进入七月后，每隔三天就要去稻田里拔草。因为不使用农药，所以杂草长得很快，要用手拔除那些会和稻子进行生存竞争，比稻子长得更茂盛的草。比水稻早枯萎的草就让它自然枯萎，成为稻田的养分。

“这项工作很辛苦，搞不好是最辛苦的事。这一带的盛夏很热，在完全没有阴凉处的稻田正中央，辨别草的种类后拔掉……太佩服真朝婆婆了。”

九月后，稻子渐渐结出稻穗后，头就会被压得低低的。这时候就要在稻田四周设置驱鸟的装置，插稻草人。因为麻雀和野猪会来偷吃稻穗，对付野猪最好的方法就是有人的动静，所以几个村民会轮流值夜班。以前真朝婆婆家一整晚都会有人进进出出，感觉像在举行庙会，在有地炉的房间喝山药汤和甘酒。但一旦喝了酒睡着了，就失去了值夜班的意义，所以不能喝酒。奶奶也不去睡觉，陪着村民一起熬夜，每次都聊起很多往事。

“听起来好像是特别的节日。”

麻生语带兴奋地说。

“今年你是这场活动的主办人。”

志乃婶叮嘱道。

十月，终于到了收割的季节。

每年的气候会对稻米的收成产生影响。丰收年时，金黄色的稻田鲜艳夺目，闪着金光，一整片结着稻穗的稻田景象是最出色的一幕。

通常都用割稻机高效率地收割，转眼之间，稻田就被剃了光头，但奶奶的稻田不使用割稻机，坚持最后都要手工作业。用镰刀割下后绑成一束，稻穗朝下，挂在称为稻架的木制棚架上，这是“晒谷”。

“我以前曾经看过，蓬蓬松松的，看起来好像一个小屋顶。”蕾美说。

“没错，如果不蓬松，农民就要伤心了。晒谷是每年最开心的时候，会觉得今年也结出这么多稻米，真的太好了，谢谢。”志乃婶深有感触地说。

麻生忍不住问：“对谁说谢谢？”

“那还用问吗？当然是对稻米啊，谢谢它们开花结穗，会很自然地产生这种感觉。”

“我能体会，”听到志乃婶的回答，田端先生也在一旁附和，“会有一种感激的心情。虽然其他蔬菜收成时，也有这种感觉……但对稻米的这种感觉尤其特别，就像是活着的证明，可以感受到大自然、生命和自己，感受到活着的我们。”

“是哦。”麻生忍不住发出感叹的声音。

活着的我们。这句话好像有点怪怪的，但又只能这么表达。这句话似乎伸出了手，轻轻抚摸了麻生心灵的表面。

“是啊，有一种携手活着的感觉。真朝婆婆的稻田不犁地，也不使用农药，有蚯蚓、青蛙和水龟子等各种生物栖息，形成了食物链，有生命的循环，更有一种大家携手生存的感觉。”

“嗯。”田端先生发出佩服的声音。“不拔杂草，不杀害虫，一切交给大自然的食物链和生存竞争，这种想法的确很独特。”

“通常不会这么做，既费工夫，收获量又少，根本无法赚钱。真朝婆婆很了解这一点。”

志乃婶说，这一点反而引起了大家的好奇。

米饭是日本的主食，种稻米和民生有密切的关系。稳定生产高品质的米，对日本全国民众来说都是一件重要的事。一般农民无法用奶奶的方法种特殊的稻米，但左邻右舍的年轻人内心都很希望了解稻米的本质，了解用尽可能接近自然的稻作方式，到底可以种出怎样的稻米。

“晒谷之后就结束了吗？”麻生问。

“啊，我离题了。”志乃婶苦笑起来。

将稻穗充分晒干后就要脱谷。如今用割稻机在割稻的同时脱谷的快速方式是主流，但奶奶的方法不一样。她用传统的脚踏式脱谷机把稻谷从稻子上脱粒，然后再用名叫“谷风机”的机器——志乃婶一再强调，那是很原始的机器——把混在稻谷中的稻草和垃圾吹掉，只留下稻谷。

“最后，再用脱谷机把稻谷变成糙米，再用精米机把糙米碾成白米。变成白米的状态后，用水洗干净后放在锅中煮熟，才终于变成白饭。”

“哇。”蕾美欢呼鼓掌起来，麻生也忍不住跟着她一起鼓掌。田端先生也钦佩地鼓掌说：“志乃婶，这真是一堂了不起的课。”

“哎呀，讨厌讨厌，真是讨厌，你们不用拍手啦。”志乃婶居然害羞起来。

没想到种稻米竟然这么费工夫。

“看来种稻米必须要有很大的决心。”田端先生说出了麻生心里的想法。

麻生和蕾美踏上了挑战种稻米之路。

四月。他们利用周末制作苗床。志乃婶当然亲临指导。

田端先生可能对两个年轻人第一次体验务农产生了浓厚的兴趣，也利用工作的空当加入了他们。

“哇，奶奶你看你看，樱花开了，开了好多。”

蕾美仰望天空，对身旁的奶奶说。奶奶在刺眼的阳光下眯起眼睛，仰望着“自然稻田”旁的几棵樱花树。

冬天的时候没有注意，原来奶奶的稻田附近的田埂上那几棵大树是樱花树。如今，盛开的樱花在枝头摇曳，树枝在蓝天下尽情地伸展。麻生也抬头看着樱花树，洒满阳光的樱花树似乎在激励他们：“一定要种出好稻米。”

志乃婶告诉他们，当樱花的花蕾渐渐饱满，终于绽放出娇艳的樱花时，就是制作苗床的最佳时期。这里的樱花当然比东京开得晚，四月下旬才开花。在樱花盛开后，他们在稻田的角落制作苗床。

在樱花盛开，新生命同时开始呼吸的这个季节，稻米宝宝也同时诞生。听到志乃婶这么形容，麻生觉得自己真的在为稻米做摇篮。

制作苗床之前，他们已经在稻田内挖了沟。普通的水田并不需要挖沟，但奶奶的稻田每一公顷地都要挖一条沟，用来改善整体的水循环，同时可以促进排水。

在村里的年轻人——其实所有人都超过四十岁——的协助下，麻生和蕾美在早春的寒冷中，有生以来第一次拿着铁铲和锄头，大汗淋漓地挖沟。完成之后，麻生的感想是“我这辈子从来没有这么累过”，蕾美的感想是“今天干了很多活”。村里的年轻人都笑着说：“你们做好心理准备，以后会更累呢。”

挖沟时，看护带着奶奶到现场视察，麻生和蕾美都很高兴，做事也特别投入，结果第二天都腰酸背痛。

今天是制作苗床的日子。

经过漫长的冬季，泥土中蓄积了充足的养分后变得很松软。用锄头整地后，撒上稻种，盖上泥土，再把之前大家在寒冷中烧的稻谷熏炭撒在上面。

虽然这片稻田不犁田，也不施肥料，但去年收割后，在整片稻田中撒满稻草，稻草自然腐烂，成为肥沃土壤的养分。在温暖的地下过冬的小动物也肥沃了土壤。

第一次踏进稻田时，麻生被松软的土质吓了一跳。志乃婶对他说：“下面住了不计其数的生物。”

“原来在冬天的时候，这些生物也都很努力。”蕾美小声地说。

“它们并没有努力，只是自然地过着它们的日子。”志乃婶笑着说。

志乃婶说，她以前也说过相同的话，但奶奶告诉她，只是保持自然，维持原来的样子。即使不需要努力，大家也可以一起活着。我们都携手活着。

如今，奶奶在盛开的樱花树下，坐在麻生从家里带来的小木椅上，心不在焉地看他们制作苗床。

当初是麻生提出尽可能在农务作业时带奶奶一起出门。

自己和蕾美如约在奶奶宝贝的稻田开始种稻米。

在目前的状态下，当然不可能得到奶奶的指导，更不可能请她帮忙，但奶奶曾经告诉他们，种稻米有多么了不起，所以是他们的师父，当然要请师父看他们工作的样子。

麻生专心制作苗床，几乎到了忘我的境界，但蕾美不时抬头确认奶奶的情况。最近几乎都由她一手包办照顾奶奶的事，所以她随时在意奶奶的状况，很担心只要稍不留神奶奶就会不见了。

蕾美是个勤快贴心的女生，虽然起初她说没有下过厨，在做奶奶的三餐时也有点不知所措，但不知道为什么，她做的菜很好吃。而且，她每天还顺便帮麻生做了便当，令麻生高兴不已。这种生活真不错，有点像是新婚。他经常忍不住这么想，独自偷笑。说是便当，其实只是一个比奶奶的饭团更大的大饭团，蕾美记得麻生不喜欢吃腌梅，所以饭团里都包奶奶以前做的甜辣味噌。

奶奶去医院、洗澡和外出散步时都有蕾美在一旁陪同，她悉心照顾奶奶，绝对没有半句怨言。因为她太投入了，连志乃婶都忍不住有点担心地说："你偶尔也要喘口气，否则你的身体会先出问题。"蕾美不以为意地说："我不陪奶奶，谁来陪呢？总不能叫他……"她指着麻生，"帮奶奶洗澡吧。"

事实上，蕾美似乎并不觉得照顾奶奶是一件辛苦的事，甚至乐在其中。在制作苗床时，她也不时停下手，对奶奶挥手。坐在樱花树下的奶奶似乎看到了她，她就更用力地挥手。

"奶奶，我们正在为稻米做摇篮。等秧苗长出来后，奶奶要再来看哦。"

麻生在稍远处看着奶奶和蕾美，正在一旁撒稻谷熏炭的田端先生压低声音对麻生说："那女孩子真不错，我原本以为她是高中生，但听说二十一岁了？虽然正是爱玩的年纪，却一点都不浮夸，个性率直认真，而且长得这么漂亮。"

只是她很可怕。麻生在心里补充道。

"麻生，那女孩怎么样？虽说是真朝太太的孙女，但你们没有血缘关系吧。不如干脆带回家？"

"啊？"麻生惊讶反问，"带回家……是什么意思？"

"现在的年轻人真迟钝啊。"田端先生故意大声叹气。

"我家纯平也一样。啊，纯平是我那个正在东京读大学的儿子……我问他有没有女朋友，他居然回答说不知道怎么交女朋友。这已经不是晚熟的问题了，总之，就是迟钝，或者说是草食系的男生。"

"哦。"麻生再度无力地附和着。

"总而言之，"田端先生苦笑着说，"你要及时把握，像她那么勤快，全心全意照顾奶奶，而且又漂亮的女生，那些年轻人绝对会盯上她。唉，那些年轻人，有些人还是单身，你要小心。"

田端先生说完后站了起来，连续拍了好几次腰。

"啊，真的很累啊。我家都是直接向农协买秧苗板，装在插秧机上就好，第一次做得这么累。"

麻生以为他要说"真是受不了"，没想到从他嘴里说出的竟然是"但真的太开心了"，而且脸上带着笑容。麻生也勉强挤出笑容，但笑容有点僵硬。

田端先生叫他把蕾美“带回家”，也就是娶她的意思，否则，那些年轻人——其实全都是中年大叔——会盯上她。因为有些人还是单身。呃，言下之意，就是……

蕾美会嫁给村里的大叔，带着奶奶一起嫁过去吗？

“不行，不行不行，不行，这太伤脑筋了。”麻生忍不住自言自语。

“什么伤脑筋？”蕾美立刻问道。麻生抬头一看，发现蕾美不知道什么时候已经蹲在他旁边整土。麻生的脸顿时红了，觉得好像被她偷听到了自己的心声。

蓼科终于有了春天的味道。树木一起吐芽，原野上到处绽满娇艳欲滴的花草。空气渐渐温暖，山间的清流在阳光下熠熠闪亮。

奶奶庭院内的花草也接二连三地开花了，远方是八岳山连绵的山峦。顶着白顶的山峰每天多一点绿意，五月连休假期结束时，山上的雪全都融化了。每天早晚，麻生和蕾美就会牵着奶奶的手来到庭院，眺望着冰雪渐渐融化的八岳山英姿。

春天之后，奶奶的情况渐渐发生了变化。

带奶奶一起去农田工作时，她会兴致勃勃地看着麻生他们，不时用惊人的声音大喊：“啊啊，这样不对，不是这样。”或是“锄头整地时要更轻一点。”麻生和蕾美惊讶地以为奶奶的病情好转了，但其实并不是这么一回事，似乎只是以前种稻米时的记忆掠过她的脑海而已。奶奶大声叫了两三句话后，再度沉默不语、面无表情。看到他们失望的样子，志乃婶总是鼓励他们说：“这是好预兆啊。”

虽然都是一些微不足道的事，但的确是变化的征兆。在万物复苏的季节，把奶奶带到仿佛所有的生命都在欢呼跳舞的“自然稻田”，奶奶心里一定很高兴。

“不要整天关在家里，尽可能多地带奶奶出去走走。”

麻生对蕾美说。他很在意自己出门上班时，奶奶和蕾美整天都留在家里这件事。

虽然麻生现在担心蕾美和奶奶整天关在家里，但其实几个月前，他正是在狭小的公寓房间足不出户的茧居族。如同在蚕茧中无法破茧，就走向生命终点的幼虫，但他绝对不是出于自愿。

蚕茧中的幼虫苦苦等待着破茧而出的时机。经过漫长的冬季，只要春天来临，就会破茧而出，张开翅膀，飞向天空。

回顾现实中的自己，目前生活在乡村，在一家保洁公司担任派遣员工，去安养院做清扫工作。在照顾失忆症的祖母同时，用手工作业的方式种稻米，每次去稻田，就弄得满身泥巴。无论怎么看，都和帅气沾不上边。非但没有得到翅膀飞向天空，简直就是战战兢兢地趴在地上。在城市的同代年轻人眼中，一定觉得自己“特别差劲”。

但是，麻生深爱这样的生活。

奶奶的手宛如枯枝。麻生握着她的右手，蕾美紧握她的左手，每天早晨都在庭院内散步，眺望着冒着青烟的八岳山深呼吸。

活着。远方似乎传来这个声音，他也发自内心地感觉到“活着”这两个字。

每次看到清新的山峦景象，感受到新鲜的空气，麻生全身的细胞都在欢呼。这是无比熟悉、无比怀念的感觉。

他记得很清楚，小时候，每次来到这个庭院，全身都充满了相同的感觉。虽然小时候说不出那是怎么回事，但他现在终于知道，这正是“活着”的感觉。

血液好像泉水般涌出，流向全身。那是少年时代的麻生曾经感受到的“活着”，无条件地为此感到喜悦的感觉。

“我觉得好像不一样了。”

麻生转头问蕾美：“什么不一样了？”

蕾美默然不语地指着麻生。“啊？我吗？”麻生又问了一次，蕾美点了点头。

“刚认识你的时候，你特别怪，该怎么说……你好像变了，而且变了很多。”

麻生决定忽略“特别怪”这几个字，继续追问：“是吗？……哪里变了？”蕾美腼腆地把脸转到一旁笑了笑，没有再说什么。

你自己也一样啊。麻生在心里嘀咕道。

你自己也改变了。虽然你说自己有社交恐惧症，但如今见到他人时不会再逃走，你变坚强了，可以勇敢面对他人了。

而且对我也稍微好了一点点，还有……稍微变漂亮一点了。

“会不会是稻田效果？”

麻生问。

“不光是稻田效果，还有奶奶效果。”

蕾美又叫着身旁的奶奶，奶奶仍然面无表情，但突然闭上眼睛，舒服地沐浴着阳光。

周末就要插秧了。那天麻生像往常一样去青峰寮打扫。

“我想拜托你一件事。”

吃午餐的时候，他在休息室打开蕾美亲手为他做的饭团时，田端先生叫住了他。田端先生把茶壶里的茶倒进放在长桌上的两个杯子，继续说道：

“我之前不是向你提过，我儿子在东京读大学吗？上个星期，他突然回家了……看起来似乎很疲惫。我老婆很担心他是不是生病了，打算带他去医院，但他整天不起床，也没有食欲。这个星期总算起床了，仔细听了之后，好像是求职不太顺利。”

田端先生的独生儿子纯平目前是东京某私立大学的四年级学生，从去年秋天就积极投入求职。他从大一的时候就想进入传媒行业，过年回家探亲的时候，还信誓旦旦地说，无论如何都要进出版业。

当时田端先生劝他说，大出版社的竞争力一定很大，不必太勉强，可以多应征几家公司。但他反过来批评父亲，说一开始就自乱阵脚绝对不行，所以父亲才无法活跃在社会的第一线。

听到这里，麻生很生气，觉得纯平太狂妄自大了。

田端先生不是活跃在社会第一线吗？他到底了不了解自己的父亲？

“果然不出所料，每家出版社都寄给他不录取通知。”

田端先生叹了一口气。

纯平说自己“陷入了求职的通货紧缩螺旋”。麻生完全听不懂是什么意思，但好像是说在求职中越挣扎结果越不理想，就像一路滚下螺旋阶梯。

“他也去应征了只有五名员工的小出版社，但很多应征大出版社落榜的学生都转而进攻小出版社，我儿子应该也很努力，只是没有任何一家出版社录用他。”

现在经济不景气，找工作没那么容易。田端先生自言自语地嘀咕道。

“他似乎对找工作失去了信心，所以就回老家来了。虽然大学还没有放假，但只要一去学校，同学之间会相互打听有没有获得内定，他觉得很痛苦，所以就对一切都觉得厌烦。”

田端先生说到这里，又叹了一口气。

麻生不知道该如何回应田端先生儿子的事，有点不知所措。他觉得曾经是茧居族的自己没资格说“要继续努力看看”或是“应该去学校上课”之类的话，而且，即使说了，既无法解决问题，也无法发挥安慰的作用。

“所以麻生啊，我想拜托你一件事……”

田端先生突然面对麻生坐直了身体。

“可不可以让纯平在你……不，在你们的稻田帮忙？”

田端先生的要求太出人意料，麻生听得目瞪口呆。

通货紧缩螺旋→对一切都感到厌烦回到老家→加入我们一起种稻米？

“这个变化会不会太大了？”麻生忍不住问。

“对，的确很大。”田端先生承认。

纯平觉得继续这样下去不可能找到他想要的工作，所以决定“延期毕业”。如果找不到任何一家公司就毕业，明年就不再是应届毕业生，找工作就更加困难，离正职员工的路也更遥远。如果无法成为正职员工，和同届的同学相比，终生收入就会相差一大截。既然这样，不如延毕，和明年的毕业生一起再度挑战。

“虽然他执意要这么做……但我觉得他太一厢情愿，只是一个人钻牛角尖想出来的结论，他太注重眼前的利害得失，我希望他能培养自己从长远看事情的眼光。”

田端先生向儿子提出忠告，延毕搞不好反而对他的人生更不利。纯平反驳父亲："我还不是因为考虑到终生收入、当派遣员工结不了婚这些将来的事，才决定要延毕吗！"

"我也不知道该怎么说服他，所以就想到了你。"

田端先生又向麻生打了招呼说"希望你不要介意"，然后继续说了下去。

"你不是正职员工，是派遣员工，但工作很负责任。不管是厕所、地板，都擦得很干净，这里的老人都很喜欢你，甚至有人把你当成自己的孙子。所以，工作人员都对你有很高的评价。你们公司的老板也很信任你，我知道这么说很失礼，你没有读过大学，但是你……你很出色。"

被田端先生这样当面称赞，麻生反而说不出话了。田端先生再度提出了让他吃惊的要求。

"所以，我想介绍你给纯平认识，让他看看你正在做的事。说得更直白一点，我希望他见识一下你的生存方式。"

田端先生说，他已经向纯平提过麻生的事。

田端先生告诉儿子，蓼科就有一个你的人生榜样。如果你想延毕，多吃父母一年，那就去试试他正在做的事，否则不会帮你出延毕这一年的学费。

"所以，你儿子只能来帮我忙了吗？"麻生问。

"没错，我已经断了他的后路。"田端先生得意地张大鼻孔，"情况就是这样，那就拜托你了。你们这个周末不是要插秧吗？我要在我家的农田帮忙，会让纯平去你们的稻田帮忙。他很年轻，又是男生，应该可以帮上忙，真朝太太的稻田是体力的考验，对吧？"

说完，田端先生用力拍了拍麻生的肩膀，麻生根本不可能说不同意。

六月的第一个星期六是插秧的日子。

进入梅雨季节前的天空一片晴朗，完全看不到一片云。远方的八岳山比平时更加雄伟。

那是蓼科的大自然所有的生命都充满喜悦的日子。

“早安。”

玄关传来男人的声音。志乃婶、麻生和蕾美一大早就开始忙着为今天插秧做准备，奶奶似乎也察觉到今天是不寻常的日子，难得心神不宁地跟在他们三个人身后，在家里走来走去。

“来了，马上就来了。”

应门的竟然是奶奶。“哎哟哎哟，很棒的反应嘛。”志乃婶笑着说。麻生赶紧跟在走去玄关的奶奶身后，一起来到脱鞋处。

田端先生和看起来像是他儿子的年轻人站在门口。他原本说要帮他老婆插秧，但似乎还是不放心，所以送他儿子过来。

“我想还是先由我把他介绍给你认识一下。”

听到父亲的解释，穿着迷彩垮裤的年轻人露出不悦的表情。“赶快打招呼啊。”

听到田端先生的催促，他没有正眼看麻生，就吊儿郎当地说：“你好，我是田端纯平，多关照啦。”

“笨蛋，这是对前辈说话的态度吗？好好打招呼。”

田端先生斥责道。

“干吗？真啰唆。像我这种外行人来帮忙，不是反而给人家添麻烦吗？我对种稻米一窍不通，麻生哥，你是不是很困扰？”

麻生哥。这是麻生有生以来第一次被叫“哥”，忍不住有点慌乱。

“纯平，你还是这么调皮啊。”

志乃婶在麻生身后打招呼。

“啊，志乃婶，你好，好久不见。”

这次他老老实实地鞠了一躬。志乃婶似乎和纯平很熟。

“新多？”

站在麻生身旁的奶奶突然对着纯平叫道。

“新多？你怎么回来了？”

奶奶似乎误以为纯平是自己的儿子。奶奶第一次出现这样的反应，麻生惊讶地睁大了眼睛。

“你回来了，对吗？今天是插秧的日子，我就知道你会回来帮忙。来，来，赶快进屋，甘酒已经准备好了。”

奶奶突然走下泥土地，拉起了纯平的手。“奶奶？！”麻生也跳了下去，田端先生小声地说：“没事，没事，就这样。”

奶奶拉着纯平的双手，一脸欢天喜地：“太好了，太好了，你回来了。”纯平满脸错愕，任凭奶奶拉着他。

“我回来了。”

他配合奶奶的态度嘀咕了一声，然后转头看着麻生问：“她是谁？”

“是真朝太太，麻生的奶奶，原本在种‘自然稻田’……刚才来这里的路上不是都告诉你了吗？”

田端先生代替麻生一口气回答。哦哦。纯平似乎终于想起来了。

“原来就是她……但是她刚才叫我新多？”

“真朝婆婆以为是自己的儿子回来了。”

志乃婶压低嗓门说。

“真朝太太的儿子就是麻生的爸爸。”

“什么？”纯平惊叫起来，“麻生哥的爸爸是像我这样的年轻人？”

“笨蛋，”田端先生忍不住打了儿子的头，“真朝太太的脑袋里把以前的事和现在的事混在一起了。”

这家伙是怎么回事啊？麻生感到不解。

他去读了大学，说想要进入传媒界，但看起来很轻浮，和他父亲完全不一样。

“总之，先进屋吧。甘酒已经做好了，不是真朝婆婆做的，而是年轻妹妹做的，你是不是很想喝？”志乃婶催促他。

“真的假的？”纯平立刻有了反应，“想喝想喝，那就打扰了。”

“那就先这样，我要回去帮我老婆插秧，先走一步了。”

田端先生对麻生说。

“虽然他看起来很轻浮……但本质很不错，那就拜托你了，希望你多教教他。他什么都不懂，让他体会一下人生。”

田端先生说完，摘下头上的帽子，恭敬地鞠了一躬。

“啊，不敢当……”麻生紧张起来，“谈不上教啦，我自己也很不懂事，也是第一次种稻米……”

“没关系，只要让他见识一下你在做什么就好。”田端先生笑着说，“那家伙脑子转不过来，让我很伤脑筋，说什么非要进传媒界，或是总公司在东京的企业，凡事都看表面。你要让他见识一下，即使不是在传媒界，即使不是在大城市，还是有很多地方可以让你们这代年轻人好好发挥的，那就拜托了。”

田端先生说完，转身离开了。

麻生回到有地炉的房间，发现蕾美拿下挂在自在钩[①]上的铁锅，把甘酒倒进茶杯，纯平不停地对她说话。

“我问你啊，你为什么会来这种乡下地方？”“你几岁了？高中生吗？”“这甘酒真的是你做的吗？原来你很会做菜。”

蕾美皱着眉头，把茶杯递给纯平，立刻起身走出房间。

“等——一下，我说了什么不该说的话吗？”

纯平想要追上去，麻生默不作声地挡在他面前，纯平露出讶异的表情，随即恍然大悟地说：“哦，我知道了。麻生哥，她是不是你的女朋友？”

麻生很想像田端先生一样骂他“笨蛋”，然后打他的头，但眼前必须用“前辈”的态度对待他。

“今天有重要的工作，大家都很忙。如果你想和她聊天，要先做好该做的事。”

麻生暗自觉得自己这句话说得太棒了，没想到纯平一脸诧异的表情问：“先做好该做的事？你是说，要先问她叫什么名字吗？”

麻生真的很想脱口骂他“笨蛋”。

“好了好了，不要站在那里，新多，来这里坐，来这里坐。甘酒很好喝，是我做的米甘酒。”

坐在地炉旁的奶奶对纯平说。“是我吗？”纯平指了指自己，看着麻生。麻生点了点头，示意他过去。

---

① 在地炉上方用来挂茶壶、炉具的钩子，可以自由调整长度。——译者注

纯平在奶奶身旁坐了下来，麻生在他们对面坐下。奶奶从铁锅里舀起甘酒，装进杯子后，递给纯平。纯平简短地说了声“谢谢”，接过茶杯，喝了一口，然后突然惊叫起来。

“呃……特别好喝！”

他整个上半身都向后仰。

“这是什么?！太、太、太好喝了！做甘酒的米真的是奶奶种的?真的假的?！”

听到纯平连声称赞：“太厉害了太厉害了，奶奶太厉害了！”奶奶开心地笑了起来。

“太好了，太好了，你一向都喜欢喝甘酒，没有枉费我特地准备。”

奶奶眉开眼笑地看着纯平，好像完全恢复了正常，除了把纯平叫成“新多”以外，一切和以前一样。

麻生怀疑自己看错了。

眼前的奶奶和自己之前来这里时见到的奶奶一样，当时，奶奶也把“陌生”的自己带到地炉旁，请自己喝甘酒。他突然回想起那天晚上见到奶奶时的喜悦和奶奶认不出自己的不安。

“差不多该出发了，那些年轻人都已经去稻田集合了。”

已经戴上农务用帽子的志乃婶对坐在地炉旁的三个人说道。“好！”很有精神地回答的不是麻生，而是纯平，但他随即小声地说，“唉，真麻烦。”

“不过，有可爱的女生，没关系。”

他又自言自语地嘀咕了一句，好像在对自己鼓劲后，快步走出了房间。

那家伙是怎么回事啊？完全搞不懂到底是好是坏。

麻生这么暗想着，牵着奶奶的手走出房间。蕾美手上拿着草帽，在玄关等他们，一脸不悦地为奶奶戴上帽子，绑好了绳子。她显然并不欢迎纯平的加入。

既然田端先生开了口，就必须照顾这个“轻佻鬼”。麻生站在正在为奶奶穿长胶鞋的蕾美身后说：

“听我说……他是田端先生的儿子，说要帮忙插秧……”

“我知道。”蕾美用带刺的声音打断了他，“他叫田端纯平，二十二岁，东京学院大学四年级，希望毕业后从事传媒工作，没有女朋友。对不对？我一句话都没问，他就自己全都说了。”

然后，她转身看着麻生说：

“真白痴。”

好久没有听到蕾美这句“真白痴”了，麻生突然觉得心情很畅快。

“即使很白痴，也要请他帮忙。”志乃婶很有精神地从背后推着他们。

左邻右舍有十个来帮忙的人聚集在奶奶的“自然稻田”前，他们自己的农田都已经插完秧了。

“谢谢各位，承蒙你们的照顾，拜托各位帮忙了。”

奶奶对在田埂上站成一排的“年轻人”鞠躬说道。

“咦？真朝婆婆，你今天看起来特别有精神嘛。”

前来帮忙的山田先生惊讶地说。志乃婶笑着说：“是啊，因为有新来的帅哥加入，他是田端先生的儿子纯平。”

“大家好。”纯平向众人鞠了一躬，“我是农业初学者，什么都不懂，恐怕会给各位添麻烦。”

他打招呼的方式让人搞不懂他到底是彬彬有礼还是鲁莽无礼，他用这种态度去出版社面试吗？

“那就开始吧，先去拿苗床的秧苗。”

志乃婶一声令下，麻生他们走进了稻田。

奶奶的稻田乍看之下一点都不像稻田，因为满是割倒的夏草，还有春天茂密生长后又枯萎，然后就在稻田中腐烂的繁缕等春草，除此以外，还长了艾草、春飞蓬、小蓟草等加了水之后就会腐烂的陆生夏草。只加了少许水的稻田感觉更像原野，和积满水、清除所有杂草的普通稻田完全不一样。

“咦？好奇怪，这里长满了草。真的是稻田吗？不是原野吗？”

纯平踩在草上，走去苗床时诧异地问。

“我妈的稻田很干净，也有很多水，一片绿油油的秧苗……”

他说的没错。麻生以前也没有看过这种稻田，所以无法充满自信地说，这才是真正的稻田。

日本的农村风景就是刚插完秧后的那片景色，水面映照着天空，绿油油的秧苗在风中摇曳，其他插完秧的稻田都是相同的景象，只有奶奶的稻田不一样。

我也觉得这简直就是一片原野。

“所以不是说了吗？真朝婆婆的稻田是‘自然稻田’。”

志乃婶似乎听到了麻生内心的话，回头对他说。

“只要把加了水之后会越长越茂盛的水生夏草割掉，而其他草不必清除也会自然腐烂，变成稻田的肥料。”

所以，奶奶不称之为“杂草”，而是分别称为春草和夏草。奶奶口中也没有“害虫”，生活在这片稻田的虫在这里形成了食物链，无论草还是虫，都是肥沃土地的客人。奶奶以前曾经这么告诉志乃婶。

“哇，真朝上人……”

纯平戏谑地合着双手，做出祈祷的动作，蕾美狠狠瞪了他一眼。

“别拿奶奶开玩笑，你再敢说一次，小心我把你埋进稻田里。”

纯平顿时呆住了。麻生看在眼里，差一点扑哧笑出来。

利用稻田的一部分作为苗床培育的幼苗已经长成十厘米左右的成苗，鲜艳的绿色秧苗已经开始分蘖，长出五六片叶子。他们必须把每一株秧苗小心翼翼地从苗床挖起后，移去稻田。

奶奶之前告诉麻生和蕾美种稻米的故事时曾经说，“插秧是秧苗踏上一个人的旅程”。麻生想到这些秧苗在“苗床小学”茁壮成长，终于毕业，之后将在蓝天下逐渐长大，就忍不住感慨无比。

将秧苗连同泥土从蓬松的地面挖起，放在手心，嫩绿的叶子连叶尖也笔直挺拔，可爱得难以形容。

“你长大了，要长得更大哦。”

麻生看着秧苗，情不自禁地嘀咕着。他无法不对秧苗说话。

一粒稻种发芽，努力长出叶子，从现在开始，将会长得更大。这株小秧苗内充满了生命的力量。

了不起，这是了不起的力量，这就是大自然的力量，这就是生存的力量。

这时，他听到身旁的纯平扑哧一声笑了出来。

“干吗？”麻生狠狠瞪了他一眼。

“没有啦……麻生哥，因为我从刚才就听到你一直在对秧苗说话。”

“哎哟，对秧苗说话很好啊。”

蹲在对面的志乃婶说。

“对植物说话，或是让植物听音乐不是可以促进生长吗？要积极地对秧苗说话。”

听说奶奶以前的确在插秧时对着秧苗说话。

要快快长大，长得更高更大。

我会陪着你们长大，会随时、永远陪伴你们。

如今，奶奶正坐在长满绿叶的樱花树下的椅子上，看着麻生他们作业。

“是吗？会想要对秧苗说话吗？”

纯平也把秧苗连同泥土一起放在手上仔细打量着。

“如果你看过它一开始还是稻种的状态，就会情不自禁地对它说话。因为那时候它真的特别小，难以想象竟然可以长得这么大。”

麻生把秧苗挖起后，放到秧苗板上时说道。一旁的蕾美虽然没有搭腔，但也不由自主地点着头。

所有秧苗都移到秧苗板上后，终于开始插秧了。

在奶奶的稻田插秧时，也有独特的方法和诀窍。

如果是普通的稻田，最近都以机械插秧为主流，把秧苗装在插秧机上，就会按照事先设定好一定间隔的行距和株距自动插秧。

整地让泥土变得松软，稻田灌满水之后，秧苗可以很顺利地插入泥土中。

通常使用机械为秋田小町等品种插秧时，要保持三十厘米的行距和十五厘米的株距，尽可能缩短间距，可以增加收获量。

但是，奶奶的稻田都要手工插秧。稻田并没有整过地，要用镰刀前端在只加了少许水的潮湿泥土中挖一个洞，将秧苗连同泥巴一起插进土里，然后再把土轻轻盖在上面，稍微压一下。这种感觉不像是插秧，更接近园艺。

而且，地面覆盖了成为稻田肥料的枯草，必须先把枯草拨到一旁，露出七八厘米的地面，再把秧苗埋进土里。这一系列作业很细腻，也很费工夫。

稻田的行距保持四十厘米，株距为二十厘米，增加秧苗和秧苗之间的间距，既可以透气，又可以维持充足的阳光，有助于预防病虫和害虫的发生。而且，可以让秧苗充分分蘖，每一株都长得很大，也有助于增加稻米的收获量，所以尽可能增加间距。

“普通的稻田不会这么规划。”前来帮忙的山田先生抱着双臂，看着稻田说道，“第一次听到真朝婆婆说的时候，我还以为她在开玩笑。作业这么辛苦，行距和株距这么大，到时候根本没米可收成吧。”

山田先生和其他人都很担心到时候无米收成，所以建议缩短间隔，但奶奶微笑着说——

是啊，也许收成量会很少，但到时候再说。眼下先相信稻米成长的力量。

“真朝婆婆的语气好像在对小孩子说话，我们也就不再多说什么。”山田先生笑着说。

事前已经充分接受指导，麻生和蕾美，还有临时加入的纯平，开始了有生以来第一次插秧。

用四十厘米的尺在地上量好距离，尽可能保持正确的间隔，然后用镰刀尖在地上挖洞。由于好几层草都纠缠在一起，挖洞时并不顺利。挖好洞之后，把秧苗放入洞内，盖上泥土。插秧时，要在稻田内步步后退，一次又一次重复这项单调的作业。

“真是步步后退的作业。”纯平说。

“种稻米是很进步的事，所以有什么关系呢？用后退的方式做进步的作业，可不是随便能体会到的事！”

志乃婶立刻反驳。说得好！麻生忍不住在心里鼓掌。

他不时抬头看奶奶，奶奶露出比平时更严肃的表情看着众人插秧。蕾美不时挥手叫着“奶奶”，奶奶也会对她点头。

插秧的景象对奶奶绝对有正面的作用。虽然有点不甘心，但和老爸长得很像的年轻帅哥的出现，或许也有相同的作用。算了，没关系，只要奶奶有进步就好。

整天蹲着作业很累人，腰酸背痛，双脚发麻，持续维持相同的姿势很辛苦。

太阳高挂在正上方的蓝天中。完全没有任何东西遮阳的农田正中央比想象中更热，麻生不停地用挂在脖子上的毛巾擦汗。

这项作业可不是普通的累。

正午过后，终于午休了。前来帮忙的人纷纷回各自家里吃午餐，阳光比原先想象的更强，志乃婶担心奶奶长时间在户外会中暑，所以带着奶奶先回家。

“我也先回去，这是便当，你们两个人一起吃。”

蕾美把一个纸包塞给麻生，追着志乃婶和奶奶回家了。

“啊，那我也去。”纯平也打算往回走，麻生抓着他的肩膀制止了他。

“不行不行，我们是户外便当组，一起吃她做的便当。”

“是她做的便当？”

麻生点了点头，纯平顺从地说："好，那就在这里吃。"

两个人并肩坐在樱花树下。微风吹拂着稻田，四处传来鸟啼声。水圳[①]中传来哗哗的流水声，两个年轻人在被树叶挡住的斑驳阳光中打开了报纸。

"哇，超大的饭团。"

纯平把打开的报纸中出现的饭团举到眼睛的高度说道。

"该怎么说，太有生活气息了……这真的是她做的吗？不是志乃婶做的？"

"对啊，你有什么意见吗？"麻生大口咬着大饭团。

"啊啊，真好吃。"

他情不自禁地说道。每次都这样，在上班午休时间吃便当时，麻生也会脱口说这句话。奶奶种出来的米，经过蕾美小巧的双手，变成了这么大的饭团，一想到这件事，他就更觉得好吃了。

"唉，我真的好失望，这么可爱的女生不应该做这种大婶饭团，而是三明治或是可爱的便当之类的……"

纯平看着手上的饭团，在一旁嘀嘀咕咕。

"废话少说，你赶快吃吧。"

听到麻生这么说，他才终于吃了起来。他咬了一大口，吞下去时忍不住夸赞："真好吃！"

"对吧？"麻生忍不住高兴起来，"饭粒很甜吧？甜得难以想象吧。"

"特别甜，这是蛋糕吧？"

① 人工修建的用来灌溉农田的水利体系，也兼有泄洪的功能。——编者注

听到纯平夸张的形容，麻生忍不住笑了出来。

“我也和你一样。来这里之前，整天都吃便利店的饭团……一直觉得白饭基本上没有味道，只是为了衬托菜肴的味道而已。”

“原来如此，就是所谓的影武者，炸猪排或是汉堡排的……”

纯平一脸严肃地附和，麻生觉得很滑稽。

“总之，米饭不是日本的主食吗？我不太了解这件事的意义，总觉得不是米饭也没关系，像是面包或是荞麦面和乌冬面那些都可以，只要能吃饱肚子就好了。况且，米饭根本没味道，也不好吃，不能光靠吃白饭过日子，所以搞不清楚为什么有资格当主食。”

“没错。”纯平再度附和，“我反而更希望日本的主食是炸猪排。”

“但是，从东京来到这里，每天吃用奶奶种的米做的饭团，我开始感到很不可思议，米饭竟然会这么好吃。”

用奶奶种的米煮饭，不仅刚煮好的时候很好吃，做成饭团后，仍然好像凝聚了甜味，好吃得不得了，和只是塞进嘴里吞下的便利店饭团完全不一样。

于是麻生总会脱口说出“好吃”这两个字。奶奶种的米和蕾美做成的饭团具有这种魔力。

“呃，我可不可以请教你一个问题？”

纯平吃完大饭团后问。

“麻生哥，你刚才说，来这里之前在东京，整天吃便利店的饭团。为什么现在搬到这种乡下地方，在我老爸上班的安养院当保洁员……然后又在照顾奶奶的同时，在这种好像原野一样的奇怪稻田插秧？”

麻生听到纯平精确地总结了自己目前所处的状况，忍不住“嗯”了一声。这家伙的总结能力不错。

“其实我……不瞒你说，我之前是茧居族。”

虽然之前从来没有向田端先生提过，但不知道为什么，麻生想要对这个和自己年纪相近、涉世未深的大学生说出实情。同时想要让这个比自己年纪更小、想要延毕的帅哥知道，这个世界没这么好混。

“小学六年级的时候，我爸和我妈离婚……我爸就是奶奶的儿子。”

“就是‘新多’吧？可不就是‘我’吗？”纯平插嘴说，麻生苦笑了一下。

“之后，我老妈独力把我抚养长大……我在高中时遇到严重的霸凌，觉得厌倦了所有的一切，于是就足不出户，直到今年一月为止。”

“啊啊？”纯平的反应还是很夸张，“真的假的？太厉害了，那你现在不是已经克服了茧居吗？了不起，太厉害了。”

“嗯，也可以这么说。”麻生回答时忍不住想，他称赞的方法真微妙。

“但是，你是怎么克服的？是因为什么契机走出来的？”

被他这么一问，麻生一时语塞。

是因为老妈对我心生绝望，所以被抛弃了。

所以就来投靠奶奶，没想到发现老爸死了，奶奶也患了失忆症……

麻生突然陷入沉默，纯平肆无忌惮地盯着他的脸，然后轻轻叹了一口气说：

“嗯，虽然不该这么说，但说白了，就是你年纪轻轻就沦为‘失败组’一员。”

麻生抬头看着纯平，当他们视线交会时，纯平立刻移开了视线，用轻快的语气说：

“这也是无可奈何的事，你在多愁善感的十几岁，经历了霸凌和茧居这种特别负面的事，在城市生存的激烈竞争中落败也很情有可原，一定是用那种方式过日子比较轻松。”

麻生觉得那是最近完全没有听到的、住在“那边”世界的人所说的话。

“那边”的人就是“霸凌者”，换句话说，就是“人生胜利组”。属于“那边”的人总是盛气凌人，对他人毫不留情，完全无法想象自己说的话可能伤害他人，甚至可能让人从此一蹶不振。他们缺乏同理心，处世精明，充满算计，狡猾奸诈，不屈不挠，而且总是莫名其妙地以高高在上的姿态出现。

不光是小孩子的世界，霸凌已经蔓延到大人的世界，但之所以不会曝光，是因为“那边”的人都很小心谨慎。他们精于算计，采用不会损及自身的方式，用家人、学校和公司绝对不会知道的方式伤害他人，把他人逼入绝境，而且毫无罪恶感。

麻生立刻从纯平的话中嗅到了“那边”的味道，原本对天真的后辈渐渐敞开的心门马上关了起来，发出咯吱咯吱的声音。

麻生默默站了起来，快步走向稻田。“咦？”纯平也站了起来，对着麻生的背影大声地问：

“午休已经结束了吗？”

麻生没有回答，他蹲在稻田里开始插秧。纯平小声抱怨了一句“搞什么呀”，然后倒头仰躺在地上，闭上了眼睛。

五点多时，终于插完了秧。夕阳把人影拉得长长的，投射在整齐的秧苗上。

插完秧之前，麻生和纯平没有再说一句话。纯平似乎知道是因为自己失言，麻生才会突然不说话，但并没有向他道歉，只是在插秧时不停地嘀咕着“麻烦死了”“累死人了”。

蕾美中途突然直起身体大吼一声：“吵死了，既然觉得那么麻烦，那就回去啊。”

纯平吓了一跳，立刻道歉说：“对不起，我会反省。”但蕾美可能不满意他缺乏诚意的道歉方式，气鼓鼓地默默插秧。

按照每年的惯例，插完秧后，大家都会聚集在奶奶家庆祝一番。邻居也会来奶奶家帮忙准备，今年志乃婶提早回家，代替去年之前在厨房张罗的奶奶做准备工作。

每年都来帮忙的年轻人手拿农具，在田埂上谈笑风生，一路走向茅葺屋顶的房子。插完秧的满足感让每个人情绪都很高涨，蕾美、麻生和纯平走在最后。

麻生的四肢充满了充分劳动后舒服的疲惫，心情却很郁闷。

午休时，纯平不经意地说的那番带着恶意的话让他立刻关上了心门。他没有反驳，也没有挥拳揍人，只是把心封闭起来了。原来之前遭到霸凌的那个自己，那个只要受到外界一丁点刺激就退缩的自己只是暂时沉睡而已，还仍然健在。比起纯平说的那番话，这件事更让他沮丧。

田端先生和看起来像他太太的人影突然出现在田埂的远方，他们向前来帮忙的村民打了招呼后，满面笑容地走到麻生和蕾美身旁。

“今天谢谢你们照顾我家纯平，真的非常感谢，可能反而增加了你们的困扰……”

田端先生向麻生和蕾美道谢，他们默默地鞠了一躬。

“你们干吗？为什么还特地跑来？”

纯平不悦地说。

“因为人家答应你临时参加，也教了你很多事，当然要好好道谢……”

纯平的母亲向儿子解释后，转头看着麻生说：

“我先生经常提到你，听说你帮助奶奶种稻米，还说你在他们的安养院工作也很认真……”

“是啊，真想让他吃一点你的指甲垢，向你好好学学。”

田端先生插嘴说，纯平不耐地皱起眉头。

“插秧怎么样？有没有稍微帮到忙？”

“我怎么知道？”

纯平把头转到一旁，没有正面回答父亲的问话。麻生再度感到怒不可遏。

这家伙是怎么回事啊？他父母来接他，他这是什么态度？

田端夫妇窘迫地苦笑着，他们一定对儿子的任性感到伤透脑筋，但仍然努力创造机会，让他和各种不同的人接触，累积一点社会经验，协助他走自己想要走的路，所以才特地安排他来体会一下插秧这种辛苦的事。

麻生体会到纯平父母的心情，正因为他们疼爱自己的儿子，才决定让他磨炼一下。没错，就好像……

就好像老妈抛下茧居在家的我一样。

麻生收起生气的表情，面带微笑地对田端夫妇说：

“他帮了我们很大的忙。我今天终于了解，插秧的时候帮忙的人手越多越好。”

田端夫妇顿时松了一口气，展露出笑容。蕾美一如往常，一脸想要说“真白痴”的表情，但紧闭着双唇。麻生转头看着纯平说：

“所以，如果下次你有空，再麻烦你来帮忙。接下来还要拔草、割稻、脱谷，在收成之前，恐怕会忙不完。”

纯平把头转到一旁说：

“我不会再来了。”

“喂，你这是什么态度？”田端先生对儿子咆哮。纯平恼羞成怒，忍无可忍地抱怨起来：

“因为在这里插秧很麻烦啊，不是用插秧机，而是拿着秧苗在地上挖洞，然后埋进土地……我本来就不适合这种好像在地上爬的工作，我要追求更好的生活，一定要去股票在东证一部上市的公司工作，总公司在东京的中心，有气派大楼的那种公司，穿着帅气的西装上下班，才不要做这种和臭泥巴打交道的……”

就在这时，田端先生的拳头突然打在纯平的脸上。

咚，一记沉闷的拳头，纯平向后倒在田埂上。麻生惊叫一声“啊！”立刻蹲在纯平身旁。他并不是想要为纯平挡拳头，而是不由自主地伸出了手。纯平的母亲和蕾美愣在那里说不出话。田端先生怒斥道：

“你……你什么时候变成这种自以为了不起的人！我和你妈辛辛苦苦把你养大，是为了让你变成这种没出息的人吗？你说的话，你刚才说的话不光侮辱了麻生，更是侮辱了所有从事农业、用汗水工作的人！你知不知道?！你给我道歉，给我跪在地上道歉！”

怎么了？发生什么事了？刚才在农田帮忙插秧的邻居纷纷走了过来。麻生不由自主地想要扶纯平，但纯平甩开他的手，自己站了起来。他的嘴巴破了，渗着血丝。纯平的母亲惊慌失措，仍然说不出话。

纯平用好像快冒出火的憎恶眼神瞪着父亲，双手拍了拍裤子上的泥巴，嘀咕了一声："太过分了。"

"你们这些人全都太过分了，我绝对不会原谅你们。"他用阴沉的声音说完，拨开站在稍远处围观的邻居跑走了。

"等——等一下，纯平！"

纯平的母亲终于叫了一声，跑去追儿子。麻生也想要追上去，田端先生抓住他的肩膀制止了他。

"别管他，不好好教训他，他根本搞不清楚状况。"

那天晚上，田端先生在庆功宴上表现得十分开心，好像什么事都没发生过。

纯平和他母亲没有再回来，但田端先生不顾第二天还要上班，和大家一起喝到深夜。

帮忙插秧的邻居也假装没有看到他们父子刚才的争执，用平常的态度和田端先生相处。麻生回到家后，和来帮忙的邻居太太、蕾美一起继续忙进忙出，但这样反而比较好，因为他一直觉得自己是田端父子争执的导火线，为此感到坐立不安。

和志乃婶一起在家里等大家的奶奶似乎在回来的人群中寻找纯平，但庆功宴开始后，她就忙着为大家倒甘酒，检查炉灶的火，忙碌不已，好像恢复了正常。麻生再度睁大眼睛看着奶奶。

好像随着稻苗渐渐生长，奶奶也慢慢找回了自己。

也许奶奶再也无法找回记忆，但看到奶奶充满活力，绽放出光芒，无疑是麻生最快乐的事。

也许是看着大家认真地栽种稻米，看着每一项作业，唤醒了在体内沉睡的真正的奶奶。看啊，发芽了，长叶子了，分蘖了，已经到了插秧的季节了。你会守护我们，对不对？奶奶仿佛在细心聆听稻米说话的声音。

将近深夜时，麻生和蕾美开车送田端先生回家。

蕾美坐在驾驶座，麻生坐在副驾驶座上，坐在车后座的田端先生有点醉意，心情大好地说："啊，真是一个美好的夜晚。你们一大早就开始做准备，插了一天的秧，没有喝一口酒，就一直在工作……一定累坏了。辛苦了。"

车子开了一阵子，车后座就传来鼾声。

"田端先生也累坏了。"

蕾美小声地说，麻生点了点头。

"他今天一整天都帮太太插秧，然后才来我们这里。"

而且还在众人面前打了自己的儿子，精神上也一定很疲倦。

"父亲差不多就是这种感觉吗？"麻生突然嘀咕。

"啊？"蕾美看着前方问道。

"我是说，是不是父亲都像田端先生一样，虽然很严格，但内心是为儿女着想……其实很温柔。"

父亲在麻生年少时就离开了，离开之前，他很疼爱年幼的麻生，从来没有责骂过他。

所以，今天看到田端先生挥拳打纯平，他受到了不小的冲击，好像那一拳打在自己身上。那一拳痛得发麻，严厉却又温柔。

纯平的母亲插了一天的秧应该也累坏了，但特地来向麻生打招呼，谢谢他照顾儿子。当儿子挨了父亲的骂，又担心地跑去追他，母亲都无条件地疼爱自己的孩子，为自己的孩子担忧。

“是啊，我也不是很清楚……我出生的时候，就没有亲生父亲。对我来说，父亲就是新多爸爸。”

蕾美说了意想不到的话，麻生看着蕾美白皙的侧脸。

“呃……所以，你妈和我爸再婚之前，你们是……单亲家庭？”

“对啊。”蕾美没有丝毫的尴尬。

“妈妈是护理师，爱上了在同一家医院上班的医生……那个医生有妻儿，所以妈妈一个人生下了我。”

在蕾美读高中时，她母亲说：“我有重要的话对你说。”然后说出了她的身世。

我当年爱上了有家室的男人，结果怀了你……妈妈决定生下你，独力把你抚养成人。你的父亲是一个很优秀的人……因为我爱他，所以更觉得他很优秀。他没有欺骗我，他对我说，虽然我很珍惜你，但我无法离开妻儿，我能做的就是提供养育费给即将出生的孩子，绝不会让我太太知道你的存在，然后和你分手。

虽然听起来很冷漠，但他的这番话推了我一把。我决定离开他任职的医院，一个人生下你，把你养育成人。

家人当然大力反对，父母气得发疯，叫我再也不要回家。你外公那时候是町议会议员，正打算参选下一届町议会议长，所以我无法带着你回老家。

“当妈妈告诉我这件事时，我的确很震惊，因为我之前就很纳闷，为什么我没有爸爸，也没有外公、外婆、爷爷、奶奶，更没有兄弟姐妹，只有妈妈而已。我很怕见到妈妈以外的人……结果，就不敢去学校了。”

蕾美的母亲为什么突然对年仅十六岁的女儿说她们成为单亲家庭的经过?

因为她要告诉蕾美，即将有一个“新爸爸”出现。

“那时候，新多爸爸是妈妈工作的那家医院的病人。”蕾美说，“在检查时发现了癌症，所以就住院了。他们就是在那个时候认识，之后开始交往。新多爸爸迟迟不愿再婚，觉得自己做生意失败，债务缠身，疾病很可能复发，这样没问题吗?妈妈对他说，愿意接受他的全部，包括他的债务和疾病在内……”

蕾美轻松地聊起自己身世的秘密，以及和麻生的父亲认识的经过。

这些事完美地填补了麻生在长大之后始终无从得知的、父亲人生最后的空白部分。

父亲生意失败，债务缠身，因为不想给母亲添麻烦，从此销声匿迹，杳无音信。

之后，麻生的父亲认识了蕾美的母亲，最后决定牵手，战战兢兢地一步一步走向不知道通往哪里的路。

原来是这样。麻生似乎看到了父亲的身影，觉得眼前的雾终于散开了。

他的内心深处曾经痛恨突然消失无踪的父亲，想到父亲离开之后，不知道母亲和自己含辛茹苦过日子，独自一个人去享福，就觉得心有不甘。久而久之，他告诉自己，原本就没有父亲，避免再受这些烦恼的困扰。

但是——

债务和疾病缠身的父亲也孤独地过日子，然后领悟到自己的生命即将走到终点，在人生的最后，再度遇到了愿意接受自己的人，愿意接受包括负债在内的所有一切，也因此得到了蕾美这个“女儿”。

父亲最后为蕾美留下了故乡蓼科和生活在这里的奶奶。

“我很幸运。”

蕾美握着方向盘叹着气说：

“虽然时间很短暂，但有爸爸、妈妈，也来到蓼科，认识了奶奶。我之前没有爸爸，没有奶奶，也没有故乡，但一下子全都得到了……所以我很幸运，这都是新爸爸带给我的。”

说到这里，她停顿了一下，看着前方明确地说：

“我对新爸爸有很多、很多的感谢。”

很多、很多的感谢。

这句话静静地打在麻生的心里。

月光照在笔直的路上，热闹的蛙鸣声此起彼落。

7

御射鹿池

正午的太阳高挂在空中，无情地照着一大片绿油油、望不到尽头的稻田。

麻生和蕾美在奶奶的稻田正中央拔草，根本无暇擦额头滴下的汗水。插秧之后，即使要上班的日子，麻生也都早起在稻田里默默拔草。

在奶奶的稻田中，无论草还是虫子，只要不影响稻米生长，就任其在稻田中生存，但要找出会影响稻米生长的夏草割除，这是一项十分重要的作业。为了让稻株根部能够照到阳光吹到风，让稻株更容易分蘖，也必须勤快地拔草。

麻生手拿镰刀走进水田，蹲在稻株和稻株之间割草，一切当然都是手工作业。在这个季节，稻子一天比一天高。志乃婶说："目前是稻米的青年期，每天都在长大。"她说得完全没错，稻叶挺拔有力，反射着阳光，洋溢着生命的活力，充满向天空生长的意志。

刚开始种稻米时，麻生听到奶奶和志乃婶经常把稻啊米啊拟人化，觉得很奇怪，但现在每天去稻田照顾，和稻子接触后，真的觉得它们就像是自己的朋友。每次走进稻田，他就会忍不住打招呼：

“嗨，还好吗？”“今天也要帮你们拔草。”“地鼠有没有来捣乱？”而且每次都是情不自禁地对它们说话。

蕾美必须照顾奶奶，所以无法每天都下田。但麻生休假时，她就请看护来家里照顾奶奶，和麻生一起去稻田，她也会不由自主地对稻子说：“长大了哟。”“看起来很不错。”

志乃婶经常叮嘱他们，在烈日下一直蹲在农田里很危险，所以他们都会轮流去樱花树下休息。麻生站起来对蕾美说：“差不多该休息了。”然后回头看向樱花树的方向，忍不住“咦？”了一声。

奶奶站在树荫下。正午的时候，即使树荫下也很热，所以麻生和蕾美讨论后决定，夏天的时候不带奶奶来稻田。这一天，奶奶也和看护一起留在家里。

“你看，奶奶来了。”

正在专心拔草的蕾美听到麻生的声音，惊讶地站了起来。

“啊，真的来了。”

水田里都是水，很不好走，但蕾美和麻生还是急急忙忙走向奶奶。

“奶奶，你怎么可以来这里？你站在这里小心会中暑。”

蕾美抓着奶奶的手说。

“赶快回家吧，看护一定在找你，不要让人家为难嘛。”

奶奶甩开蕾美的手，像小女孩一样摇着头，扭着身体。

“这是我的稻田，我要自己拔草，之前也都是这样，我要拔草。”

奶奶说完，快步走向稻田。

“等——一下，奶奶！你没穿长胶鞋啊！”

麻生慌忙追了上去，顺势用力抓住奶奶干瘦的手臂。

“好痛！”奶奶轻轻叫了一声，蕾美立刻脸色大变地跑了过来，搂着奶奶的肩膀。

“你不要这么粗鲁，只要稍不留神，就会造成骨折。”

说完，她又立刻用温柔的声音说：

“奶奶，我们走吧。”

她搂着奶奶的肩膀，拉着她沿着田埂走回家，但奶奶拼命摇头说：“不要不要，不要不要。”频频回头看向稻田的方向，无可奈何地跟着蕾美回家。

麻生看着她们离去的背影，不由得叹了一口气。

插秧之前，他们曾经抱着一丝期待，以为奶奶的失忆症可能会好转。事实上，随着稻苗渐渐长大，奶奶的确渐渐有了活力，也经常在农田旁看他们工作，激励茁壮成长的稻苗，也为第一次挑战种稻米的麻生和蕾美加油。

但是，插完秧后，奶奶的症状反而好像退步了。不知道是否因为完成了插秧这件大事后心情松懈了，还是因为突然回来而感到欣喜万分的儿子新多——其实是田端先生的儿子纯平——再度消失而感到失望。

田端先生说，要怀抱“希望”，认为只要努力，“希望”就会成真。失忆症病人的家属需要抱有这种希望，任何微小的希望都无妨。

当时，麻生真心希望可以再次吃到奶奶做的饭团。不久之前，他还每天理所当然地带着奶奶做的大饭团去上班，如今，这么微不足道的事已经变成了奢求。虽然令人难过，但现在蕾美每天为他做更大的饭团。蕾美的饭团每天激励、安慰了他。

蕾美似乎是完美主义者，无论是稻田的事还是奶奶的事都完全不偷懒，但最近似乎有点疲累了。

她个性好胜，或许是因为对男生感到恐惧，所以在男生面前总是咄咄逼人，只有对麻生的态度渐渐好转，但在插秧后，看到奶奶的症状倒退，她比以前更容易烦躁。

只要奶奶稍微离开她的视线范围，或是看护晚来了，她就会满脸不悦，下厨时和对奶奶的态度也很粗暴。“奶奶，你不要乱来呀。”“我之前不是告诉你，不能随便乱走吗？”“不要走来走去，就坐在这里吧。”简直把奶奶当成了小孩子。麻生实在看不过去，不经意地提醒她：

“奶奶也有自己想做的事，你不要把她逼得那么紧。”

蕾美听了，立刻火冒三丈。

“不管她的话，万一走失了怎么办？”

于是，她比之前更加严厉地监视奶奶。

田端先生的儿子纯平意外地让奶奶的病情有所好转。但他在插秧的当天晚上，就生气地回了东京的出租屋。对自尊心强的年轻人来说，在众人面前被父亲打的确很受伤。他回东京之后，就不再和家里联络。他的母亲很担心，去他的出租屋找他，他也整天躲在被子里，对母亲说：“不要管我。”

“他太脆弱了，真是伤脑筋。只要稍微遇到一点挫折，他就害怕不已，觉得从此完蛋了，担心会沦为人生失败者。”

田端先生叹着气告诉麻生。

无论考大学还是找工作，他都觉得一旦失败，后果不堪设想，所以畏首畏尾，无法尽情展示自己。

只有不断经历失败才能成长，只有自己受过伤，才能成为了解他人痛楚的大人。

麻生现在知道田端先生说的话很正确，但是，以前的自己所想的和纯平差不多。虽然自尊心没那么强，也不像他那样想要追求更好的生活，但内心也充满不满，觉得社会不接受自己，无论怎么努力都无法被接受，所以心灰意冷，觉得自己无能为力。两个人在这些想法上很相似。

“无论如何，他也算帮你们插了秧，为了让他延毕，还要筹措他的学费和生活费，真是搞不懂他，到底想要靠爸妈到什么时候……”

田端先生说完，苦笑起来。虽然他嘴上这么说，但还是一个好爸爸。

麻生拔完草后，大汗淋漓地回到家，发现看护户川太太和蕾美站在门口说话。“我回来了。”麻生打了招呼，蕾美一句话也没说，脸色苍白地走进屋里。看来她很不高兴，到底发生了什么事？

“今天真对不起，我稍不留神，奶奶就跑出去了……”

户川太太对晒得黝黑的麻生说，然后突然压低嗓门说：

“因为我发现了很可怕的东西，为了处理这件事，在浴室忙了半天，奶奶就是趁这个时候溜出去的。”

户川太太口中的“可怕的东西”，原来是大量的脏内裤。

奶奶最近开始失禁，她把脏内裤都塞在自己房间的壁橱内。户川太太闻到恶臭，打开壁橱一看，发现一大堆脏内裤。户川太太吓了一大跳，决定立刻拿去清洗，所以把内裤拿进浴室，用大盆子先洗了一下，又用洗衣机洗了两次，奶奶就是趁这个时候溜出去的。

麻生听着户川太太说话，不知道自己该不该听这些事。奶奶一定不想被别人知道，才会把脏内裤藏进壁橱里。蕾美有没有发现奶奶的内裤越来越少？是不是已经发现，但顾及奶奶的面子，所以才没有追问？奶奶和蕾美都不希望自己这个男人知道这件事吧？

“所以，我刚才拜托蕾美，请她今天去买新的内裤和尿布。你们还很年轻，要你们照顾高龄者‘下半身’的问题可能有点困难，但既然已经发生了，就无可奈何了，不如调整心态面对，知道吗？”

户川太太拍了麻生的肩膀两三下鼓励他，“时间已经到了，那我先走了。”然后就匆匆离开了。

麻生脱下满是泥巴的长胶鞋走进家里，经过奶奶房间门口时，听到紧闭的纸门内传来蕾美激动的声音。

“为什么瞒着我？不管发生什么事，至少应该告诉我……”

麻生完全听不到奶奶说话的声音，他蹑手蹑脚地走去浴室。

这个家的浴缸是所谓的“五右卫门风吕”[①]，必须用木柴烧热水。麻生还是小孩子的时候就一直如此，当年是奶奶教他怎么烧洗澡水。奶奶把木柴排放在浴缸下方的铁板上，用吹火竹吹火，让火烧得更旺。排放木柴的地方在浴室外，所以要扯着嗓子问正在洗澡的人：“水温可以吗？”这种吆喝方式也是奶奶教他的。听到“水温刚刚好”的回答，烧火的人就会很高兴。用木柴烧的水不容易冷，洗完澡之后，身体也会暖和很久。奶奶说，她喜欢这种感觉，所以始终没有换方便的燃气加热浴缸。

麻生放好木柴，点了火，用吹火竹吹入空气时，忍不住想起以前和父亲一起泡澡的情景。

他不记得曾经和母亲一起在这个家里洗过澡。浴缸底部的木板好像是什么特殊的机关，年幼的麻生每次走进浴缸时，总是紧紧抱着父亲。“如果没有踏在木板上就会很烫哦。”听到父亲这么说，他更害

---

① “五右卫门”是日本古时的大盗，处死刑时被扔进油锅活活炸死。“风吕”原意为澡盆。后把在铁锅内洗澡称为“五右卫门风吕”。——编者注

怕了。当他和父亲一起在浴缸里泡澡时，奶奶就会吆喝：“水温可以吗？”每次都是麻生回答：“水温刚刚好。”回想起这些事时，他情不自禁地露出笑容。

真是美好的时代。

那时候，自己在父亲、母亲的守护下，向奶奶学了很多事，对自己的生活没有丝毫的疑问，没有辛苦，也没有痛苦，在阳光下一天一天长大。

麻生当时做梦也不会想到，不久之后，将会面对好像在咀嚼沙子般的痛苦日子。

母亲离家出走，父亲已经离开人世。回过神时，自己来到了蓼科，和以前一样，排放木柴，用吹火竹吹气，用五右卫门风吕烧满满一缸热水。

父亲和母亲都不在了，天真无邪的自己也已经不在。

如今的自己前途茫茫。虽然持续工作，也开始种稻米，但完全不知道未来的方向。

奶奶也一样，不知道日后会怎么样。

虽然仍然想要怀抱“小小的希望”，但如果说内心没有不安，当然是骗人的。

有没有什么方法可以让奶奶好起来？

麻生突然想到了什么，把手伸进牛仔裤后口袋，拿出了手机。

当奶奶的症状恶化时，志乃婶建议他重新买了手机以备不时之需。电话费应该会按月从母亲的账户扣款，最近他除了发短信给志乃婶和蕾美，用于最低限度的联络以外很少用手机，从来没有碰过曾经热衷得废寝忘食的网络和游戏。

但是，他用手机拍了很多照片，都是稻田和稻苗的照片。

他最初拍了冬季结束时宛如荒凉的原野般的灰色稻田，之后每次去稻田，都会拍下制作苗床、播稻种、发芽、秧苗茁壮成长的样子，就像年轻的父亲对儿女的成长乐在其中，不断拍照留念一样。目前的手机待机画面也是稻叶饱满的稻子照片。

他打开手机盖子，小小的屏幕上出现了绿油油的稻田。

麻生注视着这个小宇宙，然后从通讯录中寻找田端纯平的手机号码。

之前插秧时，田端先生留下了纯平的手机和邮箱，“如果有什么事，直接和我儿子联络。”麻生蹲在灶前，传了一封邮件给他。

上次插的秧苗长这么大了，要不要回来看一看？

麻生

他附上手机待机画面上的照片，一起传了出去。至于纯平会不会回复，只能赌赌看了。

纯平那家伙应该不是坏人，和他爸爸一样，内心应该很温暖。

他上次来帮忙时，虽然不停地抱怨“麻烦死了”“无聊死了”，但他并没有中途放弃他眼中麻烦又无聊的插秧，而是坚持到最后。

田端先生说，纯平是为了让父母为他出延毕的学费才答应来帮忙，但如果是精于算计的人，可以在开始时稍微做做样子，就说自己帮了忙。可他只是对着稻苗抱怨“麻烦死了”“无聊死了”，就像我们会对稻苗说“你长大了”一样。

纯平，上次你对着说话的秧苗，如今已经长这么大了。

不管纯平会不会回复，麻生还是想让他看看，他当时插的秧苗目前的成长情况。

说句心里话，麻生希望纯平可以再度上门，奶奶一定会很高兴，一定会笑着说，新多又回来了。

纯平比自己更像父亲这件事让麻生的心情有点复杂，但只要能让奶奶展露笑颜，让她好起来，这件事并不重要。

如果纯平愿意再度去稻田那就更棒了，即使只是去发泄内心压抑的不满和怨言也无妨。

麻生想着这些事，用力向吹火竹吹气，心想着希望可以再度听到奶奶吆喝："水温可以吗？"

纯平果然没有回复。

麻生并不抱有期待，但内心还是忍不住想，如果他看到成长的秧苗照片，愿意回复一句话，不知道该有多好。

自己不适合这种趴在地上的工作。那天插完秧后，他曾经大放厥词。虽然当时听了很生气，但现在回想起来，那是他在奋力反抗。

他找工作不如意，也许很担心自己就这样趴在地上，永远都站不起来。也许是这种想法让他感到害怕。

自己之前茧居在家时也一样，当初之所以足不出户，是因为觉得自己也许无法在残酷的社会中生存，为此感到害怕。

但是，如今终于知道，就像稻子会在稻田中生长一样，自己也具备了能够在蓝天下不断成长的本能。

小小一颗稻种变成了绿油油的稻苗，具备了不断生长的力量。奶奶在他们种稻米之前曾经说过："要相信稻米的力量，陪伴它们坚持到最后。"

必须相信生命与生俱来的本能和力量，也就是相信生存的力量，相信生命不会放弃生存的力量。

可以把“稻米的力量”改成“人类的力量”，进而变成“自己的力量”。

相信“自己的力量”，陪伴自己坚持到最后。

他觉得奶奶在对他这么说，他希望把这番话转达给纯平。

奶奶隐藏的“秘密”被发现至今已经一个星期。

麻生不太了解详细的情况，但奶奶和蕾美之间似乎达成了协议。

奶奶拒绝使用尿布，当奶奶和蕾美关在奶奶房间时，麻生好几次听到蕾美试图说服她：“奶奶，你用这个好不好？”奶奶可能不答应，所以始终保持沉默。

蕾美一天比一天烦躁，她没有找麻生或志乃婶商量，而是努力独自克服眼前的难关。她似乎决定“下半身”的事，由自己和奶奶自行处理。

奶奶和蕾美似乎终于达成协议，奶奶想去厕所时不要忍耐，向蕾美或看护发出某些讯息，立刻带她去厕所。奶奶和蕾美在麻生面前都不愿提起这件事，所以他只能想象“应该是这么一回事”。

这件事之后，蕾美比之前更加黏着奶奶，整天形影不离。

麻生每天早晚上班前和下班后，都会去稻田，不畏辛劳地拔草，每天都忙得浑身是汗，早晚用手机拍下稻田的情况，把照片传给纯平，邮件的主题是“活着的我们”。

这是他临时想到的主题，原本写的是“我们的稻田”，但突然想起之前田端先生说过的这几个字。

可以感受到大自然、生命和自己，感受到活着的我们。

田端先生说这句话时双眼发亮。

活着的我们。麻生记得当时感觉到这句话仿佛温柔地伸出手，轻抚了心的表面。

那句话为什么会打动自己?

眺望着眼前的稻田，会觉得自己完全融入了这个小宇宙，宛如风吹，宛如下雨般，自己的身体、自己的心很自然地感受到了。

我们都活着，我们具备了不放弃活下去的力量。

希望这句话可以传到纯平心里，也可以传到蕾美的心里。

麻生除了把稻田的照片传给纯平以外，也同时传给了蕾美。虽然蕾美几乎不看电子邮件，但最近她没时间去稻田，所以麻生想发照片让她看一下。和纯平一样，发给蕾美的照片也没有留任何信息，只写了“活着的我们”这个主题。

一个月过去了。

八月上旬，水稻的样子出现了变化，开始出穗了。

梅雨季节结束，在酷热的夏天水稻不断分蘖，在不断长高的茎中已经逐渐做好了出穗的准备。在穗冒出茎的顶端之前，水稻会长出名为止叶的最后一片叶子，之后才开始出穗，稻米就会开花。

那天早上，麻生在出门上班前，像往常一样独自走去稻田，立刻发现稻田和平时不太一样。整片稻田好像膨胀了起来，有一个小小的人影出现在稻田正中央。

奶奶的稻田开花了，枝梗前端接二连三地开出雄蕊，向内侧的雌蕊授粉。之前曾经听志乃婶说，开花时间只有短短的三十分钟至一小时，如果开稻花时刚好在稻田内，就会陷入一种错觉，觉得整片稻田都膨胀变白了。

蹲在膨胀稻田中央的人影站了起来，站在田埂上的麻生忍不住“啊！”了一声。

是纯平。

“喂！纯平！”

麻生挥着双手，大声叫着。纯平转过头，露出尴尬的苦笑。麻生拨开稻子走向纯平。

“嗨！”“嘿！”两个人简短地打了招呼。即使不需要“你回来了吗”“我回来了”之类的问答，麻生也能了解纯平的想法。他每天都发稻穗成长的照片给纯平，每次都写相同的主题“活着的我们”，所以纯平回来亲眼看一下自己辛苦种的水稻。

“感觉白白的，我原本一直以为稻子不是绿色就是金黄色。”

“我也是今天第一次看到，稻子开花了。”

纯平听了，惊讶地睁大眼睛。

“开花？稻子会开花？”

“当然啊。”麻生笑了起来，但其实他当初听到时也吓了一跳。因为他从来没看过稻花，也完全没有想过水稻会开花。

“花中有雄蕊和雌蕊，进行授粉，属于自花授粉。小学的自然课不是学过吗？”

“自花授粉？自然课？惨了，我完全不记得。”

纯平用力拍着自己的额头，他的手上沾满了泥土。

他一定一大早就来到这里拔草——不是因为别人的要求，而是主动来拔草。

“什么时候回来的？”

“昨晚搭末班车，我事先没有联络任何人，突然回了家，我爸妈吓了一大跳。”

麻生的脑海中浮现出田端夫妇惊讶的脸渐渐展露笑容。

“还顺利吗？求职……”麻生问到一半，立刻改口说，“啊，听说你今年放弃，打算延毕，明年再挑战一次吧？”

纯平窘迫地移开视线。

“……再……那个……想说今年……”

他吞吞吐吐了一下，抬起头正视麻生，语气坚定地说：

“找工作的事我想再努力看看。”

他的双眼中映照着夏日的天空。麻生凝视着眼前这个好像重生般的年轻人清澈的双眼。

“麻生哥，我想要让你和它们听听我的决心。”

纯平说完，环视着开满稻花的稻田。麻生也跟着他眺望着这片美丽的绿田。

微风吹来，稻子沙沙沙地唱着歌。听说一根稻穗上会绽放超过一百朵以上的稻花，稻米就是用这种方式授粉、结实，最后迎接丰收的时刻。

“我还可以再来吗？……可以让我帮忙吗？”

麻生用力点头，回答了纯平的问题。

那天，麻生去青峰寮工作时，田端先生满面笑容地向他打招呼。

“我听纯平说了，听说开稻花了？”

他的声音听起来很兴奋。看到任性的儿子突然回来，他一定乐坏了，对儿子主动在稻田帮忙，以及决定今年再继续努力找工作也很高兴。

“对，我们很幸运，听志乃婶说，稻花只开一天，而且开花的时间也不长，我们刚好看到了，特别幸运，我们都很开心，一起拔了很多草。”

麻生也兴奋地回答。

“这怎么行啊？不行不行。”

没想到田端先生抱怨起来。

田端先生说，开花、授粉期是水稻一生中最敏感、最容易受外界影响的时期，所以开花期时要避免进入稻田。

“就是稻米结婚、生小孩的时期，女人在怀孕之后不是会变得很敏感吗？道理是一样的……你还是单身，恐怕不了解。”

田端先生叮嘱他，这段时间暂时不要拔草，也不要走进稻田。

“你们今天见证了稻米的婚礼，真的很幸运，可惜你们走红毯的时候穿的是沾满泥巴的长胶鞋。”

听到田端先生形容得这么风雅，麻生觉得很好笑。

虽然纯平只是短暂回家一趟，又回到了稻田，但田端先生一定很高兴。

纯平在开花的稻田中和麻生重逢，但他并没有去奶奶家，因为下午在东京有一场招聘会，他要立刻赶回去。

“去家里坐一下吧，奶奶一定很高兴。”麻生邀请他。

“我知道，但下次再去。”

他和麻生约定，暑假时会再回来，然后就匆匆赶回东京了。

麻生忍不住感到遗憾。因为他觉得如果“像父亲”的纯平再度出现，搞不好可以为奶奶的心灵发动引擎，让奶奶的病情有所好转。

志乃婶之前交代，盛夏季节带奶奶去稻田，会过度消耗奶奶的体力，造成危险。麻生对无法带奶奶去稻田感到痛苦不已。

“那是奶奶的稻田，稍微去看一下应该没问题吧。”

虽然他曾经这么提醒，但蕾美坚决不同意。

“奶奶的体力消耗是我们的好几倍，光是走去稻田就要十五分钟，如果在走到稻田之前就昏倒怎么办？”

麻生觉得可以趁比较凉快的清晨或是傍晚去，但蕾美那个时间要做饭，不能同行，所以还是不答应。

奶奶整天关在家里，连麻生都感到有点窒息。看到奶奶目前的状况，他不时想起以前那段足不出户的日子。

那时候自己虽然闷闷不乐，但却是自己拒绝外出，奶奶的情况却不一样。

水稻开花的一个星期后，麻生在下班后去了好久不见的志乃婶店里。对于奶奶和蕾美之间关系紧张这件事，只有找志乃婶商量。

店内门可罗雀，志乃婶和麻生面对面坐在桌子旁，听他说明了情况。听完之后，志乃婶忍不住叹了一口气。

“原来是这样，这可不行。真朝婆婆和蕾美目前的关系太紧绷了，再这样下去，不光是真朝婆婆，连蕾美都会出问题。”

蕾美的个性太认真了，凡事都不允许妥协。这并不是坏事，但她在奶奶的问题上也都严格规定，不允许丝毫妥协，这会令双方都喘不过气，没有退路。

“这是由爱生严，”志乃婶说，“我可以感受到她多爱奶奶，因为对她来说，那是她唯一的亲人……虽然没有血缘关系。”

麻生也了解蕾美多爱奶奶，但正因为爱奶奶，不是更不应该过度束缚奶奶吗？

“好，走吧。”志乃婶说完这句话站了起来。

“啊？走去哪里？”麻生问。

“当然去你家啊，我去和蕾美当面谈谈，这样最能够解决问题。”

志乃婶在这种时候总是当机立断。

麻生事先传了邮件给蕾美，说今天会晚回家，所以蕾美已经让奶奶先吃了晚餐，看到麻生和志乃婶一起回家，她格外高兴。“哇，志乃婶，好久不见了。”自从插秧后，志乃婶来教他们拔草后，她们已经有一个半月没见面了。

“麻生今天来店里，向我报告稻田的近况，聊了一阵子，我想来看看你。”

志乃婶拉起奶奶的双手，面带笑容地说：

“真朝婆婆，好久不见。我是志乃，你稻田里的水稻开花了，很快就会结果实，真令人期待。”

奶奶吃惊地回握了志乃婶的双手。

“稻米开花了？我不知道……什么时候？”

“没关系，没关系。即使奶奶不知道，我们也有好好照顾，稻子长得很好，你看。”

蕾美说着，把手机画面出示在奶奶面前。那是麻生持续每隔三天发给蕾美和纯平的稻田照片，志乃婶也在一旁探头看照片。

“啊，真的长得很好。蕾美，你怎么没把照片发给我？”

“志乃婶想看的话，随时都可以看到，但奶奶看不到，所以就想让她看看照片。”

蕾美说话的态度，好像是她拍的照片。算了，不跟她计较。麻生看着她们三个人。奶奶用湿润的双眼看着手机屏幕，什么话都没说。

志乃婶也在家里一起吃了饭，然后早早地把奶奶送回卧室，三个人坐在没有烧火的地炉旁。

“蕾美，我有一个提议，”志乃婶开了口，“让真朝婆婆去日托，每星期去一次就好。”

“日托？”蕾美重复了一遍，“就是让奶奶去安养院日托吗？”

“对啊，田端先生工作的青峰寮也有针对失忆症老人的日托服务，每个星期安排一次，一次去几个小时。那里会负责接送，安养院里有很多老人，大家可以相互交流，真朝婆婆一定会很高兴。”

“为什么？”蕾美似乎完全无法理解，“我平时负责照顾奶奶，需要去稻田时会请看护户川太太来帮忙，照顾奶奶并没有问题。对奶奶来说，留在家里不是最安心吗？”

“蕾美，你错了，”志乃婶语气坚定地说，“真朝婆婆在家时并不是她感到安心，而是你感到安心。”

蕾美抿着嘴不说话，看着志乃婶，她的脸色越来越苍白。志乃婶又继续说道：

“真朝婆婆现在就像是你的洋娃娃，你把她关在家里一个人玩。因为她无法反抗，所以你不让她出门，也不让她和任何人见面。虽然你说在照顾她，但这只是你的自我满足吧？”

志乃婶直言不讳，麻生也吓得脸色发白，看到蕾美的表情完全僵住了，他忍不住说：

“呃……志乃婶，我觉得蕾美并不是自我满足……”

“你先不要说话。”志乃婶瞪了他一眼，麻生立刻把身体缩了起来。志乃婶今天的气势和平时很不一样。

“蕾美，你听我说。虽然真朝婆婆患了失忆症，但她具有‘自我'，你因为太担心奶奶了，夺走了奶奶的'自我'，换句话说，就是夺走了她身为一个人的尊严。如果你身处奶奶的立场，会有什么感想？”

志乃婶问蕾美。

“即使很担心稻田的状况，也不能去看稻田，想要和别人见面聊天，也无法出门见人，一整天都关在家里，只能见到你和麻生。怎么样？你不会感到窒息吗？有家人悉心照顾当然很好，但和家人以外的人——左邻右舍、同年纪的朋友和年轻的照护师接触交流，也一定可以成为良好的刺激。我很了解你多么关心奶奶，但是，我认为这是你希望得到别人的关心。”

蕾美的肩膀抖了一下，她脸色苍白，咬着嘴唇低头不语。麻生紧张不已，不敢开口。

“因为……因为……我很害怕，因为我只有奶奶一个亲人……”

蕾美紧闭的双唇终于断断续续吐出了心里的想法，麻生不发一语地看着她低着的脸。

“妈妈和新多爸爸都离开了……我本来就没有朋友……如果奶奶再有什么三长两短……我这次，真的变成孤单一人了……我不要，这样太可怕了……”

蕾美的眼中含着泪水，然后有一滴掉落，顺着脸颊滑了下来。

麻生看到这一幕，憋了一口气，然后就像释放抱在胸前的小鸟般，鼓起勇气对她说：

“不是还有我吗？”

蕾美的脸上流了好几行泪水，抬起了头。她含泪的双眼映照着麻生的脸，微微颤抖着。

这是麻生的真心话，是他真诚的心声。

蕾美，你并不孤独，我绝对不会让你孤独。

你不是还有我吗?

我一定会保护你，保护你、奶奶和稻田。

他很想对蕾美说这些话，但慌忙中说了其他的话：

“应该说，除了我以外，不是还有志乃婶吗？还有田端先生、纯平，呃，还有‘年轻人’的山田先生、长谷川先生和武田先生……”

他列举了所有他知道的名字，公司的老板、总务的池本先生、志乃婶的老公、细川医生、看护的户川太太……

在一旁静静听着的志乃婶忍不住笑了起来，然后笑着说：“没错没错，麻生说得对。蕾美，你看，你根本不是孤单一人。你有麻生，还有我，有很多朋友。所以，你可以暂时忘记奶奶的事，不会有问题的。”

然后，志乃婶拍了拍麻生的肩膀说：“你也一样，麻生，你也不是孤单一人，有蕾美，有我，还有你刚才说了一大堆名字的那些人，大家都会支持你。”

蕾美惊讶地看着志乃婶，泪水再度涌向双眼。

“志乃婶……”

她叫了一声，扑向志乃婶，然后像少女般放声大哭起来。

“哦哦，哦哦，好了好了，没关系，没关系，你是好孩子，我知道，我都知道。”

志乃婶好像在哄婴儿般紧紧抱着蕾美，不停地拍着她的背。

麻生用手掌搓了搓鼻子，抬头看着天花板，她们相拥的身影在他眼中模糊了。

蕾美，你还有我。

他又说了一次，但这次是在心里默默地说。

已经抬起头，不让泪水流下来了……但是没用啊，泪水还是不停地流。

泪水的味道是咸的，但很温暖，蕾美脸上的泪水一定也很温暖。他深信不疑。

九月初，蓼科的天空已经有了秋意。

蔚蓝的天空点缀着几朵白云，一扫酷夏的热气，青色的八岳山屹立在蓝天下。

“那就拜托了。”

“奶奶，路上小心。”

麻生和蕾美一起站在庭院，目送着在照护师的带领下，从田埂上渐渐走远的奶奶。今天是奶奶去青峰寮日托的第一天。

他们听从了志乃婶的建议，决定请专家协助，所以特地挑选麻生休假的日子送奶奶去青峰寮，避免在那里遇到正在打扫的麻生。

“好了，今天要做什么？要不要去稻田？”

蕾美故作开朗地说。虽然终于送奶奶出门了，但她心里应该很担心，故意假装很有精神。

“今天会很开心的。”麻生也努力用开心的语气回答。

“今天要在稻田周围拉网，避免野猪跑进去。还要做稻草人，我已经想好要做怎样的稻草人了。”

“真的吗？”

麻生拿出放在牛仔裤口袋里的“稻草人设计图”出示在蕾美面

前，蕾美立刻笑了起来。

“根本不是人嘛。”

“对啊，是大家的英雄‘面包超人’，很帅吧？”

“不行，红豆面包会被麻雀吃掉。”

两个人相视而笑，拿起铲子和镰刀走去稻田，发现纯平站在渐渐染上黄色的稻田旁。

“你这么早就来了！”麻生向他打了招呼。“嗨！”纯平拿下帽子向他们打招呼。蕾美仍然对纯平心生警戒，但从麻生口中得知他没有放弃求职、目前正在继续努力后，开始对他刮目相看。

“求职的情况怎么样？”

“慢慢在找呢，”听到麻生的问话，纯平苦笑着回答，“但是我决定了，事到如今，不再急于求结果，而是静下心来慢慢寻找。然后……之前一直执着于媒体或是在东证一部上市股票的企业，但现在决定不在意公司的大小和名头。”

麻生怀疑自己听错了。经过一个夏天，纯平完全变了。到底发生了什么事？

“太了不起了，原来人真的可以改变。”

麻生再度感到佩服，纯平害羞得脸都红了，“怎么样？改变不行吗？”

当然没理由不可以改变，相反，我们应该不断地追求改变。

要像这些稻子一样，向着蓝天生长、开花、结果，随着季节不断改变、成长。

他们在稻田周围打桩，拉起网子，割完水堤和田埂上的草，刚好中午了。

“吃午饭吧，我做了饭团，一起回家吧。”蕾美提议。

“哦哦，那我终于可以见到久违的‘老妈’了，对不对？”

纯平一脸开心，得意地对麻生说。麻生想起纯平第一次去奶奶家时，奶奶误以为是自己的儿子回来了，欣喜若狂的样子。麻生笑着回答说：“是啊，‘老爸’。”

纯平以为奶奶会在玄关欢迎他，听到奶奶今天去了安养院日托，难掩失望。

“为什么不早告诉我真朝婆婆不在家……”

“你想见奶奶吗？”麻生出乎意料地问。

“嗯，我看到真朝婆婆觉得很亲切，因为感觉和我死去的奶奶很像……你们看。”

说完，他向麻生和蕾美出示了智能手机上的数张照片。

一个皮肤黝黑、一头白发的妇人和看起来像是中学一二年级的纯平站在一起，两个人都笑得很开心。

“哇！”麻生和蕾美同时叫了起来。

“真的有点像奶奶。”麻生感叹地说。蕾美却表达了完全不同的意见。

“纯平一点都不像新多爸爸啊。”

“啊？”这次轮到麻生和纯平异口同声地叫了起来。

“真朝婆婆不是叫我‘新多’吗？不是应该和我长得一模一样？”

纯平语带惋惜地说。麻生也一直搞不懂纯平哪里像父亲，但既然奶奶会认错，应该某些地方很像吧。

“一点都不像，不管是小时候的纯平，还是现在的纯平，都完全不像。”

听到蕾美说得这么干脆，纯平脸上的表情更遗憾了。“真的假的？怎么会这样？”

“你有没有照片？”麻生突然问蕾美。

“有啊。”蕾美再度轻松地回答，然后又问，“想看吗？”

“想看，想看。”纯平立刻回答。

“我以前从来没有给别人看过……”

蕾美小声嘀咕着，从平时随身携带的托特包中拿出皮夹，小心翼翼地抽出一张名片大小的照片放在手心。

麻生和纯平屏住呼吸，盯着照片看。

照片上是父亲、陌生的女人和蕾美三个人。父亲变得很瘦、很苍老，完全没有麻生记忆中精神奕奕的样子，但那还是自己的父亲。

那个女人应该是蕾美的母亲，眉眼看起来很温和，感觉是一个和善的人，蕾美有她的神韵。

那应该是蕾美读高中的时候，剪着娃娃头，露出严肃的眼神看着镜头，看起来和现在的样子没有太大的差别。不，现在稍微成熟一点，可能也稍微漂亮一点。

“真像啊。”

最先说话的是纯平。纯平看了看照片，又看着麻生的脸说。

“麻生哥，你和这个男人很像，简直一模一样。”

麻生第一次被人说和父亲长得很像，他自己完全没有这种感觉。

“会吗？听你这么一说……可能有点像，至少比纯平更像。”

蕾美说完，仔细打量着麻生，纯平也看着他。被他们两个人注视，麻生突然紧张起来。

“但是奶奶相隔多年见到我时，并没有像见到纯平时一样，叫我

‘新多’啊。”

麻生掩饰着害羞说道。纯平看着照片，突然叫了起来。

“啊！我知道了！”

说完，他突然伸手抓起麻生的一头长发。“你干什么？”麻生痛得叫了起来，纯平不理会他，问蕾美：

“蕾美，你有剪刀吗？”

“剪刀？有啊，你要干什么？”

“别问了，别问了，大家一起去后面。”

三个人一起从后门来到户外，在房子西侧的浴室炉灶旁摊开报纸，放了一张木椅在上面。就是之前奶奶坐在樱花树下时的那张椅子。

麻生一脸纳闷地坐在椅子上，纯平把大垃圾袋剪开后，围在他的脖子周围。

“你好像晴天娃娃。”纯平笑着说。“少啰唆。”麻生红着脸说。

“那就开始了，没问题吧？”

穿着围裙，右手拿着剪刀的蕾美咔嚓咔嚓地活动着手上的剪刀问。

“动手吧。”麻生心灰意冷地说，“拜托你不要剪到我的头皮。”

“这我就没把握了，这是我第一次帮别人剪头发。”

“那就放过我吧。”麻生害怕起来。蕾美和纯平一起笑了起来。

咔嚓、咔嚓、咔嚓，耳边传来剪刀剪头发的悦耳声音，剪下来的头发沙沙地从肩膀滑落。正在剪头发的蕾美很认真，柔软的手指不时触碰麻生的耳朵和脖子，麻生每次都觉得那里特别烫。

八岳山的山峰从容地守护着这几个宛如在风中摇曳的稻穗般的年轻人。

“好……完成了！”

蕾美说完，把剪刀放进围裙的口袋。纯平迫不及待地把奶奶爱用的小镜子递到麻生面前。

"你看……是不是很像你爸？"

麻生注视着小镜子中的自己，仿佛突然见到了小时候看到的父亲。

"真的……简直一模一样。"

蕾美绕到麻生面前小声地说，她的声音中带着一丝怀念。

"真朝婆婆应该是看到我的发型和你爸很像，所以才会有那样的反应吧？刚才那张照片中的你爸和我的发型几乎一样。"

原来是这样，麻生恍然大悟。原来奶奶是因为发型、体形这些第一印象把纯平当成了老爸。

"真朝婆婆回来见到你，一定会吓一跳，叫你'新多'！"

到头来还是会被误认为是老爸，麻生不由得觉得好笑。

他心里感到很高兴，因为自己似乎和父亲、奶奶更靠近了一步，也向蕾美靠近了一步。

"你很会剪头发。"麻生称赞道。

"是吗？"蕾美立刻红了脸。

剪完头发差不多下午两点半。安养院应该在两点左右送奶奶回来，但三个人忙着剪头发，根本忘了时间。

他们从后门走回家里，蕾美看了看时钟，"奇怪？奶奶应该已经回来了啊？"

家里静悄悄的，完全没有动静。三个人纷纷走出门外，在庭院和通往公路的田埂上寻找，却不见奶奶的身影。

"怎么会这样？该不会是奶奶不想回家……"

蕾美不安地问。"别说傻话了。"麻生虽然否认，但内心也乌云笼罩。

麻生立刻打电话去了青峰寮，田端先生接了电话。

“嗨，麻生，今天纯平麻烦你了，稻草人做得怎么样？”

“不，呃……奶奶呢？还在你们那里吗？”

“啊？”田端先生发出惊讶的声音，“车子一点半就离开了，把今天来日托的人全都送回家了，真朝太太也上了车，车子已经回来了。”

咚咚咚，心脏剧烈跳动，他想要说话，但一时说不出话。

难道？

难道……奶奶？

“喂……喂？麻生？怎么了？真朝太太还没有回家吗？”

“啊！惨了！出事了！”

去公路上察看的蕾美大叫着，一路从田埂跑了过来。

“没有……没有了。我刚才去下面的停车场看了一下……车子，我们家的车子不见了！”

什么？

麻生睁大了眼睛，蕾美露出快哭出来的眼神注视着他，向他求助。

“喂喂，喂喂？”田端先生在电话彼端大叫。“我再打给你。”麻生挂上电话，急忙跑回家中。蕾美和纯平也跟在他身后。

玄关有一个小桐木柜，最上面的抽屉里放着摩托车和车子的钥匙。麻生用力打开抽屉。

车子钥匙不见了。

“难道……奶奶，自己开车……”

蕾美也探头向抽屉张望，用几乎听不到的声音说，跪在榻榻米上的膝盖不停地发抖。

“怎么办……怎么办……都怪我不好……如果我没有不让奶奶出门……她说想要去一个地方……奶奶说了好几次……我说不行，一直把她关在家里……”

泪水从她颤抖的双眼流了下来，麻生抓住了她的肩膀。

“你振作一点！不会有事的！”

麻生大声说道，前后摇晃着她的肩膀。

“总之，我们去找奶奶。纯平，你是不是开车来的？你负责开车好吗？”

“没问题，立刻出发！”纯平从口袋里拿出钥匙。

三个人冲出玄关，三步并作两步地跑向田埂，坐上了田端家的白色车子。

奶奶可能去的地方，平时经常去的地方。

哪里？哪里？到底是哪里？

“要去哪里？”

纯平发动引擎后问。

“我正在想呢。”麻生回答，“可恶，我不知道，你知道奶奶可能会去哪里吗？”

他回头看着车后座问，蕾美带着哭腔说：“稻田……”

“我也有想到，但开车不能去稻田，要开车去的地方……”

他突然想起刚才蕾美断断续续说的话。

奶奶说想去一个地方……说了好几次。

“你刚才不是说，奶奶说了好几次，说‘想去一个地方’吗？”

蕾美用力点头。

“你知道是哪里吗？”

蕾美摇着头，麻生忍不住抱头烦恼。

他觉得自己在思考时，奶奶会越走越远，万一上了高速公路，去了陌生的地方，或是中途发生车祸怎么办？

该怎么办？不，一定要想办法。

我不是决定要保护奶奶和蕾美吗？

镇定，镇定，镇定。

快想想奶奶可能去的地方……不，要想奶奶“想去”的地方。

这时，一阵风从敞开的窗户吹了进来，风中带着树木的味道。

风吹在麻生的脸颊上，他的脑海中浮现出一幅画面。

一片满满的绿意，宁静的湖面映照着这片绿意，微风吹过湖面，宛如一幅画。

“你知道通往奥蓼科的路吗？”

麻生问，纯平点了点头。

“知道啊，是不是‘汤之路街道’？我记得中途有一座小小的湖……”

蕾美在车后座叫了起来。

“对……御射鹿池……那是奶奶最喜欢的地方！”

车子全速冲上山路。

心跳剧烈，仿佛快冲破胸膛，麻生从后视镜中看到蕾美宛如祈祷般握着双手。

奶奶，希望你在那里，希望你在那座湖边。

奶奶，在我刚来蓼科时，你曾经邀我去那座湖。

请问你们要不要和我一起去我最喜欢的地方？

去吧，那里有我想要让你们看的风景。

悲伤的时候，难过的时候，开心的时候，奶奶都会来这里回顾自己的人生，梦想自己的未来。

这片湖水默默接纳人生这条长河中浮起的大泡泡和小泡泡，宛如一幅宁静、充满深沉包容的画。

那时候，宁静的湖面映照着冬日树叶落尽的树林。夏天的时候，一定要再来这里。虽然当初曾经这么想，但因为太热衷于种稻米，忘了带奶奶去那里。

奶奶，对不起——

我完全没有察觉奶奶的心情。

奶奶，奶奶，奶奶。

奶奶，对不起。让你孤孤单单，一个人难过不已。

奶奶，你是我独一无二的奶奶。

是我重要的家人。

奶奶，麻生在内心呼喊着，一次又一次地呼喊着。

渐渐地，他在内心呼喊奶奶的声音变成了呼喊母亲的声音。

老妈，老妈，老妈。

老妈，对不起，你是我独一无二的老妈。

我很生气。被你弃之不顾后，我真的很生气。

这算什么母亲，竟然丢下儿子离家出走。当时我很生气。

但是，我现在终于知道。

老妈，你早就预料到目前的一切。

你知道我会独自站起来，不畏风、不怕雨地活下去，借助很多人的力量，借助很多人的智慧逐渐成长。

可以像稻子一样坚强。

老妈，你对此深信不疑，所以才会用力把我拉到外面的世界。

老妈……我，我虽然还很脆弱，虽然只能独当半面。

但是，这次我想要好好守护。

我想要守护我的家人。

车子慢慢减速，只要转过下一个弯，就会来到那座湖边。屏住呼吸看着窗外的蕾美大声叫了起来。

“你们看！我们家的车子！”

御射鹿池畔的停车场内，停了一辆水蓝色的小客车。三个人一跳下车，立刻冲向湖边。

扑通、扑通，心跳的声音传遍全身。这时，麻生忍不住向不知道在哪里的神明祈祷。

希望一切平安无事，奶奶。

下一刹那，三个人的视野被满满的绿意占据了。

夏末时分，对岸的树林一片葱茏，湖面静静地映照着树林的倒影。

麻生、蕾美和纯平屏住呼吸，站在那里。

如诗如画的景象渗入了心里。

奶奶就站在这片景色中。

奶奶静静地、静静地注视着湖面，一头白发随意挽起，身穿一件皱巴巴的棉衬衫，粗糙的脚上穿了一双草鞋，干瘦的背影对着他们。

麻生看着奶奶的背影，泪水忍不住涌上心头，他放声大叫起来。

“奶奶！”

奶奶瘦弱的肩膀抖了一下，白发的脑袋缓缓转了过来。麻生和奶奶四目相接，就在这时——

“麻生……？”

奶奶叫着他的名字。麻生忍不住屏住呼吸。

“怎么了？你回来了？……你妈妈呢？”

麻生惊讶得说不出话，呆立在原地。蕾美和纯平也都一样。

奶奶主动走向他们，在麻生面前停下了脚步，露出温柔的微笑。

“你怎么了？怎么一副快哭的表情？和妈妈吵架了吗？我有一个很好的解决方法：一定要主动向妈妈道歉。”

麻生注视着奶奶温柔的笑容，眼泪夺眶而出。他拼命忍着快要滑落的泪水说：

“奶奶……对不起……”

奶奶注视麻生的双眼微微飘忽着，然后露出更温柔的微笑静静地说：

“不是对我，是对你妈妈说，对不起，还有谢谢。”

麻生终于忍不住用力抱住奶奶。

强忍的泪水终于再也无法克制了，他的眼泪滴落在奶奶干瘦的后背上。

奶奶，对不起。老妈，对不起。

奶奶……老妈。

对不起，对不起……对不起。

“哎哟哎哟，这是怎么了？哭得这么伤心，简直就和小时候一样。”

奶奶满是皱纹的手拍着麻生的背，熟悉的感觉在麻生的背上温暖地扩散。

小时候挨了母亲的骂，他总是去向奶奶哭诉。奶奶总是拍着他的背这么说。

奶奶教你一个方法，可以立刻和妈妈和好，这个方法很简单，只要主动向妈妈道歉就好。

然后再向妈妈道谢，说声谢谢。

对不起，惹你生气了。谢谢你骂我。

快去吧，鼓起勇气对妈妈说。

对你最喜欢的妈妈说。

蕾美看着他们，脸上也流了好几行泪水。和蕾美站在一起的纯平也吸着鼻子，用手背用力擦着眼睛。

麻生哭了一阵子，终于抬起了头，内心是满满的温暖。

奶奶用温柔的声音说：

“麻生，我可以问你一个问题吗？”

说完，她把视线移向站在麻生身后的蕾美。

“那个女孩……是谁？”

脸上挂着几行泪水的蕾美表情僵住了。奶奶似乎想起了麻生，却完全不记得蕾美了。

奶奶好过分，我那么辛苦地照顾你……蕾美的表情越来越难看。哇，惨了……就连纯平也露出焦急的表情。

“她是谁？”

奶奶又问了一次。麻生回头看着蕾美，她很生气，脸鼓得像黄金鼠一样。麻生忍不住笑了起来，然后转头看着奶奶说：

“她是……我很重要的人。”

蕾美的双眼宛如风吹过湖面般泛起了涟漪。麻生又补充了一句：

“她是我重要的家人。”

蕾美终于吐了一口气，泪水再度从脸颊滑落。

奶奶看了看蕾美，又看了看麻生，露出了笑容。

“是吗？既然是你重要的家人……那也是我重要的家人。”

蕾美跑向奶奶，然后用力抱紧了奶奶哭了起来。

“哎哟哎哟，又有一个大孩子。”

奶奶笑了起来，就像刚才对待麻生一样，也温柔地拍着蕾美的背。

蕾美和麻生开着奶奶刚才开来的水蓝色小客车行驶在汤之路街道上，纯平开的白色小客车跟在后方。

车子沿着西斜的落日照耀的山路而下，不一会儿就行驶在一片已经结了果实的稻田之间。

车子来到通往茅葺屋顶的奶奶家的田埂入口，很多人在公路旁的停车场等他们。

志乃婶、田端夫妇、看护的户川太太，还有青峰寮的工作人员。

村里的年轻人山田先生、长谷川先生和武田先生，还有所有“自然稻田组”的成员，附近的爷爷、奶奶、叔叔、阿姨也都来了。

大家都在等他们四个人归来。

“啊啊，他们回来了！”

志乃婶眼尖地看到两辆车子出现在公路上，立刻叫了起来。

看到那么多人聚集在停车场，麻生发自内心地感到惊讶。这份惊讶很快变成了感动，温暖了他的心。

嘟嘟，后方的纯平按了按喇叭。麻生打开副驾驶座的车窗，挥了挥手叫着：“我们回来了。”顿时响起一阵欢呼和掌声。

奶奶从车后座走了下来，村民们立刻围住了她。

“真朝婆婆，你回来了！”“你真是的，到底跑去哪里了！”“太好了，一切平安。”大家眼中泛着泪光，纷纷拍着奶奶的肩膀，握着奶奶的手。

“哎哟哎哟，这是怎么了？这么多人……真对不起，谢谢你们。”

奶奶被众人包围，脸上露出了灿烂的笑容。

那天晚上，因为奶奶提议“我想和你们多聊聊，我们一起睡”，所以麻生和蕾美都睡在奶奶的房间，奶奶躺在中间，三个人躺成了“川”字。

“不要啦。”虽然蕾美一开始有点犹豫，但听到奶奶说“我要给你们看我珍藏的宝贝”，就急急忙忙把自己的被子铺在奶奶的右侧，麻生把被子铺在奶奶的左侧。奶奶坐在中间的被子上，被孙子和孙女包围，翻开了一本画册。

那是东山魁夷画仙的作品集。奶奶之前带长大之后的麻生去御射鹿池时，聊起了父亲年轻时的往事，《绿响》就在这本作品集中。

父亲年轻时第一次返乡时，就带了绿意盎然的湖边风景画当作礼物。

“哇，真的耶，和今天看到的风景一模一样。”

蕾美双眼发亮，把脸凑近有点泛黄的那一页。

“不管是真正的风景，还是画家笔下的风景都很美。”麻生说。

今天和奶奶、蕾美一起走进了画家笔下的这片风景，他不由得为这份奇迹感谢神明。

三个人躺下之后仍然聊了很久，不一会儿，奶奶发出均匀的呼吸声，麻生关了枕边的台灯。

蟋蟀和铃虫在庭院发出悦耳的叫声。不久之前还可以听到蝉声，在插秧的季节听到的青蛙大合唱，都成为这个家的背景音乐。秋天正静静地走来。

麻生在黑暗中睁开眼睛。今天一天所发生的事好像演电影般出现在眼前。鲜艳欲滴的绿色树林和映照在湖面上的鲜绿都浮现在眼前。

她是我重要的人……是我重要的家人。

他想起自己脱口说出的话，现在才感到害羞。不知道蕾美心里是怎么想的，就在这时——

“真怀念啊，好久没有三个人一起睡了。”

黑暗中，响起蕾美轻轻的说话声。

“妈妈和爸爸，我睡在中间……”

麻生翻身转向蕾美的方向，鼓起勇气问：

“我问你，今天我说的……你听到了吗？”

没有回答，只听到安心的呼吸声。

8

活着的我们

十月下旬，蓼科的稻田迎来了丰收的时刻。

放眼望去，到处都是金黄色。结实饱满的稻穗沉甸甸地低着头，在不时吹来的秋风中摆动着。

左邻右舍的稻田陆续开始收割。

割稻机发出嗡嗡的声音，不断把稻子连根割下，捆成稻束。稻束挂在稻田内像晒衣架般的木架上晒干。这项干燥作业被称为“晒谷”。此时的稻田中到处都是金黄色的晒谷景象，充满了日本农村特有的风情。

听说现在有一种可以在割稻的同时干燥和脱谷的机器，麻生觉得那一定很方便。

但是奶奶的稻田坚持从头到尾都要手工作业，所以，无论割稻、晒谷，还是脱谷，都要请大家前来帮忙。

虽然奶奶的稻田面积并不大，但无论在奶奶患失忆症之前还是之后，她一个人根本无法完成这些作业——在麻生和蕾美来这里之前和之后，都是因为有这些左邻右舍的帮忙，奶奶的稻田才能够维持下来。

前来帮忙的人都是专业或兼职农民，在自家的稻田割稻、晒谷完成后，约好时间，来“真朝婆婆的自然稻田”帮忙割稻。麻生很感谢这些村民的帮忙。

终于到了割稻的日子。蕾美一大早就做了大量饭团，她用利落的手势握着饭团，奶奶笨拙地包上海苔。奶奶虽然无法下厨做饭，但可以帮忙为饭团包海苔。

“哇，好多饭团啊。我也带了腌菜过来。”

志乃婶带了一个装了腌菜的保鲜盒。不一会儿，田端先生和他儿子纯平也来了。

“乡下的人聚集在一起时都会带饭团和腌菜，所以，我带了不一样的。”

纯平拿出一个装了很多小泡芙的盒子。蕾美看到有她最爱的泡芙，兴奋地叫了起来，奶奶也很高兴。

“真会吹牛！那是我买的。”田端先生很受不了地说。

“是啊，但是是我挑选的。”纯平若无其事地回答。

“准备就绪，出发吧。”

麻生对大家说。大家一起走向玄关。

每个人手上拿着镰刀，拿着装了饭团的篮子和装了热茶的保温瓶，一路说说笑笑，热闹地走在田埂上。那些“年轻人”早就已经在稻田旁等候多时。

“麻生，终于到了收割的日子。”

山田先生开心地说。麻生笑着点头。

奶奶的稻田是一片漂亮的金黄色，稻穗随风摇着。麻生尽情地欣赏着眼前这片景象。

那是多么熟悉、多么令人怀念的美景。

他回想起小时候，每年丰收的季节就会跟着父亲来到稻田。

他总是远远地看着奶奶、父亲和母亲，还有村民在金黄色的稻穗之间时隐时现。

我也想要割稻子。当他向父亲央求时，父亲对他说，不行不行，你年纪太小，等你长大之后再说！他听了很生气。这时，奶奶温柔地问他，要不要试试看？

嗯，我想试试，让我试，让我试。

妈，不行不行，他从来没有拿过镰刀，他不行。

没这回事，每个人都有“第一次”，所以，就让今天成为他的“第一次”。麻生，对不对？今天是你“第一次”的日子，是第一次割稻的日子。

像这样用力握着镰刀，蹲下来，左手握着稻子……对，对，就是这样。看吧，你做到了，你做到了。

奶奶细心地教他，虽然只割了几束稻子，但他觉得自己帮忙割稻，好像加入了大人的行列，内心有种说不出的高兴。

割完稻，在吃饭团时，母亲悄悄告诉他。

妈妈以前也没拿过镰刀，爸爸也对我说，你不会割稻子。

但是，真朝奶奶教了我，当时也对我说了相同的话。每个人都有“第一次”，所以，就让今天成为你第一次割稻的日子，心情放轻松地试试吧。

麻生，太好了。

今天是你的“第一次”，是你人生中第一次割稻的日子。

麻生带着对往日的回忆，拨开金黄色的稻浪，走向丰收的稻田。

和插秧时一样，割稻的时候也要弯下腰面对稻子，用镰刀连根割下，以双手可以握住的稻子为一束，在地面摊成扇形。稻束不能太大或太小，否则挂在稻架上时会不平衡。这些都是志乃婶说的。

一直弯腰的确很累人。和插秧时一样，这个姿势很辛苦，让人忍不住想要抱怨，为什么要这么辛苦，至少希望插秧和割稻这些辛苦的作业可以用机器来完成。一开始默默工作的纯平也忍不住埋怨："唉，为什么这块稻田不用机器啊？"

"嘘，小心被奶奶听到。"

蕾美在一旁小声地提醒。纯平说了声"惨了"，把脖子缩了起来。

奶奶在三个年轻人附近忙碌地割着稻子。

不知道是否因为御射鹿池失踪事件的关系，奶奶的失忆症症状有了惊人的改善。

虽然不能说已经痊愈了，但如今奶奶认得麻生和蕾美，光是这件事，就让麻生他们的心情变得很轻松。

奶奶对以前的事记得一清二楚，最近的事却忘得一干二净，也常常想不起人的名字。有时候会做一些莫名其妙的事，上厕所时必须依赖蕾美的协助，所以仍然需要他人照顾生活起居，但蕾美很乐于帮助奶奶，也不再像以前那样监视奶奶，奶奶想要出门时也不会限制，更不会再对奶奶说，这个不行，那个不可以。

不知道是不是没有听到纯平的抱怨，或是无法理解纯平说的话，奶奶什么也没说，默默地专心割着眼前的稻子。

相信稻米的力量。

麻生回想起种稻米之前，奶奶说过的这句话。

相信稻米的生存力量，相信生命不会放弃生存的力量。从冬天到春天，从夏天到秋天，一年四季陪伴稻米，协助和守护它们的成长。

相信稻米的力量，就是相信大自然的力量。

所以，和稻米相处时，尽可能不要使用文明的利器，只用人类的双手。因为人的手是生命的手，人的力量也是大自然力量的一部分。

奶奶并没有说得这么详细，但麻生觉得此刻专心割稻的奶奶正在对他说这些话。

我们人类也是大自然的一部分。

他的全身都感受到和大自然融为一体。

大自然、稻米和人类，我们共同生活在这片土地上。麻生带着这种想法，割下了一束又一束的稻子。

到了中午时，稻田的稻子已经割了三分之二，大家都围坐在樱花树下，打开了饭团。

“等一下。”麻生正打算拿起其中一个饭团时，奶奶制止了他，然后仔细地从一整排饭团中拿了一个递给他。“这个给你。”

“嗯？”麻生接过饭团时问，“为什么？这是特别的饭团吗？”

奶奶呵呵地笑着说：

“你上次不是对别人说，想再吃奶奶做的饭团吗？”

麻生惊讶得说不出话。

那是开始种稻米之前对田端先生说的话。田端先生说，失忆症病人的家属最好怀抱希望，即使是再小的希望也无妨。于是，麻生就回答，希望再次吃到奶奶做的饭团。

奶奶……原来都记得。

那是我内心小小的希望。

“虽然这个饭团形状不太好看，但我做了一个，想要做给你吃。”

奶奶说着，像调皮的小孩一样双眼发亮，轻轻笑了起来。

麻生端详着手中的饭团，那个歪歪斜斜、又矮又胖的饭团。

饭团为什么好吃?

因为是人的手握出来的。

他想起田端先生以前对他说的话。

每次他在上班午休时间吃蕾美做的特大饭团时都会想起这番话。

这个饭团是蕾美双手握出来的。每次想到这件事，内心就涌现一股暖流。

这也是对至今为止，曾经为他做了无数饭团的奶奶和母亲的感情。

“我开动了。”

说完之后，麻生大口咬起矮胖的饭团，米饭的甜味和让他整个身体都忍不住缩起来的酸味在嘴里扩散。

饭团里放了一颗特大的腌梅，那是奶奶去年亲手腌制的腌梅。

麻生的嘴巴停在那里，悲壮的回忆掠过脑海。

少年时代的他最爱吃母亲腌制的腌梅，之后却开始厌恶。有一次，母亲为他去便利店买的饭团竟然是腌梅口味。

回想起来，那是警告。那是母亲抛下自己，离家出走的警告。

不，不对，那是母亲对我发出“请你出去”的讯号。

那是母亲对我发出“出去”的讯号，那是母亲真切的心愿。

麻生把腌梅连同米饭一起吞了下去，酸中带甜的腌梅从喉咙落入胃中，一下子融化了自己内心的疙瘩。

“好吃……”

他情不自禁地说了这句话。

奶奶露出松了一口气的笑容，然后说了声：“太好了。”

秋高气爽的天空一望无际，八岳山的山峰耸立在天空下。大家在清新的空气中流下了舒爽的汗水，奶奶稻田中所有的稻子都割完了。

麻生他们巡视着稻田内的稻架，忍不住感叹："真是硕果累累，大丰收啊。"田端先生问："要不要来拍张纪念照？"

大家在蓬松的金黄色帘子般的稻架前排排站，奶奶站在正中央，麻生、蕾美和纯平也都并肩站着。"我可不可以加入？"志乃婶问。

"当然可以啊，师父。"麻生回答。

"什么师父，不敢当，不敢当不敢当。"志乃婶说着，用力搂着蕾美的肩膀，田端先生把智能手机的镜头对准了他们。

"要拍了，嗯，都笑得很灿烂，丰收了。拍喽……"

咔嚓一声，快门的声音格外悦耳。

"爸，你把照片传给大家。"纯平说，"主题可不可以输入'活着的我们'？"

"什么'活着的我们'，还真矫情啊。"

麻生、蕾美和纯平互看了一眼，哧哧地笑了起来。

麻生的手机第一次收到这个主题的照片。

五个人满脸笑容灿烂，站在金黄色的稻架前。小小的屏幕上，麻生、蕾美、纯平、志乃婶，还有奶奶，那是迎接丰收时刻最美的笑容。

种米的重头戏割稻顺利结束，接下来只要让稻穗在阳光下自然干燥，等待十一月上旬的脱谷就行了。

脱谷完成后，种米的作业就算大功告成。可以在未脱谷的状态下保存，食用时再用脱谷机脱谷，就变成糙米。如果想要白米，要再用精米机把糙米碾成白米。

麻生向志乃婶和田端先生确认了今后的工程后，决定再接再厉。

纯平答应脱谷时再来帮忙后，就暂时先回东京了。他干劲十足，说现在要开始积极求职，那个整天抱怨“麻烦”“讨厌”的脆弱年轻人已经消失无踪了。

“每当遇到挫折时，我就会看看手机的待机画面，告诉自己，我曾经这么辛苦地种米，所以一定没问题的。”

临别时，纯平出示了智能手机的待机画面对麻生说，上面有他父亲拍的那张大家在稻架前的纪念照。

十一月，秋日的天空更宽更蓝了。

在脱谷的日子之前，麻生和奶奶、蕾美一起去了某个地方。

那是父亲的坟墓。三个人一起去了中村家的祖坟。

父亲是去年十一月离开人世，在去世满一周年之前，奶奶提出要去扫墓。

奶奶时常和他们聊起父亲的往事，但麻生他们并不清楚她是否知道自己的儿子已经死了。

那天，奶奶突然对麻生和蕾美说，要去为新多扫墓。

麻生和蕾美都很惊讶，自从来蓼科之后，大家一直都没有去扫过墓，所以二话不说地答应了。

中村家的祖坟位于一片大波斯菊原野旁的古寺墓地，蕾美的母亲也葬在这里，只是墓碑上并没有写她的名字。

用水冲洗墓碑后，点了线香，蕾美把在庭院内采的鲜红色鸡冠花供在墓前，三个人一起合掌祭拜。

老爸，麻生在心里呼唤着父亲。

虽然走了很多弯路，但终于有了今天的成果。稻子已经割完了，只剩下脱谷了。

原来你是在这个平静的季节去了那个世界。

你一定做梦都没有想到，在你离开之后，我会来这里和奶奶一起生活。

老爸，我觉得来这里是正确的决定。

我来这里……是正确的决定吧？

墓地静悄悄的，只有远处传来乌鸦的叫声。

走出寺院，三个人都有点感伤地沉默不语。上了车，在出发之前，坐在车后座的奶奶突然说：

“我想去邮局。”

“邮局？”坐在驾驶座上的蕾美转过头，“要寄信吗？我们回家的路上有邮筒啊。”

奶奶摇头说：

“我要去买贺年卡。”

奶奶说，去年的这个时候，卧病在床的父亲托奶奶去买了贺年卡。

十一月，在脱谷的几天前，父亲从医院暂时回家后，拜托奶奶帮他买贺年卡。

当时，奶奶忙于照顾稻田和儿子，听到父亲这么说，才惊讶地发现已经到了这个季节。虽然她每年都会买新发行的贺年卡寄给朋友，但那一年真的忙坏了。

在那之前，父亲的主治医师告诉奶奶：“你儿子只能活一两个月了。”奶奶隐瞒了这件事，没有向父亲和他的家人——蕾美和她妈妈提起。

但是，父亲似乎有了预感，坚持要回老家一趟。他对医生说，他想回家一个星期，不，只要三天就好，想要躺在老家面向庭院的卧室，想要看着自己最喜欢的八岳山。只要能够完成这个心愿，他就了无遗憾了。

主治医师同意了父亲的要求，并告诉奶奶，这可能是他最后一次回家，要有心理准备。

奶奶按父亲的要求，为他买了刚推出的贺年卡，但只买了两张而已。

没错，父亲对奶奶说，只要买两张贺年卡就好。

"两张？"

麻生对于奶奶对这件往事的细节记得如此清楚感到惊讶不已，但也忍不住插嘴问。

"两张而已……所以，只寄给两个人吗？老爸寄贺年卡给谁？"

奶奶摇了摇头。

"我不知道，甚至不知道他最后到底有没有写，有没有寄出去。"

麻生和蕾美互看着。

父亲临终前请奶奶买了两张贺年卡。

收到这两张贺年卡的是……

"奶奶，可不可以改天去邮局，先回家里？我想要确认一件事。"

麻生说。奶奶露出纳闷的表情，但还是点了点头。

一回到家，麻生从带来蓼科的行李袋中拿出一张贺年卡。

那是奶奶寄来的贺年卡。

这张贺年卡把我带来这里。

他看着贺年卡上的内容。今年一月，来蓼科之前，曾经在东京的公寓内、在电车上看过无数次，几乎可以背下内容了。

最近还好吗？有没有太操劳？

麻生怎么样了？有没有活出自己的人生？

我的余命仅剩数月，希望可以精神百倍地走完剩下的日子。

在我离开之前，希望有机会再见你和麻生一面。

中村真朝

“老爸……”他不由自主地开了口，“这是老爸。”他又嘀咕了一次。

没错，这张贺年卡一定是父亲写的。

他认得这些字，那是父亲的字。

父亲写得一手漂亮的毛笔字，听说他小时候曾经在寺院上过书法班。在经营公司的时候，他每年都亲自用毛笔写贺年卡。

那是父亲留给自己的话。

父亲借用奶奶的名字，希望他回到蓼科。那是父亲临终的谎言。

他拿着贺年卡走出自己的房间，来到走廊上，发现蕾美站在那里，默然不语地把一张贺年卡递到他的面前。

贺年卡的收件人姓名是“中村蕾美”，也是父亲写的字。

蕾美，最近好吗？爸爸离开后，你会不会感到寂寞？

欢迎你随时回来蓼科。

我的余命仅剩数月。希望剩下的日子可以和自己喜欢的事物生活在一起，见到自己喜欢的人，好好珍惜最后的日子。

“我现在才终于发现……”

蕾美小声地说，她的声音带着哭腔。

“原来这是爸爸写的，为了将在没有他的日子继续活下去的我而写的。”

最近还好吗？有没有太操劳？

麻生怎么样了？有没有活出自己的人生？

我的余命仅剩数月，希望可以精神百倍地走完剩下的日子。

在我离开之前，希望有机会再见你和麻生一面。

蕾美，最近好吗？爸爸离开后，你会不会感到寂寞？

欢迎你随时回来蓼科。

我的余命仅剩数月。希望剩下的日子可以和自己喜欢的事物生活在一起，见到自己喜欢的人，好好珍惜最后的日子。

麻生、蕾美。

欢迎你们回来，回到你们的故乡。

回来蓼科。

泪水从蕾美的眼中流了出来，麻生内心也感受到一股暖流。

蕾美泣不成声地扑进麻生的怀里，麻生轻轻地抱着她颤抖的肩膀。

山顶染上一抹雪白的八岳山屹立在万里无云的蓝色天空下。

三天前，八岳山的山顶第一次降雪，这一带每年都在山顶第一次降雪后开始脱谷。

蓼科的严冬比城市早，不久之后，刚割完稻的广阔稻田就会被白雪覆盖。

在冬天正式来临之前，麻生和其他“自然稻田组”的成员向邻居借了几台已经不用的旧式脱谷机，放在稻田中的稻架周围。终于要进行种米的最后一项大工程——脱谷了。

纯平如约从东京赶回来。今天除了田端先生以外，纯平的母亲也一起来帮忙，田端家一家三口都满面笑容。

志乃婶也跃跃欲试。她戴了帽子、口罩、袖套和太阳眼镜，全副武装地出现。“志乃婶，你这样好奇怪。”蕾美说。“你在说什么呀，等一下灰尘很大，你们也要记得戴口罩。”说完，她从环保袋中拿出大量口罩发给大家。

今天终于可以了解稻田的收成情况，大家果然干劲十足。麻生忍不住笑了起来。

把挂在稻架上的稻穗束拿下来后，一束一束放在脚踏式脱谷机上脱谷。不停地踩踏板，有许多凸起齿牙的滚筒就会快速旋转。把稻穗放入，稻谷碰到齿牙就会掉落。虽然可以一个人作业，但两人一组时更有效率。麻生和纯平搭档开始脱谷。

纯平用力踩着踏板，麻生把稻子的稻穗部分伸进旋转的滚筒。滚筒发出咕哇咕哇的声音，稻谷喀啦喀啦地飞了出去。“哇，好厉害。”“真的都掉下来了。”两个年轻人乐在其中。志乃婶和蕾美两个人也在旁边的脱谷机旁热闹地脱谷，奶奶在后方的田端夫妇协助下，勇敢地挑战脱谷。

啊，好美的风景。麻生巡视着稻田，深有感触地想。无论是制作苗床时、堆田埂时，还是插秧时，他都希望牢牢记住眼前的景象。

日本田园的美丽风景。种稻米的人流着汗水的脸，有点疲惫的脸，灿烂的笑脸。

我想要持续注视、守护这片风景和所有人脸上的表情。

脱谷后的谷粒堆成了金黄色的小山，麻生和纯平把手插进这座小山，双手捧着谷粒，谷粒从他们的指间滑落。那是把辛苦栽种的稻米捧在手中的瞬间，终于分享了自古以来从事农业的人代代相传的喜悦。

“太好了。”麻生感慨万千地说。

“真是太好了。”纯平也感触良多地回应着，他双手捧着谷粒，目不转睛地看了很久。

“麻生哥，我找到工作了。”

纯平脸上浮现羞涩的笑容，麻生忍不住用拳头轻捶他的肩膀。

“太好了，恭喜啊。”

“谢啦。”纯平抓了抓头。

纯平说，他将进入一家农机具制造商的子公司当业务员。他在这里帮忙种稻米后，对农业产生了兴趣，在面试时也很有信心地表现了自己。

“麻生哥，这一切都多亏了你。”纯平看着麻生，直接表达了内心的感谢，“多亏你没有轻易放弃……一直发稻田的照片给我。”

“你错了，”麻生立刻反驳，“是你自己没有轻言放弃，还有你的父母。”

纯平转过头，看着正在协助奶奶，一边脱谷一边看着谷粒乱飞的父母。

“是啊，他们没有放弃。”纯平笑了起来。

“对吧？奶奶也是，完全不放弃。”麻生也笑了起来。

在这个秋季晴朗的日子，他们花了整整一天的时间，终于把奶奶稻田里的稻子全都脱谷完毕。

奶奶的十公顷稻田总收成量是五百公斤。

把稻谷装进米袋后，总共有十袋。麻生打算平均分给所有来帮忙的人，但大家都说“不用了，不用了”“我们家也有米”，坚决不肯收下。麻生问志乃婶该怎么办，志乃婶告诉他：“大家每年都不收，我当然也不会收。大家只是喜欢热闹，喜欢一起合力种稻米的感觉，有点像是庙会，而且，大家都很喜欢真朝婆婆。”

“真朝婆婆是大家的妈妈、奶奶，甚至可以说是蓼科的母亲。”

志乃婶笑着说。

那天晚上，在奶奶家举行了每年惯例的“丰收宴”。

把十公斤左右的稻谷脱谷后，再用精米机磨成白米。大家一起品尝用炉灶煮出来的新米饭。

麻生和纯平负责将稻谷变成精米的工作。奶奶家不愧是从祖上就从事农业的家庭，家里有电动脱谷机和精米机，只不过型号比较旧。

“准备好了吗？”麻生问。

“准备好了。”纯平确认道。两个人脸上的表情都既兴奋又紧张。

把稻谷放进脱谷机后，麻生打开开关。虽然完全不了解机械的构造，但看到随着巨大的轰隆声，稻谷被吸进去，糙米不断吐出来，两个人忍不住欢呼起来。

然后，他们再把糙米放入精米机，随着轰隆声又变出了白米。麻生和纯平看了，忍不住拉着手欢呼起来。

“是米是米，是米啊！”

田端先生刚好过来察看情况，露出很受不了的表情。

“干吗一直米啊米啊地叫个不停，今天不是看了一整天的米吗？”

“是没错啦……但看到白米，才觉得那是真正的米。”

纯平开心地说。麻生也有同感。

他至今仍然难以相信，这些米都是自己从稻种开始种出来的。

志乃婶负责洗米，她很有节奏地用力洗米。纯平的母亲和蕾美，还有那几个“年轻人”的太太忙着洗蔬菜、削马铃薯皮，准备煮汤。志乃婶把洗好的米放进大铁锅后叫奶奶：“真朝婆婆，拜托一下。”

“来了来了，交给我吧。”奶奶要负责加水。

志乃婶说，在煮刚收成的新米时很难控制加水量。新米含水量较高，如果按照平时的加水量，饭会煮得很软烂。而且，“自然稻田”的米含水量更高，所以，在奶奶家用新米煮饭是极其困难的作业。

控制好加水量，才能煮出饱满而又香喷喷的饭。用炉灶煮饭时，火候很重要，除了多年来一直守护“自然稻田”的奶奶以外，没有人能够胜任煮出完美米饭这项艰巨的任务。

奶奶小心翼翼地把自来水加进铁锅，锅子内侧并没有刻度，奶奶也没有用量杯计量，只是仔细看着水位，小心地调整。

“好，这样就可以了。”

麻生拿起铁锅，放在厨房的炉灶上，盖上木盖。炉灶的火候当然由麻生负责。

堆好木柴，用吹火竹吹入空气，火很快就烧了起来。

控制炉灶的火候比烧洗澡水更难，不能太强，也不能太弱，麻生小心谨慎地观察着火势。

“别担心，不必露出这么紧张的表情。”

麻生盘腿坐在已经被压得很扁的“看火用”座垫上，听到背后响起一个声音，奶奶在他身旁蹲了下来。

“接下来只要等着煮出香喷喷的饭就好了。”

听到奶奶好像在说童话故事般慢条斯理的语气，麻生忍不住笑了起来。

“对哦，只要相信白米的力量，静静等待就好。”

奶奶听了，微笑着点点头。

奶奶和麻生并肩看着炉灶的火。看着熊熊的火苗，麻生觉得自己仿佛回到了少年时代。

奶奶，奶奶，饭还没煮好吗?

快煮好了。你看，锅子里正在咕嘟咕嘟冒泡。再继续像这样把空气吹进去……

啊，我也要，我也想试试，让我试，让我试。

他对着吹火竹用力吹气，发现父亲不知道什么时候也在麻生身旁蹲了下来。

你吹得很好嘛。爸爸小时候，也是奶奶教我怎么用吹火竹的。

大家都在上炉灶课吗?真好。

背后传来开心的声音。回头一看，母亲站在那里。

妈妈，你看，锅子里在咕嘟咕嘟冒泡，奶奶说，饭很快就煮好了。

啊，真的呢。好香，有白饭甜甜的香味。

妈妈，是不是觉得肚子好饿?

对啊，麻生，肚子真的好饿。

等一下大家一起吃饭。

奶奶，老爸，老妈。

我坐在中间，大家都围着我。

我被最爱的家人包围。

大家一起等着饭煮好。

老爸已经离开了人世。

奶奶虽然曾经走远，但她又回来了。

然后，老妈……

“差不多快煮好了。”

奶奶站了起来，拿起沉重的木盖。

一股白色热气飘了出来，麻生随即闻到了饭香味，探头一看，雪白的饭粒在铁锅中排列着，闪着光芒。

“哇……很好吃的样子。”

麻生忍不住发出沉醉的声音。

“要不要先试一口？”

奶奶促狭地问。她用饭勺轻轻伸进饭里，稍微搅拌了一下，立刻飘来了白饭的香甜味。

奶奶用饭勺舀起一小口饭后，微笑着说：

“快尝尝，这是你种的米。”

麻生注视着冒着热气的晶亮饭粒，然后用指尖抓起热腾腾的饭，再度注视之后，才放进嘴里。

“好吃……”

他只说了这句话，就说不出话了，泪水突然涌上了心头。

寒冷的冬天，温暖的春天，灼热的夏天，丰收的秋天，季节不断变幻。

草木摇曳，花儿绽放。小鸟欢啼，虫子蠕动。八岳山的山峰在天空下屹立不摇。

故乡蓼科是一个美丽的地方。

这里有生命的味道。有大自然、人和生命的味道。

“太好了。”

奶奶脸上的笑容更温柔了，对他说了这句话。

小小的稻种，变成了数千粒米。

这是麻生这辈子第一次种的米，在他把饭放进嘴里的瞬间，内心似乎有什么东西动了一下，发出了咚隆的声音。

这些饭好吃得让人流泪，我希望让别人也尝一尝丰富的生命滋味。

想要让奶奶、蕾美和志乃婶尝一尝。

想要让田端先生和纯平尝一尝。

想要让老板、池本先生和村里的人尝一尝。

然后，然后。

最重要的是，要让老妈尝一尝。

“哇，好香。饭已经煮好了吗？”

戴着围裙的蕾美手上拿了一个大饭锅走到炉灶前，看到铁锅里的饭被挖了一个洞，立刻叫了起来：“啊！你偷吃！你太坏了，我原本想要第一个吃的。”

“对不起，对不起，奶奶叫我尝尝看，所以……”

“啊？是这样吗？奶奶，你不是先给我吃，而是先给麻生吃吗？”

奶奶哧哧笑了起来。

“不关我的事。”

“啊！”麻生发出很没出息的声音，“奶奶，你怎么可以这样？”

“不关我的事，不关我的事。来，大家一起吃吧，麻生说非常好吃呢。”

“真是太可恶了，为了惩罚你偷吃，今天你不可以吃饭。”

“怎么可以这样？我也要吃饭！”“不行不行，你只能喝猪肉味噌汤。”三个人热闹地说着笑着，走出了厨房。

大家都围坐在地炉旁，翘首等待刚煮好的饭。虽然只有腌菜、猪肉味噌汤和白饭而已，却胜过任何美味佳肴。大家尽情地品尝新米饭，开心地聊天，每个人脸上都带着笑容。那是幸福的、幸福百倍的丰收日。

丰收宴在盛况中落幕，送走志乃婶、田端先生一家和村民，麻生穿上羽绒服，独自走去庭院。

满天星斗，星光照耀下，他可以看到自己呼出的白色气体。

他拿出在口袋中紧握的手机。

刚来这里时，他觉得没有手机就无法过日子，觉得手机像生命一样重要。

奶奶不小心把他的手机掉进湖里，他一气之下，差点想回东京。

当时之所以会那么生气，并不是因为奶奶弄坏了手机，让他无法使用，而是对渺小的自己只能依赖手机这种东西感到懊恼。

之后发生了很多事。打工、种稻米，和奶奶、蕾美共同生活……回过神时，发现自己很努力地生存，在周围那些心地善良而温暖的人的协助下，抬着头向前走。

如果自己孤单一人，绝对不可能有今天。

奶奶、志乃婶、田端先生和纯平，带领我走到这里。

还有蕾美。

如今，她在我内心已经无法被任何人取代，但我还太渺小，还无法把这份心意传达给她。

老爸的“谎言”贺年卡，成为让我来到这里的契机。

然后，持续带领我前进的是——

麻生打开手机盖，手中顿时亮了起来。

手机的待机画面上，奶奶、志乃婶、蕾美、纯平和自己的笑容都很灿烂。那是田端先生拍了之后传给他的照片，电子邮件的主题是“活着的我们”。

麻生凝视着那张照片，然后，仿佛在祈祷般闭上眼睛片刻。

然后，把田端先生的“活着的我们”的电子邮件，附件是五个人笑容照片的那封邮件转发到牢记在心的母亲邮箱。

那段足不出户的日子，母亲是唯一不时和他互传邮件的人。

老妈。

此刻应该也在某个地方辛苦工作。

为了每个月持续付房租和这个手机的费用而工作。

老妈，如果你收到这封邮件，希望你回复给我，只要一次就好。

麻生仰望着星空，觉得邮件好像穿越时空而去。

啊。

一颗流星飞过，飞过八岳山的山顶附近。他还来不及许愿，流星就消失在山影中。

就在这时——

麻生手中的手机再度亮了起来，然后开始振动。

他打开手机盖，慌忙按了通话键。

“麻生？”

手机的另一端传来熟悉的声音。那是母亲的声音。

“老妈。”

麻生充满感情地叫了一声。虽然只是叫了一声，他的泪水却夺眶而出。

十一月的最后一个星期六。八岳山的山顶已经被白雪覆盖。

奶奶、麻生和蕾美从茅葺屋顶的家中走进初冬冷冽的空气中。麻生穿着羽绒服和牛仔裤，手上拎着行李袋，和之前来蓼科时的打扮完全一样。奶奶也穿上了羽绒大衣，蕾美穿着羊毛披风大衣，三个人沿着田埂往下走。

三个人坐上停在公路旁的水蓝色小客车。蕾美坐在驾驶座上，麻生坐在副驾驶座，奶奶坐在车后座的固定座位。

“我什么时候才可以不当你的司机？真是受够了。”

蕾美抱怨着，发动了引擎。

“说真的，你绝对会回来对吗？回来之后，就会去学开车吧？我们说好了。”

蕾美又重复了和昨天相同的话。麻生苦笑着，重复不知道说了第几次的回答：“嗯，我知道，我一定会回来的。”

他其实还想补充一句“所以你一定要等我”，但还是说不出口。坐在车后座的奶奶轻声笑着。

“真有意思，你们从昨天开始就一直重复相同的对话。蕾美，你是不是不希望麻生离开？”

“才……才不是这样呢。”

被奶奶说穿后，蕾美涨红了脸。奶奶，说得好。麻生忍不住在心里鼓掌。

麻生要在今天回东京——去见母亲。

丰收宴的那天晚上，相隔十个月，麻生终于联络上了母亲。

母亲收到照片后，立刻打电话给他。

你还好吗？你在哪里？东京的公寓呢？你身上有钱吗？有吃饭吗？有好好过日子吗？母亲语带颤抖，一口气问了很多问题。

我很好。我在蓼科，和真朝奶奶住在一起。东京的公寓……对不起，我就这样离开了。

发生了很多事，真的发生了很多事……说来话长。

用一句话来说，我现在很充实，很努力地活着。差不多就是这种感觉。

老妈，我想要让你知道。

我终于发现，老妈，是你引导我走到今天。

因为你狠下心抛下了我，叫我独立，叫我要坚强，把我从茧居的家里拉了出来。

所以，我现在才能够在这里好好活着。

老妈，对不起，之前我一直都没有和你联络。

老妈，谢谢你，引导我走到这里。

谢谢。

母亲在电话的彼端哭泣，通过电波，可以静静地感受到她紧紧拥抱麻生说的每一句话。

母亲目前在川崎上班，是一家小工厂的签约工人，住在工厂附近的宿舍。虽然收入并不高，但她节衣缩食，把省下来的钱用来支付东京公寓的房租和两个人的手机费。麻生听了，感到难过不已。

这才是我最需要让她幸福的人。

麻生看向黑暗，仿佛在寻找电话彼端的母亲，然后鼓起勇气说：

老妈，我可以见你吗？

有一样东西，我无论如何都想要交给你……

然后，就到了今天。

水蓝色小客车来到茅野车站前。

志乃婶、田端先生和纯平在车站前的停车场等他们，一看到他们，志乃婶用力挥着手说："这里，这里。"

"哇，大家都来送我，感觉好像很隆重……"

麻生抓了抓头，志乃婶笑了起来。

"你在说什么啊！你终于打算去把你妈接来这里，大家都很高兴，说一定要好好送你一程！"

"不，麻生哥，不是这样的，"纯平立刻说，"其实我们怀疑你不想再回来了，蕾美一直传邮件给我，叫我对你说，你一定要再回来……所以我昨天晚上特地回来这里。"

"啊！不是说好不能说出来吗？"蕾美红着脸拍着纯平的背，大家都笑了起来。

麻生在大家的簇拥下走到车站的检票口，那里仍然挂着有"绳文的维纳斯"照片的看板，上面写着"欢迎来到茅野"。麻生抬头看着看板，好像看着熟悉的风景。

十个月前，他独自一人走出这个车站，手上拿着手机。

我接下来会怎么样？我要如何生活？当时内心充满了孤独和不安。

然后在车站前的“吃饭”屋遇见了志乃婶，去了奶奶家，见到了已经忘记我的奶奶和好像座敷童子的蕾美。之后又去打工，遇见了田端先生，又认识了纯平——

如今，我们已经成为无可取代的好朋友。

“那我走了。”

麻生在检票口前停了下来，回头看着这些朋友。

“路上小心，等你回来。”田端先生说，“好好说服你妈妈。”

“好好向妈妈撒一下娇，”志乃婶笑着说，“她一定很高兴。”

“如果你不想回来，记得传邮件给我，我会和蕾美一起去把你拖回来。”听到纯平的话，麻生忍不住笑了起来。

“要回来哦。”蕾美又说了一次，眼中泛着泪光，“我等你。”

麻生用力点着头，然后看着奶奶。

奶奶面带笑容，什么话都没说，但奶奶的眼神在说话。路上小心，你一定会再回来的……

中央本线往小渊泽方向的普通列车从茅野车站出发了。

麻生坐在窗边，眺望着在窗外缓缓流逝的风景，眺望着信浓的这片秋意渐深的宁静美景。

电车很快就离开了城镇，车窗外是一片冬天荒凉的稻田。眼前这片收割后的荒凉稻田，让麻生不由得想起了令人振奋的丰收景象，便觉得稻田在收割后的冬天景象也别有一番风情。

他的行李袋放在座位旁。之前他离开东京的公寓时，不知道该带什么东西，抓起这个行李袋就冲出了家门。

他把右手轻轻放在行李袋上，觉得可以隐约感受到里面的温度。

行李袋里放了三个饭团。

一个是奶奶做的，另一个是蕾美做的，还有一个是麻生自己做的。

昨天晚上睡觉之前，麻生对奶奶说：

奶奶，我有一件事想要拜托你。明天早上，可不可以教我用炉灶煮饭？

我想让老妈吃我们种的米，如果可以，我想亲手做饭团给她，而不是给她米而已。

我茧居在家的那段时间，老妈每天为我做便当和饭团。自从我遭到霸凌，不敢吃腌梅后，她每天去便利店帮我买没有腌梅的饭团。

所以，我想让老妈尝尝我做的饭团。

今天早上，他闻到米饭香喷喷的味道醒来。走去厨房一看，奶奶独自蹲在炉灶前，正在用吹火竹吹火。

铁锅内咕嘟咕嘟冒着泡，火焰摇曳。厨房内弥漫着温暖的、饱满的饭香。

蕾美闻到饭香后也起床了，奶奶回头看着他们说：

早安，饭煮好了，我们一起来做饭团。

奶奶、蕾美和麻生坐在炭火烧得很旺的地炉旁做饭团。蕾美做的饭团圆滚滚的很可爱；奶奶的饭团握得很紧，外形有一种温柔的感觉；麻生做了一个特大的饭团，上面还留着他手指的形状。

他毫不犹豫地在饭团里包了腌梅，那是奶奶特制的腌梅。如今，腌梅再度成为麻生最喜爱的食物，他觉得之前受到这么小的东西的影响，进而演变成“腌梅战争”很好笑，又很怀念。

包上柔软的海苔后，麻生完成了人生中“第一个”饭团。

三个人齐心协力做的三个饭团。

他隔着行李袋，轻轻抚摸着饭团。

麻生还没有告诉母亲，自己成功地种出了稻米。因为发生了太多事，他不知道该从何说起，恐怕真的会说很久。

麻生打开了手机盖，看着待机画面。那是田端先生在收割的那天发给他的纪念照——“活着的我们”。

回家后，一起看着也曾经发给母亲的这张照片从头说起吧。这样比较好。

麻生深吸一口气，走上公寓的楼梯。走廊尽头那扇蓝色油漆剥落的门内，就是以前母亲和麻生生活的空间。

麻生站在门前，用力深呼吸了一下，正想要敲门，立刻把手收了回来。

他从行李袋里拿出那个包了保鲜膜的特大饭团，抱在胸前，然后缓缓敲了两下门。

吱呀……门打开了，母亲从门缝中探出头。

母亲憔悴的脸上没有血色，凹陷的双眼注视着麻生，双眼突然发亮。麻生看着母亲的眼睛说：

“我回来了……”

母亲什么话都没说，默默注视着他，大滴的泪水在眼眶中打转。

麻生把抱在胸前的饭团递到母亲面前。

“我想让你吃这个……所以回来了……这是我种的米，我做的饭团。”

母亲伸出颤抖的双手，接过形状歪斜的饭团，然后轻轻抱在胸前，宛如抱着幼小的孩子。

嗯，该从哪里说起呢？

老妈，你愿意听我说吧？

那是关于稻米的重要故事，是我的、我们的故事，令人兴奋雀跃的故事。

但是，在我开始说之前，你可不可以先吃我做的饭团？

你一定会惊讶，因为这个饭团特别好吃。

老妈，我问你，如果可以……

明年，你愿不愿意和我们一起种稻米？

在我们的故乡蓼科种稻米。

作者 | **原田舞叶**

1962年生于日本东京都。关西学院大学日本文学系、早稻田大学美术史系毕业。在伊藤忠公司、纽约现代艺术博物馆工作之后，2002年成为独立策展人。

2006年推出处女作《等待幸福》，即获得第一届“日本爱情小说大奖”，并被拍成电影。作品曾四次入围“直木奖”，获“本屋大赏”“书店员大赏”“新田次郎文学赏”等。代表作《只要一分钟》描写人狗之间的深刻感情，感动日本、中国无数读者。

因为爱吃米饭，她亲自去体验农家生活，并根据自身的经验写成本书。

译者 | **王蕴洁**

一脚踏进翻译的世界将近二十年，每天幸福地与文字为伴，在不断摸索和学习中，译作甚丰。译作包括东野圭吾、江国香织、山本文绪、村上龙、松浦弥太郎等多位日本重量级作家作品。